# 폴레폴레 아프리카

Pole Pole
Africa

# 폴레폴레
# 아프리카

새내기 특파원의 좌충우돌 아프리카 여행기

**김수진** 지음

Pole Pole
Africa

샘터

저를 이 세상에 초대해주시고
새로운 도전과 실패로 가득한 여정을 한결같이 응원해주시는
어머니, 아버지께 이 책을 바칩니다.

# 삶이 던진 질문에 답을 찾기 위해 떠난 여정

스무 살, 제2의 사춘기를 겪으며 반십 년 가까이 대학에 다니고, 가까스로 기자가 돼 또 반십 년을 일하고 보니 어느덧 서른이 됐다. 눈뜨면 일터에 가고, 낮밤 없이 사람을 만나며 바쁜 하루하루를 보내니 시간이 잘 흘러갔다. 하지만 문득문득 떠오르는 생각을 잠재우기 어려웠다.

'잘 살고 있는 걸까?'

그즈음 회사에서 아프리카 순회 특파원을 모집한다는 공고를 발견했다. 언제 게시됐는지도 모르고 있었는데, 어느새 마감이 바짝 다가와 있었다. 밤잠을 뒤척이며 고민을 시작했다. 베개에 머리를 대고 누웠다가도 괜히 스마트폰을 켜 아프리카 네 글자를 검색해보곤 했다. 필요한 정보는 좀처럼 나오질 않고, 아프리카라는 이름의 인터넷 방송국 진행자에 대한 가십 기사나 확인할 길이 없는 아프리카 여행 괴담만 눈에 들어왔다. 머릿속은 온통 걱정으로 가득 차 결정을 내리지 못하고 있는데 가슴은 이미 요동치기 시작했다. '잘 살고 있는 걸까?'라는 생각은 어느새 '어떤 색다른 경험을 하게 될까?'라는 물음으로 뒤바뀌었다. 그렇게 며칠을 더 뒤척이다 결국 마감 날 지원 서류를 제출했다.

돌이켜보면 언제나 일단 마음이 시키는 대로 떠났다. 대학생이 돼 교복에서 해방되자마자 서울에서 부산까지 7번 국도를 따라 자전거 페달을 밟았고, 또래 친구들이 한창 취업 준비를 할 때 휴학하고 시드니에서 아르바이트를 하며 지냈다. 졸업 직전에는 '이번이 정말 마지막 기회'라며 밴쿠버에서 교환학생의 탈을 쓰고 잉여 생활을 즐겼다. 그렇게 미지의 세계가 내 삶의 일부가 되고 나면, 미뤄뒀던 답을 조금이나마 찾아낸 듯한 기분이 들었다.

이번에도 마찬가지였다. 반년 동안 동·남아프리카 8개국에 발 도장을 찍으며 만난 새로운 세상은 내게 '폴레폴레도 괜찮아'라고 말해줬다. 폴레폴레는 동아프리카에서 널리 사용하는 스와힐리어로 '천천히'를 뜻한다. 나 역시 '아프리카에 가서 대체 뭘 하려고?' '위험하고 무서운 곳 아니야?'라는 주변 사람의 염려를 의식하지 않은 것은 아니다. 하지만 아프리카에 가지 않았더라면 '에티오피아의 오바마'와 친구가 되지도 못했을 테고, 사자와 얼룩말이 뛰노는 대초원에서 밤을 지새우지 못했을 것이다. 현지 친구들과 왕복 1,300킬로미터를 달려 태초 삶의 모습을 간직한 원시부족을 만나고, 아프리카 최고봉에 올라 노트북을 흔든 추억을 놓쳤을 게 분명하다.

덕분에 삶이 던진 질문에 답을 하나 더 찾았다. 우리의 목적지가 어디든 폴레폴레 간다면 괜찮다는 것. 그곳이 아프리카든 또 다른 곳이든, 미지의 세계로 여정을 시작하는 모든 분들이 조금 더 가벼운 마음으로 짐을 꾸릴 수 있도록 이야기로나마 응원을 드리고 싶다.

# 목 차

Ethiopia

Pole Pole
Africa

# 태양의 나라,
# 에티오피아

PART **1**

에티오피아는 낯선 이방인을 따뜻하게 맞이해줬고,

잘 해낼 수 있을 거라고 자신감을 북돋워줬다.

Ethiopia

Addis Ababa

에티오피아

수도 | **아디스아바바**
언어 | **암하라어, 영어**
면적 | **1,104,300제곱미터**(세계 27위)
인구 | **약 107,535,000명**(세계 12위, 2018년 통계청 기준)
화폐 | **에티오피아 비르(ETB), 1비르**(Birr) = **약 40원**(2018년 4월 기준)
시차 | **한국보다 6시간 느림**

# 나의 첫 아프리카 친구 '오바마'

열다섯 시간 비행 끝에 도착한 아디스아바바(Addis Ababa)! 아직 아프리카 땅을 밟았다는 실감이 나지 않았다. 에티오피아 항공을 타고 인천을 출발한 뒤 홍콩에서 한 시간가량 머무는 동안 텅텅 비었던 기내가 중국인 승객으로 가득 찼다. 이들과 함께 길게 줄지어 입국 심사를 기다렸다. 에티오피아 입국에 합격하셨습니다라고 말해주는 듯 여권에 '쿵' 도장을 받고 공항 건물을 빠져나오고 나서야 '아, 내가 아프리카에 왔구나' 싶었다.

아디스아바바의 해발고도는 약 2,400미터로 백두산(약 2,744미터)보다는 낮다. 한국의 가을마냥 푸른 하늘이 가깝게 느껴졌다. 그리스 고전과 구약 성경에도 등장하는 지명 에티오피아는 그리스어에서 유래한 것으로 '혼혈인' 혹은 '태양에 그을린 얼굴(burned face)'이라는 뜻이다. 괜한 말이 아님을 보여주겠다는 듯 볕이 무척 따가워 곧바로 머리에 얹은 선글라스를 내렸다. 그래도 고도가 높은 데다 살랑살랑 바람마저 불어와 생각만큼 덥지는 않았다.

"살람노?(안녕이라는 것 같은데……)"

"짜이나?(나 중국인 아닌데……)"

"니호우?(니하오라고 말하고 싶은 건가요)"

"택시, 택시(됐습니다)!"

　나를 알아본 '환영 인파'가 앞다퉈 에티오피아 공용어인 암하라어와 어설픈 중국어로 인사를 건넸다. 이들을 뒤로한 채 짐의 전부인 이민 가방 두 개를 질질 끌고 주차장으로 향했다. 게스트하우스에서 보내준 차를 타고 제법 잘 정비된 도로를 한참 달렸다. 차창 밖 풍경은 새로웠지만 생각보다 낯설지 않았다. 1990년대 잠깐 어린 시절을 보낸 서울 영등포시장 주변과 비슷한 풍경이었다. 5층을 넘는 고층 건물이 거의 없었고, 거리는 지저분했지만 활기찼다. 사람과 양 떼, 염소 떼가 한데 섞여 거리를 걷고 있었다.

　정신없이 구경하느라 눈동자를 이리저리 굴리고 있는데 갑자기 공짜 엉덩이 마사지가 시작됐다. 털털털. 장시간 비행으로 지친 나의 심신을 달래주겠다는 듯 온몸이 흔들렸다. 골목으로 접어들어 비포장도로가 시작된 것이었다. 기사는 머쓱해하며 도심 주요 도로는 포장이 돼 있지만 골목은 아직 포장되지 않은 곳이 많다고 말했다. 게다가 최근에 비까지 내려 곳곳이 움푹 파였다고 덧붙였다. 숙소에 거의 도착했음을 직감할 수 있었다. 어떤 집일까, 소개팅 첫 만남을 앞둔 것처럼 궁금해졌다. 한국에서 순전히 '홈 어웨이 홈(home away home, 집 밖의 집)'이라는 온라인 후기만 보고 예약한 게스트하우스였다. 게다가 한국 대사관 등 우리 공관과 외국인이 밀집한 곳과는 정반대편에 자리한 서민 동네였다. 주변에서 가장 높은 3층짜리 집 앞에 차가 멈춰 서자 대문이 열렸다.

　"안녕, 반가워! 네가 수진 킴이구나! 나는 페나라고 해."

껑충하고 마른 청년이 활짝 웃으며 나를 반겼다. 게스트하우스 매니저 페나 야데사였다. 어디서 자주 본 듯한 인상이었다. 기억해내려 애를 쓰며 집 안으로 들어섰다. 페나는 20킬로그램이 훌쩍 넘는 이민 가방을 어깨에 거뜬히 들쳐 메고 2층 방으로 안내했다. 화장실이 딸린 서너 평 남짓한 방은 아늑했다. 더블 침대가 방을 거의 채워 공간이 넉넉하지는 않았지만, 책상과 옷을 걸어둘 수 있는 옷걸이, 냉장고, 전자레인지도 있었다. 머리맡에 큰 창문이 있어 햇볕이 잘 들어왔다. 문틈으로 '음메~' 하는 소 울음소리와 '꼬끼오~' 하는 닭 울음소리, 아이들 떠드는 소리가 들려왔다. 잔뜩 긴장했던 마음이 곧 푸근해졌다.

한국에 전화를 걸어 잘 도착했다고 연락하고 짐을 풀었다. 옷가지 몇 벌과 구두, 슬리퍼, 책 서너 권, 카메라와 노트북 등 취재 장비가 짐의 전부였다. 대강 정리해놓고 거의 스무 시간 만에 푹신한 침대에 몸을 뉘였다. 피곤했는지 그새 잠이 들었다. 몇 시쯤 되었을까, 배꼽시계가 울어대는 통에 일어나 보니 주변이 컴컴했다. 더듬더듬 전등 스위치를 찾아 눌렀지만 불이 들어오진 않았다. 화장실 전등도 마찬가지였다.

정전이었다. 나라마다 차이가 있지만 아프리카 많은 지역이 열악한 전력 사정으로 정전이 잦은 편이다. 이 같은 사정을 알고 미리 준비해온 헤드랜턴을 머리에 착용했다. 적어도 내 눈앞은 훤해졌다. 1층으로 내려가니 페나가 휴대용 전등을 켜놓고 공부를 하고 있었다. 페나는 내 모습을 보고 피식 웃더니 "종종 정전이 돼. 가끔 전기가 부족하면 이 동네 전기를 일괄적으로 내려버리기도 하고. 어차피 이쪽에는 외국인이 많이 살지 않으니까"라고 친절히 설명해줬다.

꼬르르륵. 배꼽시계가 다시 존재감을 과시했다. 우리는 어둠 속에서 '웰컴 디너'를 즐기기로 했다. 공용 주방에서 한국서 챙겨온 라면을 끓이려고 했는데 페나가 에티오피아 음식을 차려주겠다며 팔을 걷었다. 다른 방에 홀로 묵고 있던 네덜란드 아주머니도 저녁 식사에 초대됐다. 페나는 우리를 식탁에 앉혀놓고 뚝딱뚝딱 준비를 하더니 금세 요리를 내왔다. 토마토, 적양파, 양상추, 당근 등 각종 채소에 올리브오일, 소금, 후추로 간을 한 샐러드와 에티오피아 전통 음식 인제라, 곁들여 먹을 소스가 식탁에 올랐다.

인제라는 테프라는 곡식이 주재료인 빵이다. 나중에 인제라를 만들어 파는 협동조합을 취재할 기회가 생겨 제조하는 모습을 직접 본 일이 있는데, 테프 가루를 물에 섞어 만든 반죽을 발효시켰다가 달궈진 팬에 넓적하게 부치는 모습이 꼭 우리나라 부침개 같았다. 맛은 시큼한 편인데, 막걸리와 비슷한 향이 난다. 여기에 각종 소스, 고기, 채소 등을 곁들여 먹는데 이 '반찬'이 무척 다양하다. 콩으로 만든 커리 같은 소스부터 뚭스라 불리는 화로구이 고기, 볶거나 절인 채소 등을 인제라에 싸 먹는다. 물론 맨손으로! 다른 아프리카 국가보다는 중동과 음식 문화가 더 비슷한 듯했다.

컴컴한 식탁에 휴대용 전등을 켜놓고 음식을 차려놓으니 제법 운치가 있었다. 이태원의 어느 분위기 좋은 맛집에 온 기분이 났다. 각각 아프리카, 유럽, 아시아 출신인 우리는 사이좋게 인제라를 뜯어 먹으며 에티오피아에 온 이유, 그간 살아온 이야기, 앞으로 여정에 대해 수다를 떨었다. 네덜란드 아주머니는 콩고민주공화국 NGO(비정부기구)에서 일하고 있는 딸을 만나 에티오피아 여행을 할 계획이라고 했다. 아주머니가 밤에 도착하는 딸이 오기 전까지 좀 쉬어야겠다며 식사를 마치고 먼저 방으로 돌아갔다. 페

나와 나는 차를 마시며 대화를 이어갔다.

"페나, 그런데 너 누구 참 닮은 것 같아. 누구더라…… 어디서 많이 본 얼굴인데…… 아, 누구더라……."

페나는 내가 어떤 이름을 말할지 알고 있다는 듯 얼굴에 미소를 머금고 나를 바라봤다.

"미스터 프레지던트?"

"그래 맞아! 오바마 대통령! 너 버락 오바마 전 미국 대통령 정말 닮은 것 같아. 혹시 친척 아니야?"

낮에 품었던 궁금증이 풀리자 어금니 사이에 낀 오징어 조각이 빠진 듯 시원한 기분이 들었다. 페나는 기뻐하는 나에게 대수롭지 않은 표정으로 전부터 많이 들어본 말이라고 했다. 알고 보니 '미스터 프레지던트', '리틀 오바마'는 페나의 오랜 별명이었다. 1년간 봉사활동을 하면서 지냈던 이스라엘에서도 만나는 사람마다 같이 사진을 찍어달라고 했더랬다.

페나와 이야기를 나눌수록 별명이 무척 잘 어울린다는 생각이 들었다. 기독교인은 아니었지만 그 누구보다 '네 이웃을 네 몸과 같이 사랑하라'는 성경 말씀처럼 사는 친구였다. 페나는 내가 만났을 때 서른한 살이었는데 에티오피아인·미국인 부부가 운영하는 게스트하우스에서 매니저로 일하면서 '쪽방살이'를 하고 있었다. 게스트하우스 한쪽에 자리한 좁은 방에는 길쭉한 페나의 키에 비해 한참 짧아 보이는 침대와 작은 옷걸이가 가구의 전부였다. 페나는 그곳에서 숙식을 해결하며 대학 학비를 버는 한편, 일주일에 두 번씩 봉사활동까지 했다. 형편이 어려운 청소년들에게 공부를 가르치는가 하면, 자폐 아동 시설에서 아이들을 돌보기도 했다. 친구를 따라

장애인 시설을 방문했다가 충격을 받고 바로 봉사활동을 시작했다고 말했다.

"약자를 보면 돕고 싶어. 사람이든 동물이든 그 무엇이든. 오늘 아침에도 염소 한 마리가 나무 높이 달린 풀을 뜯어 먹으려 안간힘을 쓰고 있더라고. 갈 길이 바빴지만 그냥 지나칠 수가 없어서 손으로 나뭇가지를 내려줬어."

"페나, 난 이미 내 마음속에서 너를 노벨 평화상 후보로 추천했어."

"흐흐. 나를 오바마로 부른 사람은 많았지만 노벨상까지 주겠다는 사람은 네가 처음이야. 고마워."

그의 전공이 법학이고 변호사 자격증을 가졌다는 점도 오바마 전 대통령을 떠올리게 했다. 페나는 변호사 자격증만으로 좋은 직장을 구하기가 어렵고, 변호사 사무실을 차릴 돈도 없어 공부를 좀 더 하기로 결심하고는 다시 대학에 입학해 경영학을 전공하고 있었다. 실업률이 20퍼센트를 넘나들어 대낮에도 하릴없이 거리를 배회하는 젊은이들을 본 터라 고개가 끄덕여졌다. 에티오피아에 진출한 외국 법인에 취직해 법률 자문을 하는 게 페나의 목표였고, 그렇게 번 돈으로 어려운 처지의 아이들이 교육을 받을 수 있도록 돕는 게 그의 꿈이었다.

고학생이긴 했지만 사실 운이 무척 좋은 편이었는데, 그는 시골에서 초등학교를 졸업한 뒤 아디스아바바의 외삼촌 댁에 살면서 중학교를 다니기 시작했다. 당장 생계에 보탬이 되도록 학교 대신 일터로 아이들을 내모는 보통의 에티오피아 부모님이 아니었던 덕분이다. 페나가 유독 아이들 교육에 관심이 많은 것도 이런 이유 때문인 것 같았다. 대중교통에서 어린이를 만나면 부족한 용돈을 쪼개 차비를 대신 내주고는 "공부 열심히 하고, 너도 나중에 어른이 되면 아이들에게 똑같이 해주렴"이라고 말하는 청년이었다.

페나는 참 멋진 친구였지만 한편으로는 쓸쓸한 마음이 들었다. '과연 그의 꿈이 이뤄질 수 있을까?' '만약 페나가 다른 나라에서 태어났다면 어땠을까?' '정말로 오바마 대통령만큼이나 훌륭한 사람이 돼서 더 큰일들을 많이 하고 있지 않을까?'

끝내 입으로 튀어나온 나의 어쭙잖은 생각이 페나의 표정을 어둡게 만들고 말았다.

"다시 태어날 때 국적을 고를 수 있다면 그래도 에티오피아를 택할 거야?"

페나는 잠시 머뭇거리더니 내 두 눈을 똑바로 보고 찬찬히 말을 이어갔다.

"나는 지금 행복해. 운 좋게 이 게스트하우스에 일자리를 얻은 덕분에 당장 생계를 걱정하는 것도 아니고 하고 싶은 공부도 하고 있으니까. 게다가 너처럼 전 세계 각국에서 오는 손님들과 이렇게 친구가 되기도 하지. 이야기를 듣다 보면 나도 세계 여행을 하는 기분이야. 미래는 알 수 없지만 지금 당장은 그 누구도 부럽지 않아."

우문현답. 바보 같은 질문을 던진 내가 쑥스러워졌다. 하지만 부끄러운 모습과 속내를 내보일수록 빨리 친해진다. 그날 밤 페나와 나는 오래 알고 지낸 친구처럼 수다를 떨었다. 지구 반대편에서 각자 살아온 삼십여 년의 시간, 소중한 가족, 친구들, 꿈⋯⋯. 페나는 그렇게 나의 첫 아프리카 친구이자 취재원이 되었다.

# 꼰대라도 될 걸 그랬어

첫 취재원 페나의 일상을 관찰하려고 아침 일찍 그를 따라나섰다. 그가 청소년 교육 봉사를 하는 날이었다. 내가 택시기사를 부르겠다고 하자 페나는 '진짜 여기 택시'를 타고 가자고 권했다. 에티오피아에서 택시는 사실상 우리가 생각하는 버스와 같은 개념으로 정해진 노선을 오가는 낡은 승합차를 뜻한다. 이 택시는 각 나라마다 '마타투', '달라달라', '미니버스' 등 다른 이름으로 불리는데, 동아프리카에서 가장 보편적인 도심 대중교통이라고 할 수 있다.

그런 택시에 몸을 싣자 내게 시선이 집중됐다. 택시를 타는 외국인이 흔치 않기 때문이다. 택시 요금은 거리마다 조금 다르지만 300원 안팎으로 매우 저렴한 편인데, 외국인들은 위생·안전 문제 등을 이유로 택시를 잘 이용하지 않는다. 일단 차가 몹시 낡은 데다 좌석이 더 없는 것 같아도 요금을 걷는 차장이 승객을 태우고 또 태우기 때문에(사람이 탈 때마다 마법처럼 자리가 생긴다) 옆 사람과 살을 부빌 수밖에 없다. 나보다 앞서 동아프리카를 여행한 어떤 분은 '인간 테트리스'를 하는 것 같았다고 했다. 택시를 탔다가 벼룩이 옮았다거나, 물건을 분실했다는 사람도 있었다. 더구나 노선이나 정류장 표시도 따로 없다. 창밖으로 몸을 길게 뺀 차장이 차 지붕을 탕탕 때리며 암하라어로 빠르게 말하는 목적지를 알아듣고 탑승해야 하는데, 중·단기 체류 외국인에게는 난이도 별 네 개짜리 미션이다.

나를 향한 승객들의 시선은 부드러웠다. 경계심보다는 호기심이 가득했다. 내가 마법의 주문 "살람노(안녕하세요)?"를 외치자 직감이 맞았음을 확인할 수 있었다. 앞다퉈 내게 말을 걸기 시작했다. '암하라어를 어디서 배웠느냐', '인제라를 먹어 봤느냐(두 유 노우 김치'와 동급이다)', '아디스아바바 생활은 어떠하냐', '여기는 왜 오게 됐느냐' 등등 기자를 상대로 '기자회견'이 열렸다. 페나가 통역을 자처했다. 한국에서 왔다는 말에 '증조할아버지가 한국전 참전용사였다'며 반가워하는 사람도 있었다. 어떤 이는 목적지에 이르러 내릴 채비를 하자 연락을 주고받고 싶다며 전화번호를 적은 쪽지를 손에 쥐어주기도 했다. 서울에서 좀처럼 느끼기 어려운 투박한 정이었다. 마음에 돌기 시작한 온기가 온몸으로 퍼지며 긴장이 풀렸다.

센터까지는 택시에서 내려 더 걸어야 했다. 어느새 한 청년과 꼬맹이가 우리 뒤를 졸졸 쫓아오고 있었다. 짧은 영어로 "안녕? 어디서 왔니? 중국? 일본?" 길거리를 지날 때면 으레 듣는 말을 건네왔다. 갈 길이 바빴지만 나른해진 마음 덕에 적당히 응수하고 걸음을 옮기는데 좀처럼 우리, 아니 내 곁에서 떨어지려 하질 않았다. 무시하고 시선을 거뒀더니 이번에는 청년이 내 팔을 툭툭 치며 관심을 사로잡으려 안달했다. 어쩔 수 없이 청년과 다시 눈이 마주쳤다.

"이봐요, 제가 지금 좀 바쁘니까 그냥 좀 내버려두시겠어요?"

다시 걸음을 옮기려는데 이번에는 청년 뒤에 있던 꼬맹이가 어느새 내 앞에 서 있다. 한 손에는 A4용지 크기의 잡지 한 권, 다른 한 손에는 우표,

전화 카드 따위가 들려 있다. 그제야 '아, 물건을 사달라는 거구나' 싶었다. 아디스아바바 거리에서는 전화 카드, 지도, 엽서, 껌 따위를 파는 아이들을 쉽게 볼 수 있다. 아디스아바바를 벗어나도 크게 다르지 않다. 아이들 손에 들린 물건이 바나나, 망고, 커피 생두 등으로 바뀔 뿐.

좀처럼 거리에서 지갑을 꺼내지 않지만 꼬맹이의 커다란 눈망울에 주춤했다. 애니메이션 〈슈렉〉의 장화 신은 고양이 이상의 호소력이었다. 어쩔 수 없이 동전을 찾아 바지 앞주머니를 뒤적이는데 느낌이 이상했다. 평소와 달리 허전했다. 아래를 내려다보니 꼬맹이가 한 손에 들고 있던 잡지 뒤로 살짝 삐져나온 하얀 물건이 눈에 들어왔다. 정신을 차리고 자세히 보니, 아뿔싸! 나의 만능 취재 수단 스마트폰이었다. 현지에서 유심칩을 구매해 국내외로 전화를 걸 때 사용하고 있었을 뿐 아니라 수첩, 녹음기, 카메라, 캠코더, 마이크 역할까지 해주는 존재였다. 게다가 스마트폰 안에는 각종 사진, 영상, 취재 자료, 연락처가 가득했다. 본능적으로 꼬맹이에게서 스마트폰을 낚아챘다. 녀석은 내가 도둑질을 당했다는 사실을 모른다고 생각했는지 스마트폰을 꼭 쥐고 있지 않았다.

가만 보니 손에 들고 있던 잡지는 판매용이 아니라 훔친 물건을 가리는 수단이었다. 청년과 꼬맹이는 처음부터 내 앞주머니에 꽂힌 스마트폰을 노리고 다가온 것이었다. 청년이 시선을 끄는 사이 꼬맹이가 물건을 훔치기로 한 모양이었다. 다행히 뒤늦게라도 알아차려 아무런 피해는 없었지만 놀란 마음이 좀처럼 진정되질 않았다. 누군가 심장을 마구 두들기는 것 같았다. 다리에 힘이 풀렸다.

나처럼 뒤늦게 상황을 알아차린 페나가 잔뜩 화가 난 표정으로 두 도둑에게 언성을 높였다. 암하라어여서 전혀 알아들을 수가 없었다. 두 사람은 '한탕'이 못내 아쉬웠는지 쉽게 자리를 뜨지 않았다. 더 열이 오른 페나가 소리를 지르며 달려들 듯 자세를 취하자 그제야 흙먼지를 풍기며 줄행랑을 쳤다. 땅바닥에 주저앉다시피 한 채 멀어지는 두 녀석의 뒷모습을 멍하니 바라봤다. 잠시 뒤 정신을 수습하고 다시 걷기 시작했다. 페나가 먼저 입을 열었다.

"미안해."

"네가 왜 미안해? 네 잘못이 아니잖아."

"그냥, 네가 우리나라에서 이런 일을 겪었으니까. 나는 이런 상황이 정말 싫어."

둘 다 말없이 걷기만 했다. 이내 평정심을 되찾았다. 괜히 페나에게 미안해졌다. 주머니에 물건을 넣고 다니지 말라는 이야기를 수차례 들었고, 바로 그날 아침에도 페나가 주의를 줬다. 마음은 열되 긴장은 놓지 않는 것, 그게 진정한 여행자의 자세다. 나처럼 최소한의 긴장의 끈마저 완전히 놓았다가는 이번처럼 조금씩 열기 시작한 마음을 완전히 닫아버리는 일이 생길지도 모르니까.

"페나, 난 에티오피아가 좋아. 사람들이 밝고 친절해. 내가 배낭 옆 주머니에 우산을 넣어서 가지고 다니는 것을 보고는 다들 조심하라고 말해줘. 그리고 이런 일은 다른 나라에서도 많아. 예전에 베트남 여행 갔을 때는 오토바이 날치기한테 가방을 통째로 뺏긴 적도 있어."

"진짜? 다치진 않았어?"

"응, 가방이 싸구려여서 바로 뜯어졌어. 내 어깨에 끈만 남았었지. 그런데 그 오토바이 날치기도 진짜 짜증났을 거야. 가방에 여권도 없었고 들어 있던 돈은 5달러도 채 안 됐을걸? 흐흐흐. 난 역시 운이 좋아. 오늘도 아무것도 잃어버리지 않았잖아!"

페나는 내가 브이를 그려 보이자 그제야 조금 소리를 내며 웃었다.

"그래, 넌 정말 운이 좋은 사람이야!"

"당연하지, 그러니까 여기 오자마자 너처럼 좋은 친구도 만난 것 아니겠어?"

우리는 하이파이브를 하며 깔깔거렸다. 잠시나마 내 머릿속을 맴돌았던 불쾌함은 이내 공중분해됐다. 대신 페나와 어설픈 두 도둑 녀석에게 미안한 마음이 자리를 잡았다. 따지고 보면 내 잘못도 있다. 도둑질은 분명 나쁜 일이지만 누구에게나 견물생심이 있다. 물건이 부족한 곳에서는 더더욱. 두 녀석은 그곳에서는 아무나 가질 수 없는 '최고급(한국에서는 구식이 된 지 오래된)' 스마트폰을 보자마자 마음이 동했을 것이다. 그 스마트폰을 훔쳐 팔면 한 달 동안 온 식구가 끼니 걱정 없이 지낼 수 있다는 생각에 사로잡혔는지도 모른다.

이런저런 생각에 뒤늦은 후회가 밀려왔다. 내가 좀 더 용기를 냈더라면 페나의 도움을 받아 녀석들과 이야기를 해봤을 텐데. 왜 나쁜 짓을 하려고 했는지 사정을 들어보고, 다른 방식으로 내가 도움을 줄 수 있나 알아볼 것을. 그리고 힘들고 어려워도 페나처럼 훌륭한 어른이 될 수 있다고, 좋은 마음을 먹고 열심히 공부하라고, 노력해보라고 '꼰대' 노릇 좀 해볼걸, 두고두고 아쉬움이 남았다.

# 디스 이즈 아프리카

숙소에서 아침 식사를 마치고 찾아간 유엔아프리카경제위원회(UNECA)는 건물 입구에서부터 구수한 커피 향이 진동했다. 국제커피기구(ICO)의 주관으로 열린 제4회 커피콘퍼런스가 한창이었다. 회의장 밖에 차려진 각 부스에서 지역별 커피를 홍보하며 즉석에서 끓인 커피를 건넸다. 커피 애호가가 분명한 참석자 천여 명은 쉬는 시간마다 손에 커피 잔을 쥐고 담소를 나눴다.

2001년부터 4, 5년에 한 번씩 열리는 이 행사는 영국 런던, 브라질 사우바도르, 과테말라 과테말라시티에 이어 아프리카 대륙에서는 처음 개최되었는데, 커피의 고향 에티오피아로서는 그 의미가 각별해 보였다. 에티오피아에는 기원전 8세기 남부 카파(Kaffa) 지역에서 '칼디'라는 목동이 커피나무 열매를 먹고 흥분해 날뛰는 염소를 보고 커피를 처음 발견했다는 전설이 전해져온다. 따라서 현지 사람들은 커피라는 이름이 카파에서 유래했다고 믿는다. 사람들의 '커부심(커피 자부심)'은 일상에서 쉽게 느낄 수 있기 때문에 전설까지 들먹일 필요도 없다. 아프리카 최대 커피 생산국인 에티오피아는 커피 생산량의 절반을 자국에서 소비한다. 집에서나 거리에서나 화로 주변에 옹기종기 둘러앉아 커피를 홀짝이는 사람들을 쉽게 볼 수 있다. 우리 돈으로 단 몇 백 원이면 즉석에서 생두를 볶고 가루로 빻아 끓여주는 커피를 음미할 수 있다. 귀한 손님을 대접할 때 하는 특별한 커피 세레모니도 있다.

에티오피아 정부가 이번 행사에 신경을 쓴 티가 역력했다. 국민 네 명 중 한 명이 커피 관련 업종에 종사하고 있을 만큼 중요한 산업이니 그럴 만하다 싶었다. 행사장에는 담당 부처 장·차관을 비롯해 소속 공무원들이 대거 나와 있었다. 이 중 몇몇과 대화를 나눴는데 농업천연자원부에서 커피 마케팅을 담당하는 카사훈 겔레타는 조만간 한국으로 연수를 갈 예정이라며 나를 무척 반겨주었다.

"미스 킴, 혹시 커피 농장 투어를 신청했나요?"

"아니요, 그게 뭐예요?"

"정부에서 이번 행사 참가자를 상대로 진행하는 프로그램이에요. 1박 2일이나 2박 3일 일정으로 에티오피아 유명 커피 산지를 둘러볼 수 있어요. 저기 인내 데스크에서 신청할 수 있어요. 무료니까 당장 이름을 올려두세요. 커피 농장은 무척 멀기 때문에 나중에 따로 방문하기는 무척 힘들어요."

겔레타는 못 미더웠는지 나를 안내 데스크까지 끌고 가서 직접 2박 3일짜리 투어 신청을 도와줬다. 모레 아침 7시까지 힐튼호텔 정문으로 오라는 안내를 받았다. 겔레타는 그제야 흡족한 표정을 지으며 나를 놓아줬다.

커피 투어 당일. 혹시나 늦잠을 잘세라 모처럼 (한국에서처럼) 여러 번 맞춰둔 알람을 끄고 기지개를 켰다. 짐을 챙겨 1층으로 내려갔는데 페나가

울상이었다. 예약해둔 운전기사가 아직 도착하지 않았다고 했다. 페나의 소개로 알게 된 바비라는 이름의 이십 대 젊은 기사였다. 다급히 전화를 걸었지만 받지 않았다.

"내가 걱정돼서 그렇게 신신당부를 했건만. 이러니까 T. I. A라고 하지. 아휴."

T. I. A는 '여기는 아프리카야(This Is Africa)'라는 말의 줄임으로 아프리카를 찾은 외국인들이 다른 나라에서는 겪지 않았을 당황스러운 처지에 놓였을 때 종종 쓰는 말이다. 영화 〈블러드 다이아몬드〉에 나온 대사이기도 하다. 어쨌거나 페나는 나보다 훨씬 화가 난 듯 보였다.

시간은 아직 오전 6시 10분. 20분 정도 더 기다려보고 그때까지도 오지 않으면 큰길로 나가 지나는 차를 붙잡아 타기로 했다. 초조한 마음으로 기다렸지만 바비는 끝내 나타나지 않았다. 결국 페나와 함께 길을 나섰다. 때마침 일을 막 시작한 듯한 공항택시가 보였다. 기사는 나를 위아래로 훑어보더니 300비르(약 12,000원)를 요구했다. 바가지를 쓰는 것 같았지만 사정이 급해 일단 몸을 실었다. 골목을 빠져나가는데 반대 방향에서 게스트하우스를 향해 차를 몰고 오는 바비가 보였다. 나를 발견한 바비는 '어라?' 하는 표정을 지었지만 어쩔 수 없었다. 공항택시 운전기사는 상황을 눈치챘는지 액셀을 더 세게 밟았다.

다행히 안내받은 시간보다 10분 정도 먼저 호텔에 도착했다. 아무도 없어서 일행이 이미 떠나버린 것인지 조금 걱정이 됐다. 잠시 뒤 희고 덥수룩한 수염이 연륜을 말해주는 캐나다 잡지사 '선배' 기자와 그의 동료인 여성 사진기자가 나타나 마음을 놓을 수 있었다.

"굿모닝, 아직 아무도 안 왔죠? T. I. A! 내가 이럴 줄 알았다니까!"

7시가 넘어가니 사람들이 모습을 드러냈다. 대부분이 외국인이었다. 캐나다 출신 대선배로부터 수십 년 전 그의 초년병 기자 시절 모험담을 듣다 보니 시간이 훌쩍 갔다. 하지만 한 시간이 지났는데도 행사 담당자는 꽁무니도 보여주지 않았다. 삼십여 명의 외국인은 무언의 연대감으로 똘똘 뭉쳤다. 연대감이 초조함으로, 초조함이 다시 분노로 바뀌려는 찰나 담당자로 보이는 현지인들이 나타났다. 아마 에티오피아의 태양보다 따가운 우리의 시선을 느꼈을 것이다. 뒤이어 우리를 태울 SUV 차량도 줄지어 등장했다. 시계는 8시 40분을 가리키고 있었다. 다들 "왜 이렇게 늦었느냐"고 한 마디씩 던졌지만 그는 "약속 시간이 9시가 아니었느냐"며 어깨를 으쓱였다. 무리 속에 겔레타도 보였다. 그는 나와 눈이 마주치자 '나는 몰라요' 하는 표정을 지었다. 나는 잔뜩 화가 났다고 생각했는데 그의 순진무구한 표정을 보자 도리어 "푸핫" 하고 웃음이 터졌다. 어이가 없어서였는지, 기분이 그새 풀린 것인지 나 자신도 헷갈렸다.

'에이 그래, 저 사람 아니었으면 투어에 오지도 못했을 텐데……. 그나저나 이럴 줄 알았으면 그냥 바비를 기다렸다가 올 걸 그랬나? 허허허.'

아침부터 두 번이나 'T. I. A'라는 말을 듣고 나니 아프리카는 아프리카 구나 싶었다.

'그래 여긴 아프리카야. 회사에 지각할 일도 없고, 촌각을 다투는 속보 기사를 써야 하는 것도 아니야. 마음을 내려놓자.'

에티오피아에 온 지 일주일도 채 안 돼 T. I. A.에 완벽히 적응한 것 같았다.

# 세상에서 가장 맛있고 슬픈 커피

아디스아바바를 벗어나자 에티오피아의 속살이 드러나기 시작했다. 아무리 아프리카라 해도 수도는 대개 전기, 상하수도 등 기본적인 인프라와 그럴싸한 외관의 건물들이 갖춰져 있다. 그렇지만 수도를 조금만 벗어나면 전혀 다른 풍경이 펼쳐진다. 차창 밖으로 끝없이 펼쳐진 황량한 들판, 당나귀 수레에 짐을 잔뜩 싣고 어디론가 향하는 사람들, 전기도 수도도 없는 흙집, 난생처음 보는 외국인에게 마냥 반갑게 손을 흔드는 어린아이들이 스쳐 지나갔다.

그렇게 몇 시간을 달려 유명 커피 산지 시다모(Sidamo)에 도착했다. 아디스아바바에서 동남쪽으로 약 320킬로미터가량 떨어진 곳이었다. 일행은 커피 농가가 밀집한 마을 초입에 차를 세우고 걸어 들어갔다. 유명 연예인이라도 나타난 듯 온 동네 사람들이 나와 우리를 구경하기 시작했다. 특히 아이들의 얼굴에 호기심이 가득했다. 빽빽이 모여든 사람들 틈에서 까치발을 들고, 몸과 몸 사이로 고개를 디밀고 커다란 눈망울을 굴려댔다.

마을 사람들의 스타 대접은 눈길에서 그치지 않았다. 커피나무 밭을 둘러보고 그들이 준비해둔 천막으로 들어가니 그 유명한 커피 세레모니 '분나 마프라트'가 준비돼 있었다. 암하라어로 '분나'는 커피, '마프라트'는 요리를 뜻한다. 그야말로 커피를 만드는 절차인데 귀한 손님이 찾아오면 절대 빠지지 않는 의식이다. 그 자리서 만들어 주는 즉석 커피이긴 한데, 커피를 맛보기까지 3분은커녕 과장을 보태 30분은 족히 걸린다.

전통 의상을 차려입은 여인은 화로 위에서 연둣빛 생두를 볶기 시작했다. 코가 먼저 반응했다. 천막을 가득 메운 구수한 냄새가 기대감을 한껏 높였다. 여인은 적당히 로스팅 돼 윤기가 좌르르 흐르는 원두를 작은 절구로 옮겨 한참을 빻았다. 가루가 된 커피는 '제베나'라 불리는 전통 주전자에서 물과 함께 끓여졌다. 이번에는 향긋한 커피 향에 침샘이 솟았다. 몇 분 뒤 여인은 소주잔과 비슷하지만 부피가 조금 더 큰 사기잔에 넘치도록 커피를 따라줬다. 잔이 놓인 탁자에는 '케트마'라고 불리는 풀잎이 수북이 깔려 있었다. 정성스러운 마음이 느껴졌다.

드디어 입이 즐거울 시간. 따끈한 커피가 쌉싸름하면서도 구수한 맛으로 혀를 감돌았다. 개인적으로 진한 커피를 좋아하는데, 갓 볶은 커피를 아예 차 우리듯 끓인 덕분인지 에스프레소 추출 커피와는 또 다른 묵직함이 느껴졌다. 육수로 찌개를 끓이면 더 깊은 맛이 나는 것처럼, 잡곡을 우린 물로 타낸 것 같았다. 그야말로 커피 본고장의 맛이었다.

그새 잔을 비우고 빈 잔을 다시 내미니 여인이 '그럴 줄 알았다'는 듯 방긋 웃으며 또다시 넘칠 정도로 커피를 따라줬다. 분나 마프라트 대접을 받을 때에는 연거푸 세 잔은 마셔야 예의라고 들었다. 감탄스러운 커피 맛에 동방예의지국에서 온 이방인은 절로 예의를 갖췄다.

다음 날 방문지는 이르가체페(Yirgacheffe)였다. 아디스아바바에서 남쪽

으로 400킬로미터 이상 떨어져 있어 시다모에서도 한참 더 내려가야 했다. 이르가체페 커피는 한국에서도 무척 유명하다. 다만 암하라어 원어인 이르가체페가 아닌 '예가체프'로 유명세를 떨치고 있다. 전날 시다모에서부터 알아차렸는데, 땅이 얼마나 비옥한지 색깔이 무척 붉었다. 장미처럼 붉은빛의 토양이라는 이탈리아어로, 국내 한 커피 전문점의 이름이기도 한 '테라로사'가 바로 이런 땅을 가리키는구나 싶었다. 연중 기온이 섭씨 12~28도로 온화한 편이고, 연 강수량도 1,500~2,500밀리미터로 풍부하다고 했다. 좋은 커피가 나올 수밖에 없는 조건을 갖춘 천혜의 환경이었다.

투어 프로그램은 전날과 크게 다르지 않았다. 커피 농장과 각 농가가 힘을 합쳐 만든 조합 시설 등을 둘러보는 일정이었다. 마을에 들어서자 역시나 축제라도 열린 듯 온 동네 사람들이 모여들었다. 전날 방문한 곳보다 큰 마을이어서 사람이 훨씬 많았다. 전통 의상을 갖춰 입고 나온 남성 노인들이 전통 춤과 노래로 일행을 환영했고, 여성들은 '즉석 커피'를 만들어내기 바빴다. 분나 마프라트가 이어졌음은 말할 것도 없다.

천막 안에서 커피와 함께 극진한 대접을 받는데 벽 한편에 걸린 칠판이 눈에 들어왔다. 올해(2016년) 수확한 커피를 얼마에 팔았는지 적어둔 것이었다. 내가 방문한 이르가체페의 콩가 커피 조합은 그해 가장 낮은 등급의 생두 1킬로그램을 8비르(약 320원), 중간 등급을 12비르(약 480원), 가장 높은 등급을 18비르(약 720원)에 팔았다. 생두 가격을 잘 모르지만 최종 소비자가 치르는 값에 비해 1차 생산자인 농가에 많은 수익이 돌아가지 않는 구조임을 직감할 수 있었다. 그제야 눈에 맞는 안경을 낀 듯, 마을 노인들의 얼굴에 깊이 팬 주름, 젊은이들의 짧은 손톱에서 빠져나갈 틈도 없이 끼어 있는 흙때, 바쁜 부모 대신 동생을 등에 업고 코를 찔찔 흘리는 어린아이들이 더 선명하게 보이기 시작했다.

다른 조합의 원두 가공 시설에서 아프리카 커피 농가의 현실을 더 적나라하게 관찰할 수 있었다. 일행은 조합이 구매한 커피콩 분류 기계, 껍질 벗기는 기계 등을 둘러본 뒤 인근 창고로 향했다. 커피콩을 분류 기계에 넣기 전 사람이 수작업으로 커피콩을 골라내는 곳이었다.

교실 두 개 정도를 합친 크기의 공간에는 노란 위생모를 뒤집어쓴 소녀들이 모여 있었다. 한국에서라면 점심시간이 막 지나 몰려오는 졸음을 참으며 한창 수업을 듣고 있을 시간이었다. 몇몇 소녀에게 나이를 물으니 수줍게 열세 살, 열다섯 살이라고 제각기 답했다. 소녀들은 분명 책상 앞에 앉아 있었다. 다만 그 위에 펼쳐진 것이 교과서가 아닌 연둣빛 커피콩이었을 뿐. 제각기 능숙한 손놀림으로 깨지거나 썩은 커피콩을 골라 통 안에 담고 있었다. 그 모습을 보고 있노라니 어지러웠다. 자잘한 커피콩을 하루 종일 헤집는 소녀들의 시력이 금세 나빠질 것 같았다.

고생스럽게 일해도 손에 쥐는 돈은 얼마 되지 않았다. 긴 리지의 눈치를 보다 겨우 입을 뗀 한 소녀는 "나쁜 커피콩을 골라내고 좋은 커피콩으로 한 포대(60킬로그램)를 가득 채우면 40비르(약 1,600원)를 받는다"고 말했다. 한국에서 5,000원 정도하는 이르가체페 드립커피 한 잔의 원두량은 10그램 정도. 이 소녀들은 2,000원이 조금 안 되는 돈을 받고 커피 약 6,000잔을 뽑을 생두를 골라내고 있었다. 물론 1차 생산지의 커피 가격과 최종 소비자 가격을 직접 비교할 수 없는 노릇이지만, 학교 공부까지 포기하며 하루 종일 일해서 얻는 대가로 치기에는 너무 부족하다고 느꼈다. 한 소녀에게 학교에 가고 싶지 않느냐고 묻자 고개를 푹 숙이고 답을 하지 않았다. 당장 도움을 줄 수도 없으면서 마음만 아프게 한 것 같아 미안해졌다. 소녀들도 학교에 가고 싶은 마음이 더 클지도 모른다. 하지만 많은 아프리카 국가에서 아이들은 일터로 내몰린다. 먼 미래에 수확을 거둘 수 있을지 없을지도 모르는 공부를 하는 것보다는 노동을 하는 게 가정의 생계에 당장 도움이 되기 때문이다.

쓸쓸함을 뒤로한 채 마지막 일정을 마무리했다. 이날 밤 우리 일행은 이르가체페에서 아디스아바바로 향하는 중간쯤 자리한 휴양 도시 아와사(Awassa)의 한 고급 리조트에서 묵었다. 에티오피아의 마라톤 황제 하일레 게브르셀라시에가 은퇴 뒤 운영하는 4성급 숙소였다. 길거리 고성방가가 다 들려오고 뜨거운 물도 제대로 나오지 않던 전날의 낡은 숙소와는 정반대였다. 마지막 밤인 만큼 에티오피아 정부에서 특별히 좋은 숙소를 제공한 것 같았다.

지난 이틀간 장거리를 이동한 데다 취재를 한답시고 시골 마을을 헤집고 다닌 터라 하얗고 푹신한 호텔 침대에 눕자 몸이 녹아내리는 것 같았다. 하지만 이상하게 잠이 오질 않았다. 이런저런 생각이 들었다. 에티오피아에 오고 지나간 불과 며칠이 몇 주처럼 길게 느껴졌다. 한국에 있는 가족들, 친구들 얼굴이 하나둘 떠오르더니 그날 오후 커피콩을 고르던 소녀들의 모습이 생각났다. 그 아이들은 지금 이 시간쯤이면 무엇을 하고 있을까. 일당으로 산 인제라를 가족들과 나눠 먹으며 기뻐하고 있을까, 아니면 내일도 학교 대신 일터로 나가 눈이 빠지도록 커피콩을 고를 걱정에 한숨을 쉬고 있을까, 소녀들의 꿈은 무엇일까……

# 정전이 맺어준 인연

"으아아아아!"

"무슨 일이야? 도와줄까?"

"아니야. 별일 아냐, 신경 쓰지마……. 아, 별일이 맞긴 맞는데 페나 너도 어쩔 수 없는 일이야……."

"???"

이른 아침, 나의 괴성을 듣고 달려온 페나는 고개를 갸웃거리며 돌아섰다. 문제는 인터넷이었다. 커피 농장 투어에 다녀오며 촬영한 사진과 동영상을 회사로 보내기 위해 밤새 컴퓨터를 켜놓고 파일 전송을 시도했건만 중간에 끊겨져 절반도 가질 않았다. 수도를 벗어나 처음 보는 풍경과 사람들의 모습에 도취돼 셔터를 마음껏 눌러댄 덕분에 사진 파일이 수백 장이었다. 생생한 현장을 담은 동영상 파일도 잔뜩 쌓여 있었다.

설상가상으로 동네에 또다시 정전이 찾아왔다. 이른 아침이라 사람들의 일상생활에는 지장이 없었지만 나는 아니었다. 게스트하우스 와이파이 공유기가 꺼져버려 파일 전송도, 기사 송고도 할 수가 없었다. 좌절하는 내게 페나는 시내 쇼핑몰에 가면 인터넷 카페를 이용할 수 있다고 알려줬다. 인터넷이 훨씬 빠르고, 시내라 정전이 되는 일도 거의 없다고 했다. 곧바로 노트북과 카메라를 챙겨 나갈 채비를 했다.

페나가 말한 곳은 게스트하우스에서 차로 20분가량 떨어진 '게투(getu) 쇼핑몰'이었다. 숙소와 한국대사관의 중간 지점쯤에 있었다. 5층 건물로 한국 대규모 아파트단지 내 복합 상가보다 조금 큰 규모였다. 건물 입구에는 보안 검색대가 설치돼 있었고, 경비원이 짐 검사를 철저히 했다. 에티오피아에서는 공공기관은 물론 어느 규모 이상의 건물이면 경비원이 손수 짐 검사를 했다. 어느 행사장 입구에서는 내 가방에 들어 있던 물병의 물까지도 마셔보라고 했다. 폭발물이 아니라 진짜 물이 맞는지 확인하기 위해서였다. 다소 귀찮게 느껴지기도 했지만, 한편으로는 철저한 모습에 안심이 됐다.

인터넷 카페는 건물 3층에 있었다. 엘리베이터가 없어서 계단으로 올라가면서 보니 'ㅁ' 자 형태의 건물에 옷가게, 서점, 카페, 가전제품 상점, 웨딩드레스숍 등이 입점해 있었다. 1층 가전제품 상점에는 '대우전자'가 영어로 적혀 있었다. 한국 회사 이름을 보니 왠지 반가웠다. 웨딩드레스숍은 아디스아바바 곳곳에서 쉽게 찾아볼 수 있었는데, 나중에 현지 친구에게 물어보니 에티오피아에는 부자이든 아니든 큰돈을 들여 결혼식을 성대하게 치르는 문화가 있다고 했다.

인터넷 카페에는 구형 HP 컴퓨터가 스무 대 정도 있었고, 가운데에 노트북을 사용할 수 있는 탁자가 놓여 있었다. 카운터에는 긴 머리를 레게로 땋아 내린 젊은 여자 주인이 무료한 표정으로 턱을 괸 채 앉아 있었다. 나를 보고 잠시 호기심 어린 눈빛을 보냈지만 이내 무심한 표정으로 돌아갔

다. 문구점도 겸하는지 여주인 뒤에는 노트, 펜 등 소량의 문구용품이 진열돼 있었다. 손님은 네다섯 명 정도였다. 진지하게 문서 작업을 하는 사람도 있었고, 연애편지라도 쓰는지 들뜬 표정으로 메일을 작성하는 사람도 있었다. 당연한 이야기일 수도 있지만 한국의 피시방과 달리 게임을 하는 사람은 찾아볼 수 없었다. 어쩐지 이곳에 자주 오게 될 것 같은 예감이 들었다.

"인터넷? 와이파이?"

"예스."

원탁에 칸막이가 쳐져 있는 노트북 전용 탁자에 짐을 풀어놓자 여주인이 쪽지에 와이파이 이름과 비밀번호를 적어줬다. 한국의 인터넷 속도에는 한참 못 미쳤지만 게스트하우스보다는 빨랐다. 예비로 가져온 노트북까지 동원해 두 대로 사진과 영상을 보냈다. 밤이 돼 가게 문을 닫을 시간이 다 되어서야 작업을 마무리할 수 있었다.

이 인터넷 카페는 한 달 가까이 나의 기자실이 됐다. 급할 때는 내가 가진 노트북 두 대에 데스크톱 세 대를 빌려 사진, 영상을 전송했다. 그런 날에는 아침부터 밤까지 작업하는 경우가 많았기 때문에 2층 카페에서 음료와 간단한 음식을 배달 주문해 먹기도 했다. 주인이 커피를 배달시켜 먹는 것을 보고 생각해낸 아이디어였다. 나름 작업 공간이 생기긴 했지만 답답함이 해소되지는 않았다. 하루 종일 작업을 하노라면 차라리 USB에 파일을 담아 택배로 부치고 싶다는 생각마저 들었다. 더 나은 대안이 필요했다.

어느 날 밤 인터넷 카페 문 닫을 시간이 다 됐는데 일을 마치지 못했다. 예전에 호텔 로비에서 와이파이를 쓸 수 있다는 이야기를 들은 것 같아 급히 검색을 해봤다. 아디스아바바 H호텔 로비의 와이파이가 빠르다는 여행 정보 사이트의 리뷰가 눈에 띄었다. 몇 해 전 글이긴 했지만, 밑져야 본전이라는 생각으로 택시를 타고 호텔로 이동했다. 며칠 뒤 출장 때 사용할 달러를 마련하기 위해 호텔 내 환전소도 알아봐야겠다는 마음이었다(에티오피아는 달러 반출을 엄격히 통제하기 때문에 국내에서 현지화를 달러로 바꾸기가 무척 어렵다. 달러가 급히 필요한 외국인은 주로 블랙마켓을 이용한다).

늦은 밤이라 로비에는 사람이 많지 않았다. 안내 데스크 직원에게 환전소를 묻자 안내해줬다. 그곳에는 카드로 달러를 인출하는 기계가 있었는데, 내가 가진 카드로는 모두 작동이 안 됐다. 각기 다른 회사 카드 여러 개로 시도해봤지만 모두 사용 불가라고 떴다. 다시 그 직원에게 돌아가 다른 방법은 없냐고 물었더니 잠시 생각한 뒤 자기 친구가 도와줄 수 있다고 했다. 대신 비밀을 꼭 지켜야 한다고 신신당부했다.

한국에서 가져온 달러를 모두 써버렸는데, 남수단 출장을 앞두고 있던 터라 비자 발급 비용 등 달러가 많이 필요했기 때문에 일단 그를 믿어보기로 했다. 민머리에 커다란 두 눈망울이 믿음직스러웠고, 호텔 유니폼과 가슴에 달린 명찰이 신뢰도를 더했다. 그 친구의 신상 보호를 위해 T라고만 소개하겠다. T가 제시한 환율이 내게 무척 불리하긴 했지만 급한 마음에 400달러에 달하는 현지화 비르를 지갑에서 꺼내 슬쩍 건네고 로비에서 초조히 기다렸다. 이십 분 정도 지나 '당했나' 하는 생각이 떠오를 즈음, 그가 내게 다가와 봉투를 쓱 내밀었다. T는 미소를 지었다.

T는 내게 호텔 투숙객에게만 제공되는 와이파이 비밀번호도 몰래 알려줬다. 호텔 로비 직원이 영어와 숫자 조합의 비밀번호 몇 개를 가지고 있다가 투숙객이 요청하면 알려주는 시스템이었다. 비밀번호는 매일 바뀐다고

했다. 쪽지를 받아 들고는 두근거리는 마음으로 와이파이 연결을 하고 파일을 전송하는데 '오 마이 갓!' 신세계가 펼쳐졌다. 여전히 한국에서의 인터넷 속도를 따라갈 수는 없었지만 시내 인터넷 카페보다 몇 배는 빠른 것 같았다. 남아 있던 작업을 한 시간 내 소화할 수 있었다. T에게 정말 고맙다고 인사를 했다. 명함을 건네며 사실 나는 한국에서 온 기자인데 인터넷 때문에 고생하고 있었다는 설명도 덧붙였다. 그러자 그는 자신의 전화번호를 알려주면서 앞으로 인터넷을 사용하고 싶으면 자기에게 전화를 걸라고 했다. 자신이 근무 시간이어서 호텔에 있으면 와이파이 비밀번호를 알려주겠다고 했다.

덕분에 내가 에티오피아를 떠나기 전까지 H호텔 비즈니스센터는 나의 주요 기자실이 되었다. 비즈니스센터에는 간단한 업무를 볼 수 있도록 데스크톱이 마련돼 있었고 노트북을 사용하기 좋은 탁자도 놓여 있었다. 비즈니스센터 안내판에 적힌 와이파이 이용료를 보니 한 시간에 만 원도 훌쩍 넘었다. 비즈니스센터에 거의 매일 출근 도장을 찍다시피 하니 거의 터줏대감이 됐다. 나중에는 생전 처음 해외여행을 계획하면서 온라인으로 항공권을 구매하지 못해서 쩔쩔매는 두 여성을 도와주기도 했다. 여성들이 비즈니스센터 안내 직원에게 도움을 요청했는데 해결이 되지 않자, 나와 안면을 튼 직원이 다시 내게 SOS를 친 것이었다.

우연한 기회에 기자실을 얻어 몇 주 동안 잘 이용했지만 세상에 공짜는 없는 법. 나중에 값을 치러야 했다. 에티오피아를 떠나게 돼 그동안 고마웠던 사람들에게 인사를 하면서 T에게도 감사의 말을 전했다. 고마운 마음에 한국에서 준비해 간 볼펜과 책갈피도 선물했다. 그도 아쉬워하며 남은 여정을 잘 보내라고 나를 응원해줬다. 하지만 그게 끝이 아니었다. 그는 잠시 머뭇거리더니 얼마 전 사기를 당해 돈을 많이 잃어 속상하다고 털어놨다. 우리 돈으로 십만 원 정도를 날렸다고 했다. 나는 갑자기 왜 이런 이야기를 꺼낼까 의아했지만, 그가 내게 금전적 도움을 요청하고 있다는 것을 직감할 수 있었다. 마냥 유쾌하지는 않았지만 그동안 아무런 대가를 요구하지 않고 나를 도와줬던 점이 떠올라 기분이 나쁘지도 않았다. 지갑을 뒤져보니 600비르(약 24,000원) 정도가 있었다.

"그동안 도와줘서 정말 고마워요. 큰돈을 잃었다니 정말 속상하겠어요. 저도 더 많이 도와주고 싶지만 지금 이게 제가 가진 돈의 전부예요. 도움이 됐으면 좋겠어요."

T는 돈을 받아 들고 무척 기뻐했다. 여전히 커다란 두 눈망울을 껌뻑거리며 연거푸 고맙다고 말했다. 내가 떠난다고 해서 그가 없던 말을 지어낸 것인지, 아니면 정말 사기를 당했는데 내가 떠난다고 하자 지푸라기라도 잡는 심정으로 말을 꺼낸 것인지는 여전히 알 수가 없다. 그래도 그에게 식사 한 끼라도 꼭 대접하고 싶었는데 매번 시간이 맞질 않아 기회를 마련하지 못했던 만큼 차라리 잘됐다는 마음이 들었다.

# 기억할게요, 각뉴

"교육만 제대로 시켜줬더라도 아이들이 지금보다는 고생을 덜했을 텐데⋯⋯."

여든다섯 살 테레다 메르샤 할아버지는 침대에 누운 채 이야기하다 결국 눈물을 흘렸다. 오랜만에 아버지를 보러 친정에 온 시집간 막내딸도 고개를 떨궜다. 메르샤 할아버지는 1953년 난생처음 소복한 하얀 눈을 밟았다. 뼛속까지 파고드는 추위도 알게 됐다. 전쟁이 한창이던 한국의 강원도 철원에서였다.

황실근위대 소속 군인이던 그는 하일레 셀라시에 황제의 명을 받아 한국에 파병됐다. 메르샤 할아버지는 당시 북한군과 전투 도중 오른 다리에 파편을 맞아 크게 다쳐 다시는 일어설 수 없게 됐다. 그때 나이 스물둘. 최고 엘리트 출신 군인이었던 그는 고국으로 돌아왔지만 불편한 다리 때문에 제대로 된 일자리를 찾을 수 없었다.

메르샤 할아버지의 초라한 세간이 힘겨웠던 지난 세월을 말해주는 듯했다. 커튼을 쳐 겨우 분리해놓은 작은 침실 옆에는 낡은 텔레비전, 찌그러진 냄비, 녹슨 휠체어가 놓여 있었다. 집은 한국의 작은 원룸 정도 크기였는데, 그곳에서 할아버지는 아내와 십 대 손녀 세 명과 함께 살고 있었다.

다섯 식구가 어떻게 생활하는지 좀처럼 그림이 그려지지 않았다. 내가 메르샤 할아버지였다면 한국이라는 말만 들어도 상실의 아픔이 밀려올 것만 같은데, 그는 나로서는 상상할 수 없는 말을 이어갔다.

"한국이 잘살게 됐다니 내가 더 고맙소. 우리가 그토록 힘들게 자유를 위해 싸운 보람이 있어."

메르샤 할아버지는 파병 당시 병사들의 월급을 모아 전쟁 통에 고아가 된 한국 아이들에게 먹을 것과 옷을 사줬던 기억을 떠올리기도 했다. 당시 아이들은 어느새 오륙십 대가 다 됐다. 이 중 한 분은 수소문 끝에 2년 전 메르샤 할아버지를 찾아와 인사를 하고 직접 병원에 모시고 가기도 했다고 한다.

메르샤 할아버지처럼 1951년부터 1956년까지 다섯 차례에 걸쳐 한국전쟁에 파병된 각뉴부대원은 모두 6,037명. 253전 253승이라는 용맹함을 자랑했다. 전사자는 약 120명이었다. 그마저 단 한 명도 빼놓지 않고 시신을 찾아 고국으로 돌아왔다. 한때 최고 엘리트 군인이었던 이들은 1974년 군부 쿠데타로 셀라시에 황제가 축출되자 찬밥 신세가 됐다. 공산주의를 표방하는 군부 체제에서 북한에 맞서 싸운 경험은 주홍글씨가 됐다. 대부분 군을 떠나 숨어 지냈다. 참전용사 대부분이 어려운 생활을 이어갈 수밖에 없었던 이유다. 다른 나라와 달리 1992년에야 뒤늦게 한국전참전용사협회가 만들어진 것도 이 같은 배경 때문이다. 이들은 고국에 돌아온 직후 황제로부터 받은 땅에 '코리아타운'을 만들어 살기도 했지만, 마을에는 이제 전체 생존자 246명 중 십여 명 정도만 남았다.

다른 참전용사 분들을 만나기 위해 찾아간 코리아타운은 쇠락한 동네

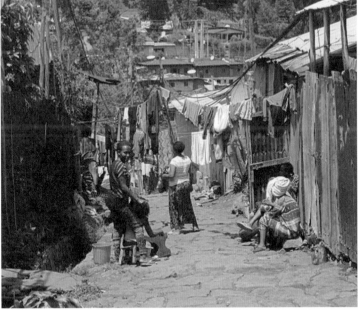

였다. '한국 마을'이라고 적힌 철제 표지판은 뻘겋게 녹이 슨 채 바닥에 쓰러져 있었다(한국 정부는 보도가 나간 이후 2016년 당시 대통령의 에티오피아 방문을 준비하며 이 표지판을 손질했다). 마을 사람들에게 여러 차례 물어가며 참전용사 테섬 자마리암 할아버지를 만날 수 있었다. 그는 여든넷으로 수십 년째 그 마을에 살았다고 했다. 집 안에 햇빛이 비치지 않는 데다가 전기마저 들어오질 않아 대낮인데도 무척 컴컴했다. 자마리암 할아버지는 역시나 침실이 한 개뿐인 비좁은 집에서 아내와 아들 내외, 손자, 손녀와 함께 살고 있었다. 시력을 거의 잃은 데다 지팡이가 없으면 거동하지 못하는 그도 메르샤 할아버지처럼 한국전쟁 참전을 원망이 아닌 감사한 기억으로 간직하고 있었다. 자마리암 할아버지는 군에서 나온 뒤 경비원 일자리를 구해 어렵게 살았지만 한국전쟁에 참전한 기억은 아직도 자랑스럽게 남아 있다며 "찾아줘서 정말 고맙다"고 말했다.

우리 정부가 이들을 잊은 것은 아니다. 생존 참전용사와 가족들은 한국전참전용사협회와 한국전참전용사회후원회를 중심으로 국가보훈처와 한국국제협력단(KOICA), 강원도 화천군, 각 NGO 단체 등이 지원을 받고 있다. 국방부도 2015년 8월부터 에티오피아 무관부를 신설해 이들을 살피고 있다. 특히 국가보훈처에서는 영예금 명목으로 한 달에 700비르(약 28,000원)를 생존 참전용사들에게 지급한다. 하지만 여전히 손길이 미치지 못하는 곳이 많다. 예컨대 국내 명성재단이 아디스아바바에 설립한 명성 병원은 생존 참전용사들에게 무료로 진료를 해주지만, 거동이 불편해 교통수단을 이용 못 하거나 먼 지방에 사는 이들은 혜택을 보기 힘들다.

시간이 지나면서 한국에서나 에티오피아에서나 이들이 잊혀가고 있다는 점도 안타까운 대목이다. 참전용사회후원회와 각 NGO, 아디스아바바시와 자매결연을 맺은 화천군 등이 크고 작은 행사를 열지만 널리 알려져 있지는 않다. 사실 한국전 당시 칵뉴부대의 활약을 가장 먼저 기록으로 남긴 것도 그리스 출신 종군기자 키몬 스코르딜스다. 그가 1954년 일본에서 출간한 책 《칵뉴》를 통해서였다. 국내에서 에티오피아 출신 참전용사들이 미국 등 다른 나라 참전용사들에 비해 상대적으로 주목을 받지 못하는 것도 사실이다.

이들은 에티오피아에서도 잊힌 존재다. 셀라시에 황제 축출 이후 현지 정부에서 아무런 지원과 보상을 받지 못했다. 지구 반대편 한국으로 떠났던 매해 4월 13일마다 출정식 행사를 하고 있긴 하지만, 이제 팔구십 대로 고령인 참전용사들이 하나둘 세상을 떠나며 그 규모는 날이 갈수록 줄어들고 있다. 에티오피아 젊은이들 중에는 한국은 알아도 한국전쟁에 에티오피아가 참전했다는 사실조차 모르는 경우도 많다.

나 역시 할아버지들을 만나기 전에는 에티오피아 참전용사들에 대한 이야기를 거의 들어본 적이 없다. 그래서일까. 메르샤 할아버지의 슬픈 눈빛과 힘없는 목소리가 아직도 생생하다.

"한국이 우리를 기억해주기를 바라지 않아. 지금 이렇게 신경 써주는 것만도 고마울 따름이야. 그저 죽기 전에 우리가 한국에서 돌봤던 고아 아이들을 한 번 더 볼 수 있으면 좋겠어……."

# 한국을 향한 짝사랑

슬슬 한국 음식이 그리워졌다. 게스트하우스의 공동 주방은 장을 봐서 한국 음식을 조리할 수 있는 환경이 아니었다. 못 참겠을 땐 한국에서 가져간 컵라면을 종류별로 하나씩 뜯어 먹었다. 새우라면, 김치라면, 짬뽕라면, 우동라면, 짜장라면……. 이마저 지겨워지면 튜브 고추장을 활용했다. 컵라면에서 면만 삶은 뒤 물은 버리고 고추장을 넣어 비빔면을 만들어 먹는 것이다. 어머니가 한국에서 챙겨준 말린 누룽지를 밤사이 전기 주전자 안의 끓인 물에 넣어 불려뒀다가 다음 날 고추장에 비벼 먹기도 했다. 그래도 한국 음식에 대한 허기를 달랠 수가 없었다. 결국 한국 식당 문을 두드렸다.

아디스아바바의 한국 식당은 세 군데였다. 대장금, 아리랑, 레인보우. 국내 NGO에서 파견 근무 중이던 두 한국 청년과 숙소에서 가까운 편인 레인보우 식당에서 저녁을 먹기로 했다. 아프리카 땅을 밟고 처음 먹는 한식이었다. 메뉴판 사진만 봐도 눈이 팽팽 돌아가고 입에서 군침이 절로 났다. 현지에서 구하기 어려운 삼겹살은 한국보다 가격이 높은 편이었는데, 내가 쏘겠다고 박박 우겨 결국 주문했다. 며칠 굶은 사람처럼 음식을 씹지도 않고 꿀꺽꿀꺽 삼켜대고 있는데 사장님께서 우리 테이블로 오셨다.

"사장님 안녕하세요. 이번에 특파원으로 나왔습니다. 앞으로 잘 좀 부탁드릴게요. 그런데……. 음식이 정말 맛있네요. 흑흑. 한국 음식 정말 그리웠습니다."

"많이 먹어요. 반찬은 모자라면 더 달라고 하고. 그런데 특파원이면 무슨 취재하는 거예요?"

"특별히 정해진 것은 없고요. 한국과 관련 있는 현지 소식 혹은 직접 관련이 없더라도 한국에 알릴 만한 뉴스가 있으면 소개를 하죠."

"어머, 그렇구나. 그러면 이 친구들 한번 만나보면 좋겠네요. 케이팝 팬클럽 활동하는 친구들이 있는데 한국어도 잘하고 아주 재미있어요. 우리 식당에도 자주 놀러옵니다."

"사장님, 당장 연락처 알려주세요!"


그리고 며칠 뒤 불금에 케이팝 팬클럽 회장 케디르 누레딘을 만났다. 누레딘은 함께 활동하는 라헬 기르마, 엘비스 루케라당가와 함께 왔다. 세 사람은 한국어를 아주 잘했다. 주로 영어로 대화했지만 한국어로 간단한 의사소통을 하는 데 아무 문제가 없었다. 세 사람은 자기들끼리 암하라어로 이야기를 하다가도 "아이 진짜", "대박" 같은 한국어 감탄사를 자연스럽게 내뱉었다.

아리랑TV에서 방영되는 케이팝을 접한 뒤 그 매력에 푹 빠진 누레딘은 자신과 비슷한 친구들과 교류를 하고 싶어서 2008년 페이스북에 '에티오피아 한국 팬클럽(KOREAN FANCLUB IN ETHIOPIA)'을 만들었다. 가입 회원수가 11,000명이 넘는다. 한국 문화에 대한 관심은 자연스럽게 한국어 공부로 이어졌고, 수준급 한국어 실력 덕분에 현지에 있는 한국 의류 제

조 업체에도 취직할 수 있었다. 가수인 라헬은 누레딘과 함께 팬클럽을 꾸려나가는 주축으로 아이돌뿐만 아니라 조용필, 김광석의 노래도 멋들어지게 부른다. 라헬은 인터뷰 도중 내게 〈서른 즈음에〉를 불러주기도 했다. 엘비스는 아이돌이나 일반적인 한국 드라마보다 사극을 특히 좋아한다. 당시 〈대왕 세종〉 다시 보기에 푹 빠져 있었는데, 한국에 가면 조선시대 왕이 입던 한복을 입고 거리를 걸어보는 게 소원이라고 했다.

우리는 금세 친해졌다. 친구들은 에티오피아의 '불금'을 맛봐야 한다며 에티오피아 전통 춤과 노래 공연을 하는 식당에 나를 데려가 인제라와 꿀을 발효시켜 만든 현지 술 '떼지'를 대접했다. 나중에는 휴양지 아와사로 함께 여행을 떠났다. 라헬과 엘비스는 내가 원시부족을 취재하러 갈 때도 동행해 여러모로 도움을 줬다.

"서양 드라마나 영화에는 폭력적이거나 선정적인 장면이 많고 노래, 뮤직비디오도 마찬가지잖아. 그런데 한국 드라마나 음악에는 사랑, 우정, 가족 간의 정에 관한 내용이 많아서 좋더라고. 우리와 정서가 비슷한 것 같아."

친구들은 예쁘고 잘생긴 배우·가수들, 탄탄한 콘텐츠와 멋진 퍼포먼스뿐 아니라 바로 이런 점도 한국 드라마·음악의 매력이라고 했다. 이 친구들을 만날수록 맞는 말이라는 생각이 들었다. 그만큼 어울리는 데 어느 하나 꺼려지는 게 없었다. 오래전부터 알고 지낸 친구들 같았다.

누레딘의 추천으로 아디스아바바 대학의 한국어 교실에도 가보기로 했다. 그가 처음 한국어 공부를 시작한 곳이었다. 평일 저녁인데도 제법 큰 강의실이 꽉 들어찼다. 수강생은 약 80명이었다. 대부분 이십 대 대학생이었는데, 젊은 한국인인 나를 만나자 무척 반가워했다. 그 중에서도 다른 대학에 다니는 치온 구아두가 유난히 적극적이었다. 구아두는 요즘 〈태양의 후예〉를 즐겨보고 있다며 입을 열었다.

"이름이 수진? 시진! 유시진(〈태양의 후예〉 남자 주인공 송중기의 극중 이름)이랑 이름이 비슷해요. 호호호."

구아두는 나도 못 본 〈태양의 후예〉를 현지서 방영되는 KBS WORLD 채널을 통해 거의 시차 없이 시청하고 있었다. 방송 시간을 놓치면 홈페이지에서 다운을 받아 본다고 했다. 한국 텔레비전 프로그램을 본 지 6년 정도 됐다는 그녀는 〈꽃보다 남자〉, 〈아이리스〉, 〈오 마이 비너스〉 등 드라마 제목과 이민호, 신민아, 수지 등 연예인의 이름을 줄줄이 꿰었다. 구아두는 급기야 친구들과 결성한 여성 5인조 그룹 '크리스털 파이브'의 연습을 보여주겠다며 그 주 주말 한 멤버의 집으로 나를 초대했다.

일요일 오후, 마당을 무대 삼아 펼쳐진 크리스털 파이브의 공연을 감상하면서 구아두가 나를 굳이 집까지 끌고 온 이유를 알 수 있었다. 고등학생이거나 대학생인 다섯 멤버는 걸그룹 포미닛의 〈미쳐〉에 맞춰 한국어 아이돌 못지않은 '칼군무'를 선보였다. 수십 수백 번 연습한 흔적이 역력했다. 크리스털 파이브는 지난해 KBS WORLD에서 주최한 에티오피아 케이팝 경연대회에서 이 공연으로 1등을 거머쥐었다고 했다. 같은 대회 아프리카권역에서 1등을 하면 한국에 갈 수 있는 특전이 주어지는 것으로 알고 있는데 이후 감감 무소식이라며 무척 아쉬워했다. 멤버 솔롬 키플루는 "그저 인천공항만 밟아봐도 좋겠다"면서 "만약 한국에 가면 생수통에 공기를 가득 담아와 평생 간직할 것"이라고 말했다. 그러면서 공기를 한껏 들이마시는 시

능을 해 나를 웃게 만들었다.

이 아이템을 취재하는 동안 이토록 한국을 좋아하고, 열정 가득한 젊은이들을 만날 수 있어 무척 즐거웠다. 하지만 한편으로는 이 친구들이 마음껏 끼를 펼칠 기회가 마땅치 않다는 점이 몹시 안타까웠다. 이들은 한국과의 연결 고리에 목이 말라 있지만 현지 대사관은 다른 외교 업무로 이런 부분까지 신경 쓸 새가 없고, 현지에 진출한 한국 기업에게도 관심 분야가 아니었다. 국내 대형 기획사 소속 아이돌이 세계 투어 공연을 하더라도 아프리카를 포함시키는 경우는 많지 않다. 아마도 아직 현지 구매력이 크지 않기 때문일 것이다. 그나마 내게 누레딘을 소개해준 한국 식당 사장님이 이 같은 현실을 지켜보다가 몇 해 전부터 소규모 케이팝 경연 대회를 열기 시작했다. 반응이 좋아 케이팝 팬클럽과 함께 매해 행사를 개최하는데 최근에는 참가비로 공연장을 대여해 대회를 진행한다. 식당 사장님이 심사를 맡는데 심사위원이나 참가자나 진지함은 이루 말할 수가 없다. 전해에 촬영한 대회 영상을 보니 현장의 열기만큼은 〈슈퍼스타K〉를 능가했다.

한국에 대한 관심이 문화 콘텐츠로 시작했다고 해서 거기에만 머무르는 것도 아니다. 한국어를 공부하는 학생 중에는 진지하게 한국 기업에 취직하거나 한국과 관련된 일을 하고 싶어 하는 이들도 많다. 에티오피아 최고 대학인 아디스아바바대 공과대에서 공부하며 한국어 교실 조교도 맡고 있는 메론 세마츄는 한국은 알면 알수록 매력적이고 배울 게 많은 나라라며 열심히 공부해서 나중에 한국 기업에서 일해보고 싶다고 말했다. 세마츄는 일 년에 한 번 여름방학 중 카이스트 학생들과 며칠간 교류하는 프로그램에도 빠지지 않고 참가하고 있었다. 카이스트 학생들과 가끔 카카오톡으로 연락을 주고받는다는 그는 일 년 내내 이때를 손꼽아 기다린다고 했다.

외교 상대국으로 보나, 비즈니스 파트너로 보나 에티오피아, 나아가 아프리카는 아직 우리에게 너무나 먼 당신임이 분명하다. 하지만 한국을 향한 이러한 열정을 무관심으로 일관하는 것도 어리석은 일이다. 에티오피아는 인구가 약 1억 명으로 아프리카 대륙에서 나이지리아 다음으로 많다. 더구나 유엔경제사회국(UNDESA)이 발표한 '2017 세계 인구 전망 보고서'에 따르면 세계 인구가 100억 명에 가까워지는 2050년 즈음에는 늘어나는 인구 절반 이상이 에티오피아, 나이지리아, 콩고민주공화국(DRC), 탄자니아 등 출산율이 높은 사하라 이남 아프리카에서 나올 전망이다. 이때까지 아프리카 26개국의 인구가 최소 두 배로 늘고, 인구 수 20위권 안에 아프리카 7개국이 포함될 것으로 예상한다. 반면 한국은 인구가 서서히 늘다가 2034년 5,282만 명으로 정점을 찍고 점차 줄어들 것으로 추정된다. 아울러 아프리카 주요 국가의 구매력도 계속 성장하고 있다. 2018년 3월 대외경제정책연구원이 발간한 보고서에 따르면 사하라 이남 아프리카 지역의 소비 인구(주요 내구재 구매 가능 인구)는 2025년까지 현재보다 40퍼센트 늘어, 자동차와 휴대전화 구매 가능 인구가 각각 1억, 6억 8,000만 명에 이를 전망이다. 연구원은 15개국을 국내 기업의 중점 진출 국가로 선정하면서 에티오피아를 대표적인 사례로 꼽았다.

자, 그럼 다시 생각해보자. 나를 무척 좋아하지만 당장 내가 득볼 게 없고 오히려 도와야 하는, 하지만 성장 잠재력이 무궁무진한 친구와 우정을 차근차근 쌓아나갈 것인가? 아니면 계속 모른 척할 것인가? 선택은 우리에게 있다.

# 낙타 주의보

모든 것이 생경하던 에티오피아에서의 하루하루도 어느새 일상이 되었다. 현지 생활에 거의 완벽하게 적응했다는 뜻이기도 했다. '여행 속의 여행'이 필요한 시간이 찾아왔다. 게스트하우스에 비치된 영문 에티오피아 여행 책자를 뒤적이다가 '하라르(Harar)'라는 도시 이름이 눈에 들어왔다. 서로 다른 종교와 종족, 인간과 동물이 공존하는 평화의 도시라는 설명이 마음을 끌었다. 올드타운이라 불리는 하라르의 성곽 도시는 2006년 유네스코 세계문화유산으로 지정됐는데 그보다 앞선 2002년 도시 전체가 같은 기관으로부터 평화상을 수상했다고 했다. 어렵지 않게 첫 여행지를 결정했다.

오랜만에 커피 농장 취재에서 만난 테페라와 점심 식사를 하다 여행 계획을 털어놨다.

"아디스아바바 말고 다른 곳에 좀 가보려고. 동쪽에 하라르라는 무슬림 도시에 가볼까 해."

2박 3일 동안 하라르를 둘러본 뒤 돌아오는 길에 에티오피아 제2의 도시 디레다와(Dire Dawa)에서 하루 더 묵을 생각이라고 말했다. 안 그래도 큰 테페라의 눈이 점점 더 커졌다.

"킴, 나도 하라르에 가보고 싶었는데 한번도 못 가봤어. 그리고 디레다와에는 나와 친한 친구가 살아. 거기서 사업을 아주 크게 하고 있어."

테페라는 자신을 데려가 줬으면 하는 눈치였다. 커피 수출 등 여러 가지 사업을 하고 있지만 벌이가 시원치 않은 그였다. 분명 교통비, 숙박비를 다 내줘야 할 텐데……. 잠시 고민하다가 동행을 제안했다. 가려는 곳이 모든 것이 공존한다는 평화의 도시 아니던가! 버스를 탈 예정이었기 때문에 교통비가 많이 필요한 것도 아니었고, 현지 물가를 고려하면 숙박비, 식비 등도 충분히 감당할 수 있는 수준이었다. 대신 암하라어 통역, 취재 보조, 보디가드까지 1인 3역을 맡기기로 했다. 테페라는 활짝 웃으며 하라르까지 가는 버스 편을 예약해두겠다고 했다.

하라르로 떠나는 날 이른 아침, 커피 투어 당일 늦게 도착해 나를 바람맞혔던 바비의 차를 타고 게스트하우스를 나섰다. 그 사건 이후 바비는 좀처럼 늦는 법이 없었고, 나의 '전속 기사'이자 '절친'이 됐다. 우리는 버스 탑승지로 가는 도중 테페라를 차에 태웠다. 테페라는 평소 보지 못했던 니트 조끼에 빵모자까지 쓰고 한껏 멋을 부렸다. 한 손에는 여행 가방, 다른 손에는 바나나 한 송이가 든 비닐봉지가 들려 있었다. 간만의 여행에 준비를 단단히 한 모양이었다.

아직 어두컴컴한 새벽이었는데도 서울의 고속버스터미널 격인 메스켈스퀘어에는 수도 아디스아바바에서 전국 각지로 향하는 대형버스 수십 대가 늘어서 있었다. 버스 주변에는 껌이나 사탕 따위를 파는 '미니 좌판'을 목에 걸고 장사를 하는 이들이 어슬렁거렸다. 테페라는 스카이버스라는 회사의 표를 구해뒀는데, 온라인이나 전화 예매 시스템이 없어서 직접 시내 회사를 방문해 예매했다고 거듭 강조했다. 차에 타서 보니 버스 상태가 제법 괜찮았다. 한국 일반 고속버스와 크게 다르지 않았다. 심지어 장거리 여행에 입이 심심할까 봐 간식으로 물과 빵까지 나눠줬다. 역시나 예정된 출발 시간을 50분 넘겨 차가 움직이기 시작했다는 것, 고장이 났는지 내가 앉은 좌석 의자가 뒤로 젖혀지지 않았던 점만 빼면 말이다.

장장 8, 9시간 동안 500킬로미터를 넘게 달린 뒤 하차했지만 끝이 아니었다. 디레다와에서 다시 12인승 승합차로 갈아타고 하라르로 들어가야 했다. 버스비에 '택시' 환승 비용까지 포함돼 있었다. 아디스아바바에서와 다름없이 택시라 불리는 낡은 승합차는 생산성이 극에 달했다. 손님으로 꽉 찬 차 안에 빈 공간이라고는 찾아볼 수가 없었다. 빽빽하게 붙어 앉은 현지 주민들 사이사이에 버스에서 내린 여행객인 나와 테페라, 영국인 자매 두 명이 끼어 앉았다. 우리는 인류애를 발휘해 서로의 숨결과 땀 냄새를 견뎠다. 그렇게 수십 분을 더 달렸다.

하라르에 도착하니 오후 3시가 넘었다. 승합차에서 내리자마자 마치 우리가 올 것을 미리 알고 있었다는 듯 스물한 살 청년 애덤 물루게타가 반가운 표정으로 다가왔다.

"아직 숙소 안 잡으셨죠? 숙소 찾는 것을 도와드리고 이틀 동안 하라르 곳곳을 안내해드릴게요. 저는 이곳에서 태어나 이십여 년을 살았기 때문에 모든 것을 알고 있답니다. 단돈 500비르(약 20,000원)만 주세요."

아주 어려서부터 가이드 일을 시작했다는 물루게타는 영어를 제법 잘했다. 마땅한 일자리가 많지 않기 때문에 외국인을 상대하는 가이드 일을

하려고 독학으로 영어를 공부했다고 했다. 그와 함께 몇 군데를 둘러본 뒤 작지만 깔끔한 호텔로 숙소를 정했다. 이미 해가 뉘엿뉘엿 기울고 있어 올 드타운은 다음에 둘러보기로 했다. 대신 저녁을 먹고 하이에나 먹이주기를 구경하기로 했다.

수백 년간 이어져왔다는 하이에나 먹이주기 전통은 우연히 시작됐다. 오래전 가뭄이 들어 먹을 것이 없어지자 마을로 내려온 하이에나들이 가축은 물론 사람까지도 공격했다. 마을 사람들은 고심 끝에 죽을 쑤어 하이에나를 먹였고 더 이상 공격을 받지 않았다는 '옛날이야기'가 전해져온다. 문헌으로 남아 있는 것은 아니어서 하이에나 먹이주기 전통의 시초에 관한 이야기는 이와 다른 버전도 몇 가지가 있다. 어쨌거나 지금도 성 외곽에 사는 일부 주민들은 대를 이어가며 매일 밤 하이에나에게 먹이를 주고 있다.

택시를 타고 찾아간 성곽 주변에서 하이에나 떼에 둘러싸인 예순 살 농부 유스프 무메를 만날 수 있었다. 하이에나 삼십여 마리가 그의 주변을 어슬렁거리거나 자리를 잡고 앉아 먹이를 기다리고 있었다. 하이에나를 직접 본 것은 그때가 처음이었는데 생각과 달리 무척 귀여웠다. 내게 하이에나는 애니메이션 〈라이온 킹〉에서 악당으로 그려진 것처럼 비열함의 대명사 같은 동물이었는데, 가만히 엎드려 먹이를 기다리는 모습을 보니 괜히 미안한 마음이 들었다.

무메는 광주리에 담아 온 낙타 고기를 두 뼘 남짓한 막대에 끼워 하이에나의 입에 넣어주었다. 하이에나들은 아주 익숙한 몸짓으로 고기를 받아 먹었다. 무메는 내게 막대를 건네며 직접 먹이를 줘보라고 했다. 온순했지만 그래도 날카로운 이빨, 어둠 속에 빛나는 눈빛에 주눅이 들었다. 덜덜거리며 막대 끝에 고기를 끼워 하이에나들에게 내밀었다. 하이에나가 막대를 '앙' 무는 억센 힘이 손끝으로 찌릿하게 전달됐다. 길들여진 듯 보여도 녀석들의 야생 본능은 살아 있었다. 어떤 사람은 막대를 입으로 문 채 고기를 주기도 한다는데 그렇게까지 할 용기는 나지 않았다.

하이에나들은 식사를 마치고도 한참 동안 그 자리에 머물러 있었다. 바닥에 배를 깔고 휴식을 취하는 녀석이 있는가 하면 아직 양을 다 채우지 못했는지 무메의 뒤를 졸졸 쫓아다니는 녀석도 있었다. 30년째 이 일을 하고 있는 무메는 매일 밤 자신을 찾아오는 하이에나들이 가족이나 마찬가지라고 했다.

"처음에는 키우는 소를 공격하지 않았으면 하는 마음으로 시작했는데 이제는 한 마리 한 마리가 자식 같아요. 지금 여기 있는 하이에나 모두 이름이 있어요. 저 녀석은 점박이, 저기 저 녀석은 뚱보……. 저는 모두 구별할 수 있답니다."

입소문이 나 한두 명씩 찾아오던 하이에나 먹이주기 전통은 어느새 하라르 여행의 필수 코스로 자리 잡았다. 무메는 먹이주기를 보러 온 사람들에게 100비르(약 4,000원)를 받아 하이에나에게 먹일 낙타 고기를 사는 데 쓴다.

다음 날 아침, 우리는 올드타운을 둘러보기 전 낙타시장에 가보기로 했다. 하라르에서 35킬로미터 정도 떨어진 바빌레(Babile) 지역에서 매주 월요일과 목요일 두 차례 낙타시장이 열리는데 때마침 목요일이었다. 택시를 타고 한 시간 정도 달려 낙타시장에 도착했다. 태어나 생전 처음 보는 광경이 눈앞에 펼쳐졌다. 구름이 잡힐 것처럼 낮게 느껴지는 파란 하늘 아래 낙타

이백여 마리가 나른하게 햇볕을 쬐고 있었다. 새 주인을 기다리며 눈을 깜빡이는가 하면 무릎을 꿇고는 이곳까지 걸어오느라 지친 다리를 쉬고 있었다. 뜨거운 날씨를 견딜 수 있도록 치마처럼 생긴 전통 의상을 입은 소말리 종족 남성들이 낙타를 돌보고 있었다. 히잡을 쓴 여성이나 어린아이들도 있었다. 이들에게 낙타는 중요한 생계 수단이다. 이곳에서 팔린 낙타는 낙타 고기를 즐겨 먹는 이집트나 사우디아라비아 등으로 수출되는데 한 마리당 보통 500달러에서 800달러, 덩치가 크면 1,000달러도 받는다고 했다. 그곳에서 만난 여든 살 모하메드 하산은 아주 어렸을 때부터 낙타를 키우고 팔아 가족들을 먹여 살렸다고 말했다.

낙타 사이를 휘젓고 다니며 정신없이 사진을 찍고 상인들과 이야기를 하고 있는데 한 낙타상이 내게 다가왔다. 100비르(약 4,000원)만 내면 낙타를 태워주겠다는 것이었다. 안 그래도 이방인의 등장에 신이 났는지 나를 졸졸 쫓아다니던 사람들은 상인의 권유에 환호했다.

"낙타 한번 타보세요. 정말 재미있을 거예요."

특파원으로서 기사를 쓰고 사진을 찍어 보내는 것은 물론 방송 기사까지 담당하고 있던 터라 욕심이 났다.

'그래 낙타를 타고 그 위에서 스탠드업(방송 리포트에서 기자가 등장해 설명하는 것)을 하면 멋진 장면이 나오겠지? 한번 도전해보자!'

알겠다고 하자 그 상인이 곧바로 자신의 낙타를 데려왔다. 테페라에게 스마트폰을 주고 동영상 촬영을 부탁했다. 상인은 내가 낙타의 등에 오를 수 있도록 무릎을 꿇렸다. 하지만 완전히 올라가기 전에 낙타가 일어서는 바람에 뒤로 스르륵 미끄러져 내렸다. 1차 시도 실패. 구경꾼들은 더 신이 난 모양이었다. 왁자지껄, 알아들을 수 없는 말로 제각기 훈수를 뒀다.

마음을 가다듬고 다시 도전에 나섰다. 낙타가 다시 무릎을 꿇자마자 재빨리 올라탔다. 낙타의 등에 있는 혹과 혹 사이에 앉는데 성공했다. 낙타가 일어서자 눈높이가 훌쩍 높아졌다. 아래 내려다보이는 구경꾼들이 함성을 질렀다. 이때를 놓칠세라 방송 리포트를 위해 미리 준비해둔 멘트를 시작했다.

"이 낙타시장은 매주 월요일과 목요일 두 차례씩 열……."

그때였다. 말을 미처 다 끝내기 전에 내 몸이 공중으로 붕 떠올랐다. 파란 하늘이 가까워졌다 멀어져 보였고, 구경꾼들의 함성이 탄식으로 바뀌는 소리가 들렸다. 그러고는 털썩!

나는 한동안 가만히 누워 있었다. 그야말로 영화 같은 순간이었다. 눈을 뜨니 나를 내려다보는 사람들의 걱정스런 얼굴들이 보였다. 낙타가 무엇에 놀랐는지 갑자기 흥분해 앞발을 치켜들고 몸을 흔들어대는 통에 결국 떨어지고 만 것이었다. 관광지에서 사람을 태우는 낙타가 아니었기 때문에 안전장치는커녕, 아무런 손잡이도 없었다. 분위기에 휩쓸려 위험한 결정을 한 내 탓이었다. 높은 곳에서 떨어져 몸이 욱신거렸다. 손바닥은 모래에 쓸려 피가 났다. 그래도 천만다행으로 크게 다친 곳은 없는 것 같았다. 등에 백팩을 메고 있던 게 신의 한수였다. 테페라가 나를 일으켜 세우자마자 가방에서 노트북부터 꺼내 켜보았다. 다행히 잘 작동했다. 주변을 둘러보니 구경꾼들은 우려하는 시선을 거두지 않고 있었다. 애초 낙타를 타보라던 상인만큼은 어느새 줄행랑치고 보이지 않았다.

"저는 괜찮으니까 걱정하지 마세요."

멋쩍은 웃음을 지어 보이며 사람들 틈을 빠져나왔다. 사람들은 비록 자신의 잘못은 아닐지언정 낯선 이방인에게 미안함을 느낀 모양이었다. 수군

대면서도 우리가 물러서서 지나갈 수 있도록 길을 터주었다. 더 이상 꿍무니를 뒤쫓지도 않았다. 테페라는 우울한 표정으로 "아 유 오케이?"를 열 번도 넘게 말했다.

"아임 오케이. 베리 파인. 노 워리."

곱씹을수록 아찔한 순간이었지만 정말 괜찮았다. 이런 것을 두고 하늘이 도왔다고 하나? 부주의한 호기심이 부른 대참사는 다행히 인명피해와 재산피해 없이 마무리됐다. 하지만 혹시라도 바빌레 낙타시장을 방문하는 분이 있다면, 그곳에서는 절대로 낙타를 타지 않기를 권한다. 그곳의 낙타들은 사람을 태우는 데 익숙하지 않다는 것을 내가 온몸으로 증명했으니 말이다.

# 평화의 별세계

낙상의 아픔을 뒤로 하고 하라르에 온 가장 중요한 목적인 올드타운으로 향했다. 올드타운을 둘러싼 성곽 안으로 들어서자 밖에서는 보이지 않았던 별세계가 펼쳐졌다. 올드타운은 에티오피아에 편입되기 전 독자적인 도시 국가였던 하라르가 16세기쯤 도시 방어를 위해 만든 성곽 내부를 일컫는다. 높이 약 3.6미터, 길이 3,334미터의 이 성곽은 '주골(Jugol)'로도 불리는데, 에티오피아 동부의 대표적인 무슬림 도시라는 설명을 증명이라도 하듯 형형색색의 히잡이 시선을 사로잡았다. 중동 이슬람 국가에서는 여성들이 보통 검은색과 같이 어두운색 히잡을 주로 착용하는데 이곳에선 아니었다. 빨강, 파랑, 노랑 원색의 화려한 색상이 어두운 피부 위에서 더욱 돋보였다. 히잡을 두른 소녀들은 나를 보자 사진을 찍어달라며 삼삼오오 모여들었다. 타고난 모델처럼 활짝 웃으며 자세를 잡았다. 촬영된 모습을 액정 화면으로 보여주자 탄성을 내질렀다. 까르륵 하며 웃는 소리가 흰색, 분홍, 보라, 하늘색 등 파스텔 톤으로 칠해진 전통 가옥의 벽을 타고 하늘 위로 퍼졌다.

350개에 달하는 골목골목마다 펼쳐진 크고 작은 시장에서는 활기가 느껴졌다. 주로 여성이나 어린아이들이 과일이나 채소, 향신료 따위를 펼쳐놓고 장사에 열을 올렸다. 상인들은 손저울을 들고 장을 보러 온 손님과 이러쿵저러쿵 흥정을 했다. 수레에 빵을 잔뜩 싣고 가던 한 청년은 나와 시선이 마주치자 "드셔 보실래요? 공짜로 하나 드릴게요. 아주 맛있어요"라며 권하기도 했다. 취재를 돕겠다던 테페라는 에티오피아 사람인 자신이 보기에도 이색적인 풍경에 매료됐는지 걸음을 옮길 때마다 사진을 찍어달라며 렌즈 앞에서 포즈를 취하기 바빴다.

무슬림 도시답게 모스크(이슬람 사원)를 쉽게 찾아볼 수 있었다. 물루게타는 성곽 안에만 82개 모스크가 있다고 했다. 새하얀 무슬림 전통 의상을 입은 노인들이 모스크 앞에서 환담을 나누다 우리 일행을 발견하고는 손을 흔들었다. 부드러운 햇살이 비춰진 노인들의 평온한 표정 덕에 덩달아 푸근한 마음이 들었다. 어르신들에게 똑같이 손을 흔들기가 민망해 합장하고는 허리를 굽혔다.

모스크를 지나고 몇 걸음을 옮기자 이번에는 가톨릭 성당이 나타났다. 19세기 프랑스 선교사가 지었다는 성 메리 성당이었다. 대문이 닫혀 있어 안을 보려고 기웃거리자 안에 있던 한 남성이 문을 활짝 열어줬다. 몸짓으로 안에 들어가도 되느냐고 묻자 그는 '물론'이라고 말하는 듯 손으로 들어오라는 시늉을 했다. 성당 건물은 오랜 세월의 흔적을 말해주는 듯 낡았지만 단정한 모습이었다. 건물 안쪽에는 고아원이 있었다. 수녀님 몇 분이 지나가면서 찡긋 하고 눈인사를 건넸다. 성당을 찬찬히 둘러보고 있는데 이번에는 머지않은 곳에 자리한 에티오피아 정교회 사원에서 기도 소리가 들려오기 시작했다. 아디스아바바 게스트하우스 근처에도 정교회 사원이 있

어 자주 듣던 소리였다. 세 개 종교의 사원이 불과 150미터 거리 안에 옹기종기 모여 있었다.

물루게타는 모든 것이 공존하는 특별한 곳이라며 올드타운에서는 서로 다른 종교 때문에 싸움이 일어난 적이 없다고 말했다.

종교뿐 아니라 종족도 다양하다. 1제곱킬로미터의 절반도 되지 않는 좁은 공간에 오로모, 소말리, 암하라, 티그라이 등이 어우러져 살고 있다.

좁은 곳에 다른 종족, 종교적 배경을 가진 사람들이 모여 살기 때문인지 서로 더 배려하고 다투지 않으려 노력하는 것 같았다. 성곽 안에는 '좁은 평화의 길' 혹은 '화해의 길'로 불리는 골목도 있다. 서로 언쟁을 높인 사람이 있을 때면 주민들은 당사자들을 이곳으로 보낸다. 한 사람이 겨우 지나갈 정도로 좁은 이곳에 함께 서 있다 보면 없던 미운 정도 생길 것 같았다. 두 사람이 서로를 피해 지나가려 해도 몸이 닿을 수밖에 없다. 참으로 현명한 평화주의자들이다. 물론 앙금이 쉽사리 풀리지 않아 더 큰 싸움으로 번질 수도 있다. 그러다 이 지역 공동체 경찰(community police)에게 발각되면 '감옥'에 가야 한다. 진짜 감옥은 아니고 성곽으로 들어가는 여섯 개의 문 중 하나인 '아스마딘 바리(Asmadin Bari, 종교의 문)' 아래 작은 공간에 갇혀 있게 된다. 일종의 유치장인데, 소란이 잦아들고 당사자끼리 화해하면 풀어준다고 한다. 내가 이 문을 지나 성곽 안에 들어갈 때도 갇혀 있는 여성이 있었다. 나중에 보니 어느새 '석방'됐는지 그 공간은 텅 비어 있었다.

올드타운에서는 프랑스의 천재 시인 아르튀르 랭보(1854~1891)의 숨결도 느낄 수 있다. 랭보는 하라르에서 커피, 동물 가죽 무역업을 하며 11년간 살았다. 하라르 커피를 너무 좋아한 나머지 가족들에게 하라르 커피를 예찬

하는 편지까지 보냈다고 한다. 하지만 그는 시간이 지나자 커피보다 돈을 쉽게 벌 수 있는 무기 거래에 손을 대기 시작했고, 랭보가 에티오피아로 들여온 무기는 이탈리아의 침략을 물리치는 데 쓰였다고 한다. 올드타운 한가운데 랭보를 기리는 박물관이 있다. 그가 살았다고 전해지는 터에 지어진 인도 양식의 2층짜리 목조 건물인데, 랭보가 찍은 하라르의 사진, 젊은 시절 랭보의 모습을 감상할 수 있다. 박물관은 올드타운 내에서 비교적 높은 위치에 자리하고 있기 때문에 2층으로 올라가면 평화로운 마을의 모습이 한눈에 들어온다.

안타깝지만 이곳도 최근 조금씩 달라지고 있다. 랭보가 사랑했다는 하라르 커피는 지금도 전 세계에서 최고급 커피로 인정받지만, 한때 하라르 일대를 가득 메웠던 커피 농장은 마약성 식물 카트(Khat)에 밀려 매해 쪼그라들고 있다. 농부들이 수익성 때문에 커피보다 환각 효과가 있는 이 식물을 재배하는 데 열을 올리고 있기 때문이다. 세계보건기구(WHO)는 카트나 차트, 짜트 등으로 불리는 이 식물이 약물중독을 일으킬 수 있다고 경고하며 우리나라를 비롯한 대부분 국가에서 섭취를 금지하지만, 에티오피아, 소말리아, 지부티 등 아프리카 동부와 예멘 등 중동 등지에서는 인기 기호식품이다.

농부들만 탓할 수도 없는 노릇이다. 커피는 나무를 심고 최소 5년이 지나야 일 년에 한 번 수확할 수 있지만, 카트는 심은 뒤 2~3개월만 지나면 일 년에 여러 차례 거둬 팔 수 있다. 커피보다 더 적은 수고를 들이고 더 많은 돈을 챙길 수 있다 보니 너도나도 커피 농사를 접고 카트를 재배하는 것이다. 하라르에서 만난 카트 도매상은 "수출용 최고급 카트 1킬로그램을 팔면 1,500비르(약 60,000원), 그 아래 등급은 500~1,000비르(약 20,000원~40,000원) 정도를 받는다"고 말했다. 이는 하라르 커피가 시중에서 1킬로그램당 60~90비르(약 2,400원~3,600원)에 거래되는 데 비하면 훨씬 높은 가격이다.

카트를 즐기는 인구도 늘고 있다. 하라르에서 발걸음을 옮길 때마다 카트잎을 씹고 있는 사람을 마주칠 수 있었다. 젊은이들은 길가에 눕거나 앉아 물, 맥주와 함께 카트를 씹어 삼켰고, 이가 약한 노인들은 카트잎을 부드럽게 만들려고 절구질을 하고 있었다. 상인들은 거리 곳곳에 카트잎을 한 무더기씩 쌓아놓고 팔았다. 한 젊은이는 카트잎 때문에 연두색으로 물든 이를 히죽 드러내고는 "카트를 씹어 먹으면 기분이 좋아지고 배고픔도 잊을 수 있기 때문에 비싸더라도 매일 사 먹는다"며 웃었다. 앞서 히잡 쓴 소녀, 빵 파는 청년, 모스크 앞 할아버지들을 만났을 때와는 새삼 다른 기분이 들었다. 비록 그가 미소를 짓고 있기는 했지만 굶주림을 잊으려고 마약성 식물을 씹으며 히죽대는 모습이 서글프게 느껴졌다. 유명 커피 산지가 몇 년 뒤에는 카트로 뒤덮이는 게 아닌지 걱정도 됐다. 부디 평화의 별세계가 오래오래 지금과 같은 모습이긴 바랄 뿐이다.

# 친구들과 함께라면

하라르에 다녀오고 나니 '국내 여행'에 자신감이 붙었다. 좀 더 먼 곳으로 떠나고 싶었다. 아프리카에 오기 전 꼭 한 번 만나보고 싶었던 원시부족이 자연스럽게 떠올랐다. 언젠가 다큐멘터리에서 본 적이 있는 하메르(Hamer), 무르시(Mursi), 카로(Karo), 반나(Banna)족이다. 그들은 에티오피아 남서부 640킬로미터에 걸쳐 뻗어 있는 오모(Omo) 강 연안에서 우리와 같은 시대를 살아가고 있다. 오모 강 일대는 250만 년 전 것으로 추정되는 원시인 아래턱 뼈가 발견됐을 정도로 인간의 역사가 오랜 지역인데, 이곳에 사는 원시부족들은 그 오랜 기간 태초 삶의 모습을 간직해왔다.

언제 또 짐을 꾸릴까 고민하던 차에 케이팝 취재를 하며 인연을 맺은 에티오피아 친구들이 휴양 도시 아와사로 1박 2일 여행을 떠나자고 제안했다.

"수진, 그동안 맛있는 것도 많이 사줬는데 이번에는 우리가 숙소와 교통비를 부담할게. 같이 가서 재미있게 놀다 오자."

아와사는 아디스아바바에서 남쪽으로 약 275킬로미터 떨어져 있으며, 오모 강 인근 도시 징카로 향하는 길목에 자리하고 있다. 어차피 비행기를 타지 않는 이상 하루 만에 아디스아바바에서 징카까지 갈 수는 없기 때문에 잘됐다 싶었다. 지난번 커피 농장 취재 때 마지막 날 묵었던 게브레 셀라시에의 고급 리조트가 아와사에 있었지만 밤에 잠만 자고 나오는 바람에 도시는 둘러보지 못한 터였다.

하라르 여행 때와 마찬가지로 대형버스를 타려고 했지만 무슨 이유에서인지 당일 아침에 친구들이 예약해둔 버스 운행이 갑자기 취소되었다. 우리는 대신 택시, 즉 미니버스를 타기로 했다. 역시나 한 치의 여유도 없이 꼭 끼어 앉은 승합차를 타고 반나절을 달렸다. 새벽같이 일어나느라 잠이 부족한 데다 자리가 불편해 무척 피곤했다. 친구들은 전혀 불편하지 않은 모양이었다. 이어폰을 낀 채 한국 가요를 흥얼거리는가 하면, 스마트폰에 미리 다운받아 온 한국 드라마 삼매경에 빠졌다. 친구들 사이에 앉아 허리를 앞으로 굽혔다 뒤로 젖혔다 여러 번 하니 어느새 아와사에 도착했다.

아와사는 시끌벅적한 아디스아바바와는 달리 한적하고 여유로웠다. 비록 바다는 없지만 여의도(제방 안쪽 면적 2.9제곱킬로미터)의 약 45배에 달하는 아와사 호수(129제곱킬로미터)가 있었다. 호수 주변에는 제법 고급스러워 보이는 호텔과 리조트가 즐비했다. 우리 일행도 숙소에 짐을 풀고 호수로 나갔다. 배 몇 척이 주변을 배회하고 있었다. 선장은 한 사람당 100비르(약 4,000원)만 내면 배를 태워주겠다고 했다. 친구들은 주저했다. 우리 일행은 다섯 명이었는데 100비르를 깎아 400비르(약 16,000원)를 내기로 하고 배에 몸을 실었다. 여행에 데려와 준 친구들에게 내가 주는 선물이었다.

배는 물살을 가르며 시원하게 나아갔다. 친구들이 서로의 사진과 동영상을 찍으며 좋아했다. 라헬은 아예 뱃머리에 누워 햇살을 즐겼다. 배가 호수 한가운데로 나아가니 새 떼가 보였다. 펠리컨, 황색유구오리, 가마우지

등 온갖 종류의 새가 여유로운 시간을 보내고 있었다. 그만큼 생태가 잘 보존돼 있다는 의미였다. 운 좋게 하마도 볼 수 있었다. 물속에서 눈과 코만 빼꼼 내놓고 있다가 이따금씩 몸을 크게 드러냈다. 선장은 절대로 물에 손을 넣지 말라고 경고했다. 그는 작년에 어떤 미국 여성이 물을 튀기며 장난을 치다가 하마로부터 팔을 뜯겼다며 겁을 줬다. 그의 말이 진짜인지 의심스러웠지만 하마가 보일 때는 물 가까이로 팔을 가져가지 않았다. 내 팔은 소중하니까!

다음 날 아침 일찍, 간밤 파티의 후유증에 시달리는 친구들을 뒤로한 채 어시장으로 향했다. 사실 시장이라기보다는 호수에서 낚시를 마치고 돌아온 배에서 갓 잡은 물고기를 즉석에서 손질하거나 판매하는 곳이었다. 어부들이 나무배에서 그물을 걷어 올려 탈탈 털어 물고기를 꺼냈다. 은빛 비늘이 아침 햇살에 반짝였다. 민물고기 특유의 비릿한 냄새도 코를 찔렀다. 배마다 사람들이 몰려 와자지껄하게 흥정을 했다. 그 역동적인 삶의 현장에는 아이들도 많았다. 점잖게 그물 걷는 일을 돕는 아이들이 있는가 하면, 기름에 튀긴 물고기로 아침 식사를 하며 시장 구경을 하는 아이들도 있었다.

복잡한 어시장을 빠져나와 제정신으로 돌아온 친구들과 재회했다. '똡스(화로에 구운 고기)'로 늦은 점심 식사를 했다. 원래는 이날 징카로 출발할 계획이었지만 아침 일찍 출발해야 한다는 현지인들의 조언에 아와사에서 하루를 더 묵기로 했다. 다음 날 출근해야 하는 친구 두 명은 이날 아디스아바바로 돌아갔고, 라헬과 엘비스가 나의 여정에 함께하기로 했다. 역시나 현지 취재 보조원을 고용하는 셈 치고 친구들의 여행 경비를 대기로 했다.

나 역시 빠듯한 살림이었지만 비행기 대신 버스를 타면 충분히 소화할 수 있다는 계산이 나왔다. 더구나 친구들은 존재 자체만으로 큰 도움이 됐다.

엘비스는 저녁 식사 자리에서 신이 난 표정으로 "평소에 '블랙 피플'을 꼭 한 번 보고 싶었다"고 말했다. 순간 잘못 들었나 싶었지만 그는 분명 블랙 피플이라고 말했다. 엘비스도 원시부족도 모두 흑인이고, 한 나라 안에 살고 있지만, 다른 사람으로 여겨지는 모양이었다. 우리는 너무 쉽게 '아프리카'라고 말하지만, 이 대륙에는 54개 국가마다, 각 지역마다 너무나 다른 정체성을 가진 수 많은 사람이 살고 있었다.

또다시 새벽같이 기지개를 켜고 새벽 5시 반 아르바민치행 버스에 몸을 실었다. (에티오피아에서 장거리 여행을 하다 보면 저절로 아침형 인간이 된다. 아, 물론 비행기가 아니라 육로로 움직일 경우!) 아르바민치는 징카로 들어가는 길목에 있는 마지막 도시였다. 아와사에서 징카로 가는 직행버스는 없었다. 이번에도 당연히 미니버스였다. 아디스아바바가 출발지거나 도착지가 아닌 이상 소도시에서 소도시로 가는 대형버스는 찾아보기가 어렵다. 약 6시간을 달려 아르바민치에 도착했다. 그래도 이번에는 승합차가 아닌 25인승 버스에 몸을 실었다. 라헬과 엘비스가 사람들에게 여러 번 물어 우리 목적지로 가는 버스를 찾아냈다. '혼자 왔으면 정말 힘들었겠다'는 생각에 친구들이 그저 고맙게 느껴졌다. 하지만 잠시 뒤 딱딱한 버스 좌석에서 비포장도로에 전신과 정신이 함께 털리고 나니 '비행기를 타고 왔으면 이 고생은 하지 않았겠지?' 라는 마음도 들었다. 역시 사람 마음은 간사하다.

버스는 출발 시간이 정해져 있지 않았다. 우리 셋은 맨 뒷좌석을 차지

하고 앉아 버스에 빈자리가 모두 찰 때까지 기다리고 또 기다렸다. 한 시간이 지나서야 드디어 좌석이 다 찼고 차에 시동이 걸렸다. 버스기사는 졸음을 쫓으려는 건지 (나만) 알아들을 수 없는 흥겨운 암하라어 노래를 빵빵하게 틀어줬다. 좌석이 불편하기도 했지만 음악 소리에 도무지 잠을 잘 수가 없었다. 그래도 친구들 덕분에 여행하는 기분이 제대로 들었다. 라헬이 듣고 있던 이어폰을 나눠 끼고 함께 한국 노래를 듣다가 버스가 멈춰서면 아이들이 몰려와 창문으로 내미는 망고를 사 먹었다. 20비르(약 800원)를 주고 한 봉지를 받아 들었는데 한국에서는 그 비싼 유기농 망고가 스무 개도 넘게 들어 있었다. 망고, 바나나 나무가 지천에 널려 있는 축복 덕분이었다. 우리는 허겁지겁 망고를 까먹는 모습이 우스꽝스럽다고 서로를 놀려대며 허기진 배를 채웠다. 친구들과 낄낄대다 보니 시간이 훌쩍 흘러갔다. 대여섯 시간을 달려 목적지에 거의 도착했다. 창밖은 그새 어둑어둑해졌다. 이날 밤 숙소도, 내일부터 시작할 투어 일정도 예약하지 않았지만 어쩐지 전혀 걱정이 되지 않았다. 친구들과 함께라면 그야말로 지구 끝까지도 갈 수 있을 것만 같았다.

# 하메르족의 성인식

징카(Jinka)에 도착했을 때는 어느새 오후 7시가 훌쩍 넘어 있었다. 가로등 하나 없는 어둠 속에서 바자지(오토바이 택시)를 잡아타고 여행 책자에 나온 숙소 중 한 곳으로 향했다. 징카의 여행자 숙소는 하나같이 열악하니 가급적 기대를 접으라는 설명이 떠올랐다. 실제로 화장실 딸린 방에 낡은 더블 침대 하나가 전부였다. 주인이 분명 뜨거운 물이 나온다고 했는데 좀처럼 온기가 느껴지지 않았다. 대강 씻고 나와 호텔에 딸린 식당에서 식사를 하려는데 건장한 남자가 우리를 찾아와 대뜸 악수를 건넸다.

"반갑습니다. 하하하. 오모밸리 전문 가이드 마모입니다. 하하하."

큰 소리로 웃는 그의 펑퍼짐한 티셔츠와 헐렁한 청바지, 자연산 레게 머리 덕분에 에티오피아 산골 마을 가이드라기보다는 미국의 힙합 전사 같았다. 그는 악수를 건넨 뒤 공식 가이드 자격증도 보여줬다(그런 게 있는지도 몰랐지만). 하라르에서도 마찬가지였지만 외지인이 도착하면 곧바로 가이드들 사이에 소문이 퍼지는지 귀신같이 찾아온다. 어차피 원시부족을 만나려면 징카에서도 차로 한참을 더 들어가야 하고, 현지인이 아닌 이상 마을 위치를 찾기가 어렵기 때문에 가이드와 기사를 고용하려던 참이었다.

"오, 나의 브라더와 시스터도 있네요. 제가 가격은 물론 안내도 아주 잘

해드리겠습니다."

마모는 3일간 차량과 기사, 가이드 비용으로 총 450달러를 요구하면서 브라더와 시스터(엘비스와 라헬)를 고려해 많이 깎아준 금액이라고 주장했다. 숙박비가 포함되지 않은 가격이긴 했지만 아디스아바바에서 몇몇 여행사에 메일을 보내 알아봤을 때보다 훨씬 저렴한 게 사실이었다. 예컨대 한 여행사는 오모밸리 투어 비용을 문의했을 때 3일간 1인당 675달러, 3인이면 900달러를 제시했다. 이틀간 숙박비가 포함된 것이었지만 현지 물가를 고려했을 때 너무 비쌌다. 에티오피아는 한국인 여행자들에게는 낯선 곳이지만 유럽이나 미국 등에서 제법 많은 여행객이 찾는 곳이다. 그만큼 관광객 물가가 비싸게 형성돼 있었다. 450달러도 결코 싸다고 할 수는 없지만 혼자 왔더라면 분명 더 큰 바가지를 썼을 터였다. 다시 한 번 친구들과 함께 오기를 잘했다고 확신하며, 악수로 협상을 마무리했다.

다음 날 아침 마모는 영어를 전혀 못하는 기사가 운전하는 도요타의 구식 랜드크루저를 타고 우리를 데리러 왔다. 오모밸리 여행은 이동의 연속이었다. 하메르족이 산다는 투르미 지역에 가기 위해 남쪽으로 두 시간 가까이 더 이동해야 했다. 그곳은 사실상 수도 아디스아바바보다도 남수단과 케냐가 더 가까웠다. 실제로 이 지역의 마고 국립공원에 있는 산에 높이 올라가니 남수단과 케냐 땅이 보였다. 한 나라에서 다른 나라의 영토로 시선이 닿은 경험은 취재차 방문한 파주 도라산전망대에서 북한을 바라본 이후 처음이었다.

탈탈탈, 비포장도로를 한창 달리고 있는데 '그들'이 하나둘 보이기 시작했다. 군살 없이 탄탄한 몸을 자랑이라도 하듯 옷으로 몸의 극히 일부만 가리고, 팔과 목에 화려한 장신구 치장을 한 사람들이 어디론가 걸어가고 있었다. 이틀간 600킬로미터를 넘게 달려오며 그토록 만나보고 싶던 사람들이다. 마모는 하메르족과 반나족의 장이 열리는 날이며, 이들 역시 장터에 가는 길이라고 설명했다.

장터는 진풍경이었다. 차를 타고 오며 감질나게 만날 수 있던 하메르족과 반나족이 북적였다. 엘비스가 왜 '블랙 피플'이라고 했는지 알 것도 같았다. 일단 피부색이 일반 에티오피아 사람들보다 어두웠고, 당연히 차림새도 달랐다. 여성들은 머리에 진흙을 발라 치장했고 목과 팔 등에 형형색색의 장신구를 착용하고 있었다. 남성들도 머리에 띠를 두르거나 깃털로 치장했다. 물소 같은 맹수를 때려잡은 남성만 깃털을 꽂을 수 있다고 했다. 이들은 직접 만든 버터, 향신료, 꿀 따위를 늘어놓고 판매 중이었다. 염소나 소도 시장에서 거래됐다. 반나족은 옷을 우리보다 덜 입긴 했지만, 동네 시장에서 구입할 수 있을 법한 티셔츠나 조끼 따위를 걸치고 있었다. 신기한 것은 한글이 적힌 옷을 입은 이들을 심심치 않게 만났다는 점이다. 헌 옷이이 지구 반대편까지 어떻게 건너온 것인지 '참이슬', '안전관리자', '서로돕기협의회' 등의 문구가 적힌 조끼를 입고 거리를 활보하는 이들과 왕왕 마주쳤다.

원시부족들에게 장터는 물품·정보교환의 창구다. 각자 필요한 물건을 장터에서 맞바꾸거나 돈을 매개로 물건을 넘긴다. 또한 부족 간 의논할 일이 생기면 부족 대표들이 장터에 모여 회의를 열기도 한다. 예전에는 오모밸리에 사는 부족끼리 싸움을 벌이는 일이 잦았는데 이제는 장터를 기반

으로 서로 공존하는 법을 찾아 함께 살아가고 있다. 각 부족 내에 큰 행사가 있으면 장터에서 홍보도 한다. 예컨대 하메르족 남성은 누구나 '소 뛰어넘기'라는 성인식 행사를 치르는데, 주인공은 의식이 열리기 며칠 전 장터를 찾아 이를 알리고 사람들을 초대한다. 마른 풀을 꼬아 매듭을 만든 끈이 일종의 초대장인데, 매듭 개수가 행사 날까지 며칠이 남았는지를 알려준다. 나 역시 며칠 뒤 소 뛰어넘기를 한다는 한 하메르족 소년에게서 초대장을 받았다. 그때 마모가 숨을 헐떡이며 달려왔다.

"오늘 오후 하메르족이 소 뛰어넘기 의식을 치른다고 합니다. 운 좋게 날짜가 딱 맞아떨어졌어요. 어서 그리로 가보자고요."

우리는 말이 떨어지기 무섭게 차에 몸을 실었다.


하메르족이 모여 사는 마을에서 조금 떨어진 물가에 소 뛰어넘기 주인공과 그의 가족, 친척들, 초대받은 다른 사람들 삼백여 명이 모여 있었다. 건기여서 물은 바싹 말라 있었다. 이 소 뛰어넘기 의식은 우기를 피해 2~4월쯤 주로 열리고 5월까지 이어지기도 한다. 하메르족 남자라면 반드시 이 의식을 치러야 한다. 보통 18~19세 혹은 집안 사정에 따라 조금 더 빨리 혹은 늦은 나이에 할 수도 있다. 주인공은 아무것도 입지 않은 채 일렬로 늘어선 소 여러 마리를 뛰어넘어야 하는데, 성공해야지만 결혼할 자격이 생기고 부족 구성원으로 인정받을 수 있다. 이때 부족 미혼 여성들과 가족들도 의식이 치러지는 곳에서 주인공을 지켜보며 남편감이 될 자격이 있는지 가늠해본다고 한다.

마침 올해 열아홉 살이 된 오카다의 성인식이 열리는 날이었다. 오카다는 주인공이라는 징표로 어깨에 동물 가죽을 두르고 있었다. 키가 크지는 않았지만 몸이 몹시 단단하고 날렵해 보였다. 큰일을 앞두고 떨리지 않느냐고 묻자 준비를 많이 했기 때문에 긴장되지 않는다고 말했다. 그의 표정에서는 자신감이 묻어났다. 하지만 거사를 앞두고 온몸에 퍼진 긴장감을 완전히 감추지는 못했다.

소 뛰어넘기 의식에 앞서 식전 행사가 먼저 진행됐다. 오카다의 가족과 친척 여성들이 하나둘 일어나 나팔을 불고 노래를 부르기 시작했다. 오카다의 성공을 기원하면서 응원하는 것이라고 했다. 두 발로 땅을 구르며 방방 뛰는가 하면 몸을 마구 흔들며 춤을 추기도 했다. 그 모습이 너무나 흥겨워 나 역시 절로 몸이 움직여졌다. 가수인 라헬은 끼를 주체하지 못하고 아예 여성들 틈에 끼어들어 함께 원을 그리며 뱅뱅 돌았다. 원을 벗어나 두 팔을 하늘로 벌리고 홀로 땅을 구르는 여성이 있는가 하면, 얼마나 심취했는지 입으로 악을 쓰며 눈물 흘리는 모습도 보였다. 신들린 사람 같았다.

여성들은 한창 춤을 추다가 갑자기 주변에 있던 나뭇가지를 줍기 시작했다. 그러더니 주변에 있던 남성들에게 건네고는 자신들을 때려달라며 울부짖다시피 했다. 이른바 '체찍 의식'이 시작된 것이었다. 남성들은 도망을 다니는 듯하더니 이내 나뭇가지를 받아들고는 여성들의 몸을 내리치기 시작했다. 채찍처럼 얇은 나뭇가지가 등과 팔에 휘감겼다. 채찍이 지나간 자리에 검은 살갗이 터지고 붉은 피가 흘러나왔다. 내 몸이 다 아린 것 같았다. 여성들은 몸의 상처는 아랑곳 않고 더 때려달라며 남성들에게 계속 달려들었다. 어떤 여성의 몸에는 이전 채찍 의식에서 얻은 상처가 다 아물지 못한 채 남아 있었다. 마모는 이 의식을 통해서 자기가 소 뛰어넘기를 하는 주인공을 얼마나 사랑하는지 보여줄 수 있다고 생각하기 때문에 상처를

자랑스럽게 여긴다고 알려줬다. 그러면서 방해가 되지 않도록 너무 가까이 가지 말라고 주의를 줬다.

하메르족은 한바탕 채찍 의식을 치르고 나서 어딘가로 이동하기 시작했다. 이들과 함께 약 1킬로미터 정도를 걸어가자 널찍한 공터가 나왔다. 오늘의 하이라이트 무대가 펼쳐질 장소였다. 사전 행사 때보다 더 많은 하메르족이 나타났고, 어떻게 알고 찾아왔는지 우리와 같은 관광객도 추가로 등장했다. 마치 초등학교 운동회라도 지켜보듯 사람들은 공터 한가운데를 비워두고 빙 둘러서서 주인공의 등장을 기다렸다. 여성들은 주변에서 여전히 나팔을 불고 노래를 부르고 춤을 추며 오카다를 응원했다.

하메르족 남성들이 어디선가 하얀 소 일곱 마리를 데려왔다. 말을 듣지 않는 소들을 일렬로 세우느라 애를 먹었다. 소 한 마리당 한 사람이 머리를, 한 사람이 꼬리를 잡아끌어 겨우 정렬시키는데 성공했다. 멋진 사진을 찍기 위해 카메라를 조작하고 있는데 어디선가 환호가 들려왔다. 드디어 오카다가 모습을 드러낸 것이었다. 민망하게도 그는 알몸이었다. 인생의 중대한 임무를 앞둔 그에게 한낱 이방인의 시선 따위는 중요하지 않았다. 아직 십 대인 오카다는 비장하면서도 위풍당당했다. 다른 남성들이 오카다의 등을 두드리며 격려했다. 그는 고개와 어깨를 돌리며 몸과 긴장을 풀어냈다. 마치 올림픽에 출전해 금메달을 노리는 국가대표 선수처럼 보였다.

잠시 뒤, 오카다가 4, 5미터 뒤에서부터 달려와 도움닫기를 한 뒤 일렬로 서 있는 소 위로 점프해 올라갔다. 한 발 한 발 소의 등을 밟으며 소 일곱 마리를 지나는데 성공했다. 땅으로 내려온 뒤 이번에는 반대 방향으로 뛰어 소를 넘었다. 순간을 포착하기 위해 셔터를 마구 눌러대면서도 제발 그가 떨어지지 않기를! 멋지게 성공하기를! 바라고 또 바랐다. 오카다는 그렇게 다섯 번을 오갔다. 긴장 끝에 소를 잡고 있던 한 남성이 오카다를 껴안으면서 모든 의식이 마무리됐다. 주인공이 원하는 만큼 소 뛰어넘기를 반복할 수 있다고 했다. 얼마나 여러 번 오가느냐가 주인공의 용맹함을 보여준다고 했다. 오카다의 표정에서 안도와 기쁨의 미소가 만발했다. 채찍만 맞지 않았을 뿐 엄연히 오카다를 응원하는 의식에 적극 참여한 사람으로서 마음속으로나마 축하 인사를 건넸다.

'잘했어, 오카다! 너는 이제 어른이 됐어. 만만치 않겠지만, 오늘처럼 씩씩하고 용맹하게 삶의 어려움을 모두 뛰어넘기를!'

# 초호화 샤워

이날 밤은 징카로 돌아가지 않고 오모밸리 인근 숙소에 머무르기로 했다. 시간이 많이 지체됐기도 했거니와 다음 날 아침 이동 시간을 절약하기 위해서였다. 선택지가 많지는 않았지만 오모밸리 산골짜기에도 관광객들을 위한 숙소가 마련돼 있었다. 마모가 우리를 내려준 곳은 널찍한 정원에 각 방이 통나무 오두막 별채로 만들어진 숙소였다. 한 오두막 데크 위에는 노부부로 보이는 서양 커플이 라탄 의자에 앉아 한가로이 책을 읽고 있었다. 이따금씩 원숭이가 정원에 출현해 먹을 것을 찾아 기웃거렸다. 오모밸리에 잘 어울리는 자연 친화적인 공간이었다. 이미 해가 지기 시작해 주변이 어둑어둑했다. 마모는 다음 날 아침 일찍 다시 오기로 하고 징카로 떠났다.

배가 너무 고파 체크인 전 호텔에 딸린 식당에서 저녁부터 먹기로 했다. 메뉴판을 받아 들었는데 가격이 적혀 있지 않았다.

'음……. 부르는 게 값이란 뜻이군.'

음식 종류 자체가 많지 않았고 그나마도 재료가 없어서 주문이 안 되는 게 많았다. 라헬과 엘비스는 인제라를, 나는 토마토 파스타를 주문하면서 가격을 물었다.

"인제라가 각각 10달러, 파스타가 20달러로 모두 40달러입니다."

순간 잘못 들은 줄 알고 다시 물었다.

"파스타가 12달러라고요?"

"아니요. 이. 십. 달러입니다."

"하하하. 비르로 결제할 수 있죠?"

"물론이죠."

주문을 변경하려다가 왠지 내가 시키면 인제라도 갑자기 20달러로 치솟을 것 같아 잠자코 있었다.

20달러짜리 파스타는 한국에서도 비싼 축에 속하지만, 에티오피아에서는 더더욱 그렇다. 아디스아바바에서 1인당 100비르(약 4,000원)가 채 안 되는 돈이면 제법 괜찮은 음식을 배불리 먹을 수 있었고, 한국 식당이나 다른 외국인 식당을 가지 않는 이상 비싸도 200비르면 충분했다. 여러모로 나를 도와준 현지 친구에게 대접했던 현지 호텔 뷔페도 1인당 300비르 정도였다. 별다른 선택지가 없었던 만큼 음식이라도 맛있기를 바랐지만 헛된 기대에 불과했다. 내 앞에 놓인 음식은 파스타라기보다는 '토마토 소스 비빔 국수'에 가까웠다. 한국의 소면처럼 얇은 면발은 너무 오래 삶았는지 포크를 돌릴 때마다 뚝뚝 끊어졌고, 고기는 물론 채소 건더기 하나 보이지 않았다. 라헬과 엘비스가 내 심기를 살피는 것 같아 되레 미안해졌다.

"수진, 너무 비싸다. 진짜 말도 안 되는 가격이야. 파스타 맛없지? 인제라도 완전 별로야."

"괜찮아! 원래 관광지가 그렇지 뭐. 소스에 싹싹 비비니 먹을 만해! 그래도 저기 보이는 정원 덕분에 경치가 정말 멋지잖아."

식사를 마치고 식당을 나서는데 좀 전에 들어온 서양인 가족 네 명이 불만스런 표정으로 내가 먹은 것과 같은 파스타를 먹고 있었다. 나도 모르게 그들을 바라보다 아이들에게 파스타를 떠먹이던 여성과 눈이 마주쳤다. 내가 '다 이해한다'는 듯 한쪽 눈을 찡긋 하자, 그녀가 윙크와 미소로 화답했다.

숙박비는 더 가관이었다. 같은 숙소를 쓰는데 내게는 50달러, 라헬과 엘비스에게는 각각 25달러가 '책정'됐다. 심지어 남자인 엘비스는 혼자서 방을 쓰고, 나와 라헬은 두 사람이 한 방을 공유하는 데도 말이다. 대놓고 바가지였다. "너무한 것 아니냐. 왜 외국인을 차별하느냐" 등등의 항변을 늘어놓아봤지만, 주인인지 종업원인지 알 길이 없는 계산대 앞 여성은 그저 고개를 가로저었다. 우리를 다른 곳으로 데려다줄 차는 이미 떠났고, 밖은 어두웠다. 그냥 나간다 하더라도 다른 숙소를 발견할 수 있을 가능성은 거의 없어 보였다. 어쩔 수 없이 키를 받아 들고 배정된 오두막으로 걸음을 옮겼다. 그래도 내부 시설은 깔끔했다. 모기장이 쳐져 있는 나무 침대 두 개에 여행 가방을 올려놓을 수 있는 낮은 탁자가 있었고 안쪽에 화장실이 딸려 있었다.

하루 종일 차를 타고 이동한 데다 새로운 풍경을 눈에 너무 많이 담아서인지 피곤이 몰려왔다. 주섬주섬 갈아입을 옷을 챙겨 샤워실로 들어가 물을 틀었는데 입이 쩍 벌어지고 말았다. 샤워기에서 갈색 흙탕물이 나왔다. "헐!" 소리를 듣고 쫓아온 라헬도 "아이고"라고 한국말로 탄식을 내뱉었다. '나한테 왜 이래!'라는 말이 목까지 올라왔지만, 오늘 만난 원시부족들의 모습을 떠올리면 이곳에서 다른 관광지 같은 시설을 기대하는 게 무리

이겠거니 싶었다.

'그래, 태초 삶의 모습을 간직한 사람들을 만나러 온 거잖아.'

그래도 혹시 모르니 엘비스도 우리와 같은 상황인지 물어보기로 했다.
똑똑. 어라, 엘비스는 이미 샤워를 마친 모양이었다.

"엘비스, 샤워기에서 흙탕물 나오지 않았어?"

"아닌데? 깨끗한 물 잘 나오던데?"

두 눈으로 보지 않고는 믿을 수가 없어 화장실로 들어가 물을 틀었는데
역시나였다. 샤워기는 진한 믹스커피 같은 물을 힘차게 뿜어냈다.

"엘비스, 흙탕물로 샤워한 것 아니야? 킁킁, 몸에서 냄새나는 것 같은
데?"

엘비스는 "아니야, 좀 전까지는 진짜 깨끗한 물이 나왔다고. 따뜻한 물도
나오고!"라며 펄쩍 뛰었다.


라헬과 나는 밑져야 본전이라는 심정으로 방을 바꿔달라고 요청하기로
했다. 식당 카운터로 가 자초지종을 이야기했더니 곧바로 다른 키를 내줬
다. 아무렴, 하룻밤 숙박비가 8만 원두 넘는데! 들어가자마자 화장실로 직
행해 샤워기부터 틀어봤다. 하지만 결과는 같았다. '깨끗한 물 공급 시간'이
끝난 모양이었다. 짐을 옮기기도 귀찮아 새로 받은 방 열쇠를 반납하고 처
음 배정받은 오두막에 그냥 남기로 했다. 다행히 낮에 마시던 2리터짜리 생
수가 한 통 하고도 반 정도가 남아 있었다. 나는 생수통과 라헬을 번갈아
바라봤다. 그녀도 나와 같은 생각을 하고 있었다.

세숫비누로 머리를 박박 감고 생수를 부었다. 한번에 왈칵 쏟아질까 봐
조금씩 흘려보냈다. 머리에서 흘러 내려온 비누 거품으로 샤워까지 한 방

에 해결하기로 했다. 난생처음 해보는 초호화 생수 샤워였다. 한국에서 머리를 짧게 자르고 오길 정말 잘했다고 스스로를 위안했다. 왠지 편할 것 같아서 짧게 잘랐는데, 이때만큼은 짧은 머리가 정말 유용했다.

그래도 씻고 나니 몸이 개운했다. 라헬도 기분이 좋은지 침대에 누워 콧노래를 흥얼거렸다.

"라헬, 이번 여행 참 스펙터클하다. 그렇지?"

"어, 나도 이런 여행은 난생처음이야."

우리는 모기장 너머로 보이는 서로를 바라보며 십 대 소녀들처럼 깔깔거렸다. 그래도 고생도 함께하니 재밌었다. 침대에 비스듬히 기대 노트북으로 사진과 취재 내용을 정리하기 시작했다. 라헬이 잠이 든 것 같아 키보드를 조용조용 두들기는데, 한 시간쯤 지나자 희미하게 켜져 있던 주황 램프가 갑자기 꺼졌다. '정전인가?' 노트북 시계를 보니 시간이 딱 밤 10시였다. 창문 너머로 보이는 식당에는 아직 불이 켜져 있었다. 추측건대 밤 10시면 자동으로 소등이 되는 모양이었다. '에이, 자라면 자야지!' 노트북을 덮고 베개에 머리를 대자마자 꿈나라로 빠져들었다.

다음 날 새벽같이 일어났다. 마모가 오전 6시에 우리를 데리러 오기로 했기 때문이다. 아직 컴컴했는데 여전히 전등이 들어오질 않아 양초를 켜놓고 짐을 쌌다. 양초가 비치돼 있는 것으로 보아 밤 10시부터 일괄 소등을 하는 게 분명하다는 확신이 들었다. 20달러 파스타부터 초호화 샤워까지, 잊지 못할 여러 '추억'을 선사해준 숙소를 뒤로한 채 카로족을 만나러 떠났다.

# 돈 없이 찍을 수 없는 사진

카로족은 원시부족 사이에서 어부로 통한다. 오모 강에서 가장 가까운 곳에 마을을 이루고 살면서 민물고기 따위를 잡아먹으며 생활하기 때문이다. 다른 부족들은 강에서 나온 수산물을 먹으면 나쁜 운이 온다고 생각해 기피하는데 카로족은 다르다. 카로족 마을에 다다르니 굽이굽이 펼쳐진 640킬로미터 상당의 오모 강이 한눈에 들어왔다.

몇몇 카로족 여성이 강가에서 물을 뜨고 있었다. 상반신을 훤히 드러낸 여성들은 밝고 건강해 보였다. 물을 뜨는 내내 뭐가 그리 즐거운지 자기들끼리 수다를 주고받으며 끊임없이 웃었다. 탄력 있는 검은 피부가 햇빛에 반짝였다. 그 모습이 너무 아름다워서 좀 더 가까이 다가갔다. 마모를 통해 사진을 찍어도 되느냐고 묻고 촬영을 시작했다. 바가지로 물을 뜨는 모습, 세수하는 모습, 물을 몸에 뿌리는 모습 등등……. 렌즈 너머로 여인들을 감상하며 쉴 새 없이 셔터를 누르고 있는데 그들이 내게로 다가왔다. 손을 내밀며 "머니 머니", "포토, 머니"라고 말했다.

오모 강 인근 원시부족 대다수가 사진 촬영을 대가로 돈을 요구한다는 사실은 이미 알고 있었다. 여행 정보 공유 사이트에 다른 관광객들의 경험

담이 올라와 있었고, 마모도 원시부족 사진을 찍을 때 '스몰 머니'를 줘야한다며 잔돈을 많이 준비해두라고 미리 일러뒀다. 미리 준비해둔 잔돈을 건넸는데 여인들은 자리를 떠나지 않았다. 여러 장을 찍었으니 장당 각각 돈을 내놓으라는 것이었다. 한숨이 나왔다. 씁쓸함이 올라오며 안타까움마저 느껴졌다. 아주 오래전 오모밸리가 세상에 많이 알려지지 않았을 때 한두 명씩 찾아오던 관광객들이 원시부족에게 돈을 주기 시작했고, 이제는 관행처럼 돼 버렸다는 게 마모의 설명이다. 마모는 나의 당황한 표정을 보고 카로족 언어를 구사해가며 여성들을 달래기 시작했다. 카메라 한 대로 찍었으니 한 사람이 한 번만 돈을 받을 수 있는 거라고 말했단다. 여인들은 그제야 물동이를 지고 마을로 향했다.

마을은 한국에서 '아프리카' 하면 떠올렸던 이미지와 비슷했다. 흙으로 지은 작은 집이 옹기종기 모여 있었고 사람들은 동물 가죽이나 천으로 몸의 일부만을 가렸다. 우리가 등장하자 그들이 몰려왔다. 또다시 '돈타령'이 시작됐다. 노인, 젊은이, 아이 할 것 없이 내 팔을 잡아끌며 "포토, 포토"를 외쳤다. 다른 사람 말고 자신의 사진을 찍어달라는 뜻이었다. 저마다 한껏 치장한 모습이었다.

카로족 여성들은 턱에 작은 구멍을 뚫고 얇은 나뭇가지나 꽃을 끼워 꾸미기를 좋아한다. 사진을 찍을 때마다 '모델값'을 치러야 했지만 나도 어느새 적응해 기분이 언짢지는 않았다. 더구나 사진을 찍고 난 뒤 작은 액정을 보여줄 때마다 자신과 친구들의 모습을 보고 배꼽이 빠져라 웃는 그들을 보며 나 역시 미소를 지을 수밖에 없었다. 웃음은 전염된다.

원시부족 중 가장 인기가 좋은 무르시족도 사진 찍기를 좋아하는 마찬가지였다. 무르시족은 '접시 부족'으로 불리기도 하는데, 여성들이 아랫입술과 턱 사이에 접시를 끼워 장식하기 때문이다. 15, 16세 정도가 되면 아랫입술을 뚫고 나무에서 채취한 오일을 발라 살이 잘 늘어나게 만든다. 그리고는 입술에 접시를 끼우는데 나무로 만든 접시로 시작해 진흙을 구운 뒤 검정, 빨강, 흰색 물감으로 장식한 접시로 서서히 바꾼다.

보기만 해도 내 살이 다 아픈 것처럼 느껴지는데, 무르시족 여인들은 손바닥만 한 접시를 달고 아이를 돌보고 집안일도 척척 해낸다. 접시가 클수록 미녀라고 한다. 큰 접시를 끼운 여성일수록 결혼할 때 남성의 집안으로부터 더 많은 소를 선물 받는다. 특히 무르시족 남성들이 장대를 들고 결투를 하며 용맹함을 과시하는 '동가(Donga)' 축제 때나 보름달 아래 불을 피워놓고 젊은이들이 다 함께 춤을 추는 진정한 '불타는 밤'이면, 모든 미혼 여성이 접시를 끼고 나와 미모를 뽐낸다. 참 특이한 풍습이다 싶다가도 한국에서 여성들이 예쁘게 보이려고 화장하고 귀걸이를 하고 때로는 눈썹, 입술 문신에 성형수술까지 하는 점을 떠올려보면 크게 다를 게 없다는 생각도 들었다. 우리도 '불금'이면 여자 남자할 것 없이 예쁘고 멋지게 치장하고 밖으로 나가, 사랑이 축제를 벌이지 않던가!

카로족 마을에서 "포토", "머니"에 익숙해진 덕에 무르시족 마을에서는 당황하지도 않았다. 오히려 사진을 찍어달라고 쫓아다니는 아이들을 타이르는 여유까지 부렸다. 아직 접시를 끼울 나이가 되지 않은 여자아이들은 귀에 커다란 나무 귀걸이를 피어싱처럼 착용하고 있었다. 남자아이들은 주로 하얀 소젖을 발라 치장했다. 무르시족은 진흙, 소젖, 소똥으로 몸을 치장한다. 진흙은 오모 강 일대 부족들이 즐겨 사용하는 '화장품'이지만, 소젖과 소똥 장식은 무르시족의 특징이다. 목축을 하는 무르시족에게는 소가 가장 중요한 재산인데, 소젖과 소똥을 몸에 발라 치장을 함으로써 우리 집 소가 아주 건강하다고 자랑하는 셈이다.

허락을 받아 무르시족의 집에 들어가보기도 했다. 동물이 침입하는 것을 막기 위해 흙집의 대문은 무척 작았다. 개구멍에 가까운 크기여서 기어 들어가야 했다. 세 사람이 겨우 다리 뻗고 누울 수 있을 만큼 작은 집 안에 서는 나이 든 두 여인이 한창 식사 준비를 하고 있었다. 한 사람은 돌판에 곡식을 갈고 있었고, 다른 여인은 불을 피워 물을 끓이고 있었다. 두 여성 모두 더 이상 매력을 과시하기도 귀찮다는 듯 접시를 끼고 있지 않았다. 접시를 끼우느라 뚫린 살이 축 늘어져 덜렁거렸다. 화려하게 치장한 여인들을 볼 때는 그런 생각이 들지 않았는데, 무르시족 할머니들을 보니 함께 사진을 찍고 싶어졌다. 마모에게 부탁해 접시를 착용하지 않은 무르시족 할머니와 사진 한 장을 남겼다. 할머니는 "포토"도 "머니"도 말하지 않았다.

오모밸리 투어를 마치고 징카로 돌아가는 차 안에서 괜히 마음이 복잡해졌다. 외부인이 찾아오면서부터 원시부족에게도 돈의 개념과 그에 대한 수요가 생겼다. 이들이 생활하는 데 돈이 절대적이지는 않지만 유용한 수단이다. 시장에서는 물물교환뿐 아니라 돈으로 거래를 하기도 한다. 그들이 돈을 구할 수 있는 방법은 많지 않다. 처음 이들에게 돈을 줘어 준 외부인이 가장 큰 돈벌이 창구일 것이다. 여기까지 생각이 미치자 문제는 원시부족 자체라기보다는 그들이 자신의 삶 일부를 공유한 대가가 제대로 치러지지 않는 구조라는 생각이 들었다.

오모밸리 방문객들은 각 부족의 마을을 방문할 때마다 마을 입장료 명

목으로 한 차당 500~600비르(약 20,000~24,000원) 정도를 낸다. 그러나 이 금액은 공식적으로 명시돼 있는 게 아니다. 가이드가 마을 사람들에게 도움이 될 수 있게 전달하는 돈이라고 설명하고 돈도 일단 '일단' 가이드에게 주도록 돼 있다. 하메르족 마을을 떠나기 직전 마모에게 이 돈을 건넸는데 언제 마을 사람들에게 주었는지 기억이 나지 않았다. 원시부족을 이용해 가이드들만 배를 불리는 게 아닌가 걱정이 됐다. 나중에 카로족과 무르시족 마을에서는 마을 사람에게 돈을 지급하는 것을 확인해야겠다고 주장해 마을 추장으로 보이는 남성에게 돈을 전달하는 것을 볼 수 있었다. 그런데 카로족 마을 추장이라는 사람은 시계를 차고 스마트폰도 가지고 있었다. 엘비스가 카로족 아이들의 요청에 쓰고 있던 힙합 모자를 주고 온 것처럼 (빼앗겼다는 표현이 더 정확할지도 모르겠다) 그 역시 마을을 찾아온 손님으로부터 선물 받은 것일 수도 있겠지만, 영 마뜩잖았다. 나중에 아디스아바바로 돌아와 문화관광부 차관을 만날 기회가 있었는데, 오모밸리 투어에서 느낀 문제를 상세히 공유했다. 그녀는 알려줘서 고맙다면서 자세히 살펴보겠다고 했는데, 원시부족들을 처음 만났을 때 받은 신선한 충격만큼이나 컸던 찝찝함은 아직도 떨칠 수가 없다.

# 굿바이, 에티오피아!

어느덧 아프리카에 온 지 3개월이 다 됐다. 에티오피아에서 이렇게까지 오래 머무를 생각은 아니었는데, 중간에 남수단으로 취재를 다녀왔고 당시 대통령의 아프리카 방문으로 케냐, 우간다에도 출장을 다녀오느라 체류 기간이 더 길어졌다. 순회 특파원으로서 첫발을 내딛은 에티오피아에 2개월 남짓 머무른 셈이다. 단출한 짐을 정리하고 그동안 고마웠던 사람들에게 인사를 할수록 첫 번째 체류 국가로 에티오피아를 선택하기를 정말 잘했다는 생각이 들었다. 에티오피아는 그만큼 낯선 이방인을 따뜻하게 맞이해 줬고, 잘 해낼 수 있을 것이라는 자신감을 북돋워줬다. 현지에서 사귄 친구들은 하나같이 왜 벌써 떠나느냐며 아쉬워했다.

아침 일찍 일어나 게스트하우스에 잔금을 치르고 바비를 불렀다. 올 때와 마찬가지로 큰 트렁크 두 개와 등에 멘 백팩이 짐의 전부여서 큰 차가 필요하지 않았다. 차창 너머 아디스아바바의 풍경을 하나하나 눈에 담으려 애쓰고 있는데 라디오에서 신나는 암하라어 노래가 흘러나왔다. 에티오피아 전통 공연을 보며 식사했던 식당에서 친구들과 흥을 주체하지 못하고 어깨춤을 추던 기억이 떠올랐다. 케이팝의 열혈 팬인 크리스털 파이브 소녀들을 취재하러 갔다가 한 멤버의 가족으로부터 맛있는 인제라를 대접받은 일, 게스트하우스 매니저 페나와 오래 알고지낸 친구인 양 늦게까지 수다를 떨던 밤, 내 스마트폰을 훔치려 했던 어설픈 소매치기단, 난생처음 탄 낙타에서 바닥으로 내동댕이쳐진 경험을 선사한 하라르, 세상에서 가장 따뜻하고 맛있는 커피를 대접해준 커피 농가 사람들…….

공항에 이르렀을 때 정통 에티오피아 커피를 마시고 싶어졌다. 공항 주차장 근처에 노점이 늘어서 있었다. 아직 시간은 충분했다. 바비와 노상 앉은뱅이 의자에 앉아 커피를 홀짝이며 에티오피아에서의 마지막 순간을 만끽했다.

"바비, 그동안 고마웠어. 이동할 때마다 안전하게 잘 도와줘서 큰 도움이 됐어."

나름 진지하게 작별 인사를 고했는데, 낙천적인 바비는 여전히 밝기만 하다.

"그래 킴, 나도 덕분에 즐거웠어. 헤헤헤. 에티오피아에 오면 언제든 연락하라고. 택시는 꼭 나를 불러야 해."

덕분에 나의 마음도 더 가벼워질 수 있었다.

"오케이 브라더. 그런데 내가 다시 올 때도 택시 운전하고 있을 거야? 사업으로 성공할 거라며."

바비는 손바닥으로 이마를 탁 치며 킥킥댔다.

에티오피아에서는 탑승권을 소지한 사람만 공항 건물에 들어갈 수 있다. 바비와 진짜로 마지막 인사를 나눈 뒤 트렁크 두 개를 낑낑 끌며 공항

안으로 들어갔다. 출국 수속을 하는데 이민국 직원이 에티오피아로 다시 돌아올 계획이 있는지 물었다. 여권에 비자 유효기간이 아직 남아 있었기 때문인 것 같았다.

"아니요. 당분간은 돌아올 일이 없을 것 같아요. 이제 르완다로 '이사'가 거든요."

"에티오피아에서는 즐거운 시간을 보냈나요?"

"물론이죠. 이곳을 영원히 잊지 못할 거예요. 아메세키날로(고맙습니다)."

나의 어설픈 암하라어 한마디에 그녀는 "에티오피아 사람 다 됐네요. 남은 여정도 즐겁게 보내요"라며 활짝 웃었다. 들어올 때 그랬던 것처럼 여권에 '출국 합격' 도장이 쾅 하고 찍혔다.

Republic of
South Sudan

Rwanda

Uganda

Pole Pole
Africa

# 지구촌 막내 남수단공화국,
# 작지만 강한 르완다,
# 아프리카의 진주 우간다

PART **2**

따뜻한 마음 하나하나가 소중한 버팀목이 됐고,

그 온기가 미처 식기도 전에 또 다른 귀인을 만나

유쾌한 마음을 잃지 않을 수 있었다.

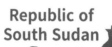

# Republic of
# South Sudan

Juba

남수단공화국

수도 | 주바
언어 | 아랍어, 영어
면적 | 644,329제곱미터(세계 42위)
인구 | 약 13,026,129명(세계 73위, 2017년 기준)
화폐 | 남수단 파운드(SSP),
1파운드(Pound) = 약 8.2원(2018년 4월 기준)
시차 | 한국보다 6시간 느림

# 나를 쫄게 한 막내 국가

아디스아바바 국제공항에서 출발해 두 시간 남짓 흘렀을까, 소형 여객기에서 어느새 도착 안내 방송이 흘러나왔다. 아프리카에 오고 난 뒤 '첫 해외 출장지'인 남수단공화국(이하 남수단) 수도 주바(Juba)에 다다른 것이다. 한국을 떠나 아디스아바바에 첫발을 디딜 때처럼 설렘과 긴장감이 교차하며 가슴이 두근댔다.

활주로에서부터 두 발로 걸어서 공항 건물로 들어간 것 또한 이때가 처음이었다. 활주로도 웬만한 공항과는 비교할 수 없을 정도로 작았는데 건물은 더 초라했다. 한국 소도시의 버스터미널 규모도 안 돼 보였다. 이 모습이 신기하게 느껴져 사진을 찍으려 하자 활주로와 건물 사이에 서 있던 남성이 매서운 눈초리로 손을 내저으며 "노 포토"라고 외쳤다. 피부색이 무척 어둡고 키가 큰 남성이(남수단 사람들은 아프리카에서도 키가 가장 크고, 피부색이 가장 어두운 편이다) 인상까지 쓰니 무척 무서웠다. 한마디로 완전 쫄았다. 그가 제복을 입고 있거나 명찰을 착용하고 있지는 않았지만 어쨌거나 말대답을 해선 안 되겠다는 직감이 들었다. 카메라를 내려놓으며 "쏘오리"라고 말한 뒤 황급히 발걸음을 옮겼다.

에티오피아 생활에 제법 적응했으면서도 그토록 주눅이 든 것은 2011년 7월 9일 신생주권 국가로 독립한 남수단이 짧은 역사의 대부분을 전쟁으로 보냈다는 사실 때문이었다. 남수단 독립 전 수단은 애당초 북부와 남부에 각각 거주하는 사람들의 인종, 문화적 배경이 무척 달랐다. 북부 수단 주민 대다수가 아랍어를 사용하는 이슬람교도인 반면, 남부 수단에서는 여러 흑인 민족이 다양한 언어를 사용하고 전통 종교를 믿었고, 일부 선교 단체를 통해 기독교가 전파되기도 했다. 하지만 19세기 북부 수단의 무역업자들이 노예와 상아를 구하기 위해 남부 수단을 약탈했고, 영국 식민 지배를 겪으면서도 분쟁은 잦아들지 않았다. 결국 영국으로부터 독립하기 1년 전인 1955년부터 30년 가까이 내전을 치렀고 2005년에야 포괄적 평화협정을 체결하면서 잠시나마 총성이 멈췄다. 남수단 주민들은 이로부터 6년 뒤인 2011년 주민 투표를 실시해 압도적인 찬성(98.9퍼센트)으로 분리 독립을 결정했고, 유엔의 193번째 회원국이 됐다. 하지만 이번에는 남수단 내에서 세력 다툼이 벌어졌다. 딩카족을 대표하는 살바 키르 대통령(정부군)과 누에르족을 대표하는 리크 마차르 부통령을 지지하는 세력(반군)이 오늘날 까지도 유혈 충돌을 계속하는 바람에 수만 명이 목숨을 잃었고, 수십만 명이 피란민 신세가 됐다.

이런 남수단이 2016년 8월 브라질 리우데자네이루에서 열린 제31회 하계올림픽 출전 자격을 얻었다. 유엔의 중재로 양측이 평화협정을 맺고 잠시 총을 내려놓았던 시기의 일이다. 남수단으로서는 그야말로 개국 이래 최대 경사였던 셈인데, 몇몇 한국인의 공로가 컸다. 임홍세 남수단 축구대표팀 총감독이 사비를 털어가며 각 종목 협회 설립 등을 주도했고 김기춘 현지

한인회장이 후방 지원을 하며 남수단의 국제올림픽위원회(IOC) 가입을 끈질기게 추진한 덕분이었다. 여기에 2014년 아프리카 돕기 방송 프로그램을 통해 임흥세 감독과 인연을 맺은 가수 김장훈 씨가 이 경사를 제대로 축하해보자며 의기투합한 끝에 평화콘서트가 열리게 됐다. 남수단으로 출장을 오게 된 것도 평화콘서트 취재 때문이었다. 내전이 진행 중인 나라에 들어가는 것은 생전 처음이었는데, 회사에서 남수단은 위험 지역으로 분류돼 '위험 수당'이 출장비에 추가로 지급된다고 했다. 웃어야 할지 울어야 할지 애매한 기분이 들었다.

입국 수속은 공항 규모만큼 무척 간단했다. 터미널에서 표를 사듯 줄을 서서 기다렸다가 에티오피아 주재 남수단 대사관에서 미화 100달러를 주고서 받은 값비싼 비자를 보여주자, 별다른 질문도 없이 통과시켜줬다. '에휴' 한숨을 내뱉으며 단출한 입국장을 빠져나왔는데, 이번에는 마중 나오기로 한 김기춘 회장이 보이질 않았다. 가뜩이나 시작부터 주눅이 들었는데 이웃 국가인 에티오피아와 사뭇 다른 남수단의 무거운 공기가 나를 더 짓눌렀다. 허름한 공항 대기실에서 주변을 두리번거리는 내게 사람들의 시선이 화살이 돼 온몸에 꽂힌 것만 같았다. 에티오피아 유심칩이 들어간 스마트폰은 이미 먹통이어서 전화를 걸어볼 수도 없는 노릇이었다. 공항 와이파이 따위가 있을 리도 만무했다. 주뼛주뼛 서성이다가 결국 현지 유심칩을 구입하기로 했다. 각종 군것질거리와 잡동사니를 파는 매대 상인의 표정은 얼핏 험상궂어 보였는데, 유심칩을 내주며 친절히 설명해주더니 결국 버벅대는 나를 대신해 스마트폰에 직접 끼워주고 초기 설정까지 도와줬다.

그렇게 조금씩 남수단에 적응해가는 사이 김기춘 회장이 모습을 드러냈다. 갑자기 일이 생겨 조금 늦었다고 했다. 티는 안 냈지만 그렇게 반가울 수가 없었다. 그제야 긴장을 내려놓고 김 회장을 따라 주차장으로 갔더니 한 꼬마가 꼬질꼬질한 걸레로 김 회장의 차를 닦고 있었다. 에티오피아 길거리에서도 자주 본 모습이었다. 어린이들이 주차된 차를 닦아주고는 푼돈을 받는 것이었다. 그마저도 운전자가 주지 않으면 돈을 벌 수 없었다. 닦아달라고 부탁한 게 아니어서 항의를 할 수도 없는 노릇이다. 김 회장은 "거참 닦지 말라니까"라면서도 아이에게 동전을 쥐어줘 돌려보냈다.

차창 밖으로 본 주바는 평화롭기 그지없었다. 비포장도로가 많아 누런 흙바닥이 그대로 드러나 있었다. 그래도 자갈 따위가 없어 차가 털털거리지는 않았다. 도로에는 차보다 '보다보다'로 불리는 오토바이가 더 자주 보였다. 보다보다를 탄 젊은이들은 흙먼지를 일으키며 씽씽 잘도 달렸다. 고층 건물은 전혀 찾아볼 수 없었다. 집도 상점도 대부분이 단층이었다. 그런 거리 곳곳에 김장훈 씨의 평화콘서트를 알리는 컬러 현수막이 걸려 있었다. 김 회장은 "남수단에서 이런 큰 행사가 열리는 것은 처음"이라고 말했다.

차는 어느새 김장훈 씨가 연습 중인 한 초등학교 건물에 도착했다. 교문에 들어서면서부터 신나는 소리가 쿵쾅쿵쾅 흘러나왔다. 자그마한 간이 건물 주변에 흥겨운 음악 소리를 듣고 찾아온 사람들이 옹기종기 모여 구경을 하고 있었다. 안으로 들어가 보니 김장훈 씨가 땀을 뻘뻘 흘리며 연습을 하고 있었다. 진짜 공연도 아니고, 리허설도 아니고, 미리 연습을 하는 것일 뿐이었는데도 폴짝폴짝 점프까지 하며 흥겨운 라이브 무대를 연출했다. 구경꾼들의 어깨가 절로 들썩였다. 사흘 뒤 열리는 평화콘서트가 대성공을 거두리라는 것을 직감할 수 있었다.

이날 일정을 모두 마치고 드디어 숙소인 주바 그랜드 호텔에 도착했다. 1박에 100불이라는 가격이 무색하게, 방 안에는 모기장이 둘러진 낡은 더블 침대와 구식 텔레비전 한 대가 전부였다. 하지만 실외 풍경은 그야말로 별다섯 개짜리 호텔에 버금갔다. 1층짜리 방갈로 여러 채가 죽 늘어서 있었고 곳곳에 이파리가 넓은 열대 나무가 심어져 있었다. 풍경만 보면 동남아시아의 어느 고급 리조트에 온 듯한 기분마저 들었다. 게다가 식당 근처에는 실외 수영장까지 갖춰져 있었다. 남수단은 에티오피아와 위도는 비슷하지만 고도가 훨씬 낮아서인지 날씨가 제법 후텁지근했다. 외국인 투숙객들이 수영을 하거나 선베드에 누워 한가로이 햇볕을 즐기고 있었다. 수영복을 챙겨오지 않은 게 내내 후회가 됐다.

# 평화, 평화, 평화…… 파이팅은 이제 그만!

드디어 평화콘서트가 열리는 날 아침이 밝았다. 다행히 날씨가 무척 맑았다. 주바 농구경기장에 도착해 보니 이미 삼천여 석의 관객석이 빼곡히 들어찼다. 경기장을 둘러싼 스탠드 좌석은 물론, 무대 앞에 플라스틱 의자를 설치해 마련한 자리도 빈틈이 없었다. 남수단 체육부 장관 등 정부 관계자들과 함께 VIP석에 자리를 잡은 임흥세 감독은 감회가 남달라 보였다. 그도 그럴 것이 평화콘서트는 물론, 남수단의 올림픽 출전도 그가 아니었으면 사실상 불가능한 일이었다. '스포츠 선교'를 하기 위해 몇 해 전 남수단을 찾은 임흥세 감독은 축구, 농구, 핸드볼, 배구, 탁구, 육상, 태권도, 유도, 권투 등 9개 종목 지역 협회를 설립하고, 관련 서류를 꾸미는 등 남수단이 IOC 회원으로 가입하는 데 필요한 절차를 대부분 떠맡았다.

"오랜 내전과 가난으로 실의에 빠진 남수단 청년들에게 '당신들도 할 수 있다'는 희망을 주고, '문화와 스포츠로 하나가 될 수 있다'는 것을 아프리카 전 지역에 보여주고 싶었습니다. 하지만 돌이켜보면 지나온 과정이 너무 힘들었어요. 다시 하라고 하면 못할 것 같습니다. 각 협회 정관 제정부터 진행 비용을 마련하는 일, 남수단 정부와의 협력 등 어느 하나 쉽지가 않았으니까요."

식전 행사를 시작으로 콘서트의 막이 올랐다. 남수단 국기의 색깔인 빨강, 초록, 검정 옷을 맞춰 입은 어린이들이 단체로 시를 읊으며 몸짓을 하는 퍼포먼스를 선보였다. "나는 싸움이 싫어요. 싸움을 그만해요(I hate fighting. Stop fighting)"라는 구절이 여러 차례 반복됐다. 남수단의 평화를 기원하는 시였다. 아이들은 싸움이 싫다는 뜻을 온몸으로 표현했다. 허리를 굽혀 머리를 바닥으로 향한 채 땅에 발을 구르며 절규하는 듯 몸짓을 했다. 이 아이들은 어른들이 싸움을 하는 통에 태어나 자랐고, 싸움은 아직도 끝나지 않았다.

나는 이때야 아차 싶었다. 콘서트 시작 직전 태권도 시범을 앞둔 어린이들에게 부린 오지랖이 생각났기 때문이다. 새하얀 도복을 입은 아이들은 이처럼 큰 무대가 처음이었는지 잔뜩 긴장한 표정이었다. 그 귀여운 모습에 왕년 응원단장 기질을 발휘하며 오버를 하고야 말았다.

"얘들아, 떨리니? 잘할 수 있을 거야. 자, 나랑 하이파이브 하자. 하나, 둘, 셋, 파이팅!"

하지만 방금 전까지만 해도 히한하게 생긴 이방인의 등장에 까르르 웃던 아이들의 표정이 시무룩해졌다. 평생을 파이팅에 시달렸고, '이제는 파이팅을 그만하자'는 취지로 마련된 평화콘서트에서 파이팅을 외치는 이방인에게 보이는 당연한 반응이었다.

어른 행세를 하려다 도리어 상처를 준 것 같아 미안했다. 미안함은 나중에 태권도를 배우는 아이들을 인터뷰하면서 한층 더 커졌다. 맨발에 낡은 도복을 입고 태권도를 연마하는 아이들에게 왜 태권도를 배우는지 물었더니 "평화를 가르치기 때문"이라는 대답이 돌아왔다.

"태권도는 싸움이 아니라 방어를 강조하는 평화의 무술이에요. 사람을 공경하고 그 누구도 차별해서는 안 된다는 것을 배워요."

태권도 발차기로 머리를 한 대 얻어맞은 기분이었다.

이날 이후로 '파이팅'이라는 말은 쓰지 않으려고 자제하는 버릇이 생겼다. 원래 나는 여러모로 '파이팅'하는 사람이었다(그래서 아프리카까지 간지도 모르겠지만). 한국에서는 파이팅이 '싸움', '전투', '호전적인'이라는 원래 의미와 달리 응원의 의미로 사용되는 경우가 많으니 말이다. 학창 시절 체육대회가 열렸다 하면 응원단장을 자처해 누구보다 큰 목소리로 "파이팅!"을 외쳤고, 주변에 우울해하는 친구가 있으면 "힘내라, 파이팅!"이라고 위로하곤 했다. 사회에 나와서도 넘치는 의욕이 겉으로 드러났는지 "파이팅 넘친다"는 말을 자주 들었다. 열의가 있고 당차다는 칭찬으로 받아들이곤 했는데, 이제는 파이팅이라는 말을 들을 때마다, 파이팅을 외치던 나에게 시무룩한 표정을 짓던 남수단 어린이들이 생각난다.

울적해진 마음도 잠시, 곧이어 현지 뮤지션 오루파르의 공연이 이어졌다. 오루파르는 신나는 전통 춤과 현대 음악을 결합한 무대를 선보였다. 거의 1미터씩 폴짝폴짝 뛰면서 춤을 추고 노래도 했다. 덕분에 객석이 제대로 예열됐다. 얌전히 앉아서 박수를 치던 사람들은 흥을 숨기지 못하고 일어나 춤을 추며 환호성을 내질렀다.

드디어 주인공 김장훈 씨의 차례. 장신의 김장훈 씨는 한국에서 특별히 제작해 온 한복을 입고 무대에 섰다. 그가 움직일 때마다 조끼 모양의 검은 도포 자락이 멋지게 휘날렸다. 김장훈 씨는 히트곡 〈난 남자다〉, 〈내 사

랑 내 곁에〉 등과 〈아리랑〉을 열창했다. 관객들은 가사나 멜로디가 익숙하지 않을 텐데도 즐거워했다. 대형 남수단 국기를 흔드는가 하면 파도타기도 오갔다. 김장훈 씨는 노래를 부르는 중간중간 영어로 "아이 러브 사우스 수단(I love South Sudan)", "남수단에 축복을(God bless South Sudan)"이라고 외치며 흥을 돋웠다. 그는 무대 아래로 뛰어 내려가 관객들 사이를 헤집고 다니는가 하면, 발차기를 선보이기도 했다. 과연 콘서트의 제왕다운 면모였다.

절정에 다다른 것은 김장훈 씨가 남수단 최고 인기 가수 이매뉴얼 켐베와 함께 현지 노래 〈나브니 벨레 투게더(Nabni belet together)〉를 열창했을 때다. 켐베는 '남수단의 조용필'이라고 보면 된다. 그가 등장하자 관객들은 경기장이 떠나가라 소리를 질렀다. 처음 듣는 내게도 무척 쉽고 경쾌하게 느껴지는 곡이었다(글을 쓰는 지금도 그 멜로디가 생각날 정도다). 공연 며칠 전부터 맹연습을 한 김장훈 씨는 켐베의 노래를 완벽히 소화해냈다.

공연을 성황리에 마치고 무대에서 내려온 김장훈 씨에게 현지 언론 인터뷰, 사인, 사진 찍기 요청이 쇄도했다. 나도 인터뷰를 해야 하는데 얼떨결에 현지 기자와 김장훈 씨 사이에서 통역을 맡았다. 김장훈 씨는 무척 힘이 들 텐데도 인터뷰에 성실히 응했고, 그의 팬이 된 현지인들과 일일이 사진을 찍어주고 사인을 해줬다. 멋지게 휘날리던 김장훈 씨의 한복은 어느새 땀으로 흠뻑 젖어 있었다.

"원래 완벽하다는 표현을 잘 안 하는데 오늘은 모든 게 완벽했던 것 같습니다. 음악은 역시 만국 공용어예요. 정말 너무너무 행복합니다."

행사 뒤에는 경품 추첨이 이어졌다. 임홍세 감독이 한국에서 후원을 받아 마련한 물품들이었다. 축구공 수십 개와 현지에서 승용차나 마찬가지인보다보다도 한 대 준비돼 있었다. 축구공은 관객석 앞에 각각 쌓여 있었다. 원래 남수단 정부 인사들의 발언이 모두 끝난 뒤 공을 던지거나 발로 차서 받는 사람이 갖도록 하는 것이었다. 하지만 정부 관계자들의 발언이 너무 길어지자, 관객석에서 참다못한 한두 명이 먼저 내려와 공을 가져가기 시작했다. 그러자 그것을 본 다른 사람들도 따라 내려와 공을 가져가기 시작했고 마침내 모든 사람이 우르르 달려 내려왔다. 행사장은 잠시 아수라장이 됐다. 순간 수백 명이 주변으로 달려드는 바람에 사람들에게 깔리는 게 아닌가 싶어 잠시 등골이 오싹했다.

힘이 센 청년들이 공을 챙겨 싱글벙글하는 사이 어린아이들은 손가락만 빨고 있는 게 너무 안타까웠다. 아이가 주운 공을 빼앗으려는 사람도 있었다. 화가 나기도 했지만 한국에서는 흔한 공조차 그곳에서는 너무 귀한 물건이다 보니 어쩔 수 없는 노릇이었다. 내 주변으로 굴러온 축구공 몇 개를 얼른 주워 손이 빈 아이들에게 줬다. 끝내 아무것도 차지하지 못해 곧 울음을 터뜨릴 것 같은 아이들에게는 한빛부대에서 받아온 페이스 페인팅 스티커를 붙여줬다. 그래도 아이들인지라 생전 처음 붙여보는 스티커에 울먹이던 표정이 금세 환해졌다. 아이들은 서로의 얼굴을 가리키며 킥킥댔다. 잠시 혼란스러워지기는 했지만 경품 추첨도 아무런 사고 없이 잘 마무리됐다.

남수단은 이날 '한국'의 열정적인 응원에 힘입어 육상선수 세 명을 그해 8월 리우올림픽에 보낼 수 있었다. 세계 각국의 우정을 다지고 평화를 이루는 자리에 이제 막 걸음마를 뗀 막내까지 함께한 것이다. 하지만 안타깝게도 남수단의 평화는 아직도 요원해 보인다. 콘서트가 끝나고 약 3개월

뒤 키르 대통령과 반군은 다시 충돌했다. 당시에만 민간인을 포함 약 300명이 숨졌고, 중국이 파견한 유엔평화유지군도 목숨을 잃었다. 외국인 탈출 러시도 이어졌다. 수년째 지속되고 있는 남수단 내전으로 수만 명이 목숨을 잃었고 약 150만 명이 인근 국가로 대피해 난민살이를 하고 있다. 내전으로 농사를 제대로 지을 수가 없고, 심각한 가뭄까지 겹쳐 당장 수십만 명이 아사 직전이다. 남수단 정부는 결국 2017년 2월 기근을 선포했다. 한국으로 돌아와 이런 소식을 들을 때마다 "나는 싸움이 싫어요"라고 외치던 남수단 아이들의 목소리가 귓가에 맴돈다.

# 진짜 '태양의 후예'를 만나다

평화콘서트가 열리기 며칠 전 미리 도착한 나는 계획대로 주바에서 북쪽으로 약 200킬로미터 떨어진 보르(Bor)에 자리한 한빛부대를 취재하기로 했다. 부대의 도움을 받아 유엔 헬기를 타고 이동할 예정이었다. 2016년 4월 기준으로 민간 항공사는 이 구간을 일주일에 딱 두 차례 운행하고, 그마저도 탑승객이 열두 명이 되지 않으면 일정이 취소되기 때문에 사실상 민간 항공편으로 이동하는 것은 쉬운 일이 아니었다. 다행히 현지 도착 5일 전 유엔의 기지 내 취재·탑승 허가가 떨어져 군인 수송용 헬기를 얻어 탈 수 있게 됐다.

헬기 체크인 시간이 새벽 6시 반부터 6시 45분 사이여서 6시에는 호텔을 떠나야 했다. 호텔에 미리 차량 지원을 부탁해뒀다. 주바의 유엔 톰핑기지 서문에 도착하면 한빛부대 연락 담당 장교의 차로 갈아타고 기지 안으로 들어가기로 했다. 새벽 5시 50분쯤 호텔 로비로 갔는데 아무도 없었다. 5분, 10분이 지나도 아무도 나타나지 않았다. 식당에만 불이 켜져 있었다. 직원들이 조식을 준비하는 모양이었다. 에티오피아에서 단련된 경험으로 보건대 가만히 있어서 될 일이 아니었다. 식당 안에 딸린 주방으로 들어가 직원들에게 자초지종을 설명했다.

"6시에 운전기사를 만나기로 했는데 아직 오지 않았어요. 혹시 확인해 볼 방법이 없을까요?"

직원들은 서로 눈짓만 주고받았다. 자신들의 임무가 아닐뿐더러 조식 준비로 분주한 터였다. 나는 최대한 불쌍한 표정을 지었다.

"30분 후에 보르로 가는 헬기를 꼭 타야 돼요. 좀 도와주세요."

그제야 한 여성 직원이 로비로 나와 어디론가 전화를 걸었다.

"잠시 기다려봐요. 조금 있다 나올 거예요."

마음이 급해 일 분이 한 시간처럼 느껴졌다. 급한 마음에 연락장교와 통화를 했지만 별다른 도리가 없었다. 연락장교가 나를 태워가지고 다시 기지 안으로 들어가기에는 시간이 촉박했다. 남수단 사람들을 믿어보기로 했다. 5분쯤 지나자 약속한 운전기사가 헐레벌떡 로비로 뛰어왔다. 타박을 할 새도 없이 곧바로 차로 이동했다. 차가 많지 않은 도시인 데다 새벽이라 속도를 낼 수 있었다. 기지 서문에 다다르니 장교께서 나와 있었다. 잽싸게 차를 옮겨 탔다. 검문소를 통과해 기지 안으로 들어가서야 한숨을 돌릴 수가 있었다.

"아프리카는 제게 느슨해질 틈을 주질 않는다니까요."

장교는 맞장구를 치면서 껄껄 웃었다.


기지 내 터미널에는 이미 군인들이 제법 많이 모여 있었다. 유엔 평화유지군을 상징하는 푸른 모자 아래 인종도 국적도 다양했다. 수화물 검사와 체크인을 마치고 대합실로 들어갔다. 대합실 벽과 천장에는 각국 국기가 걸려 있었다. 캐나다, 인도, 호주 등 각국 파병군이 가져다 달아둔 것이라고

했다. 물론 태극기도 당당히 걸려 있었다.

다른 탑승객들이 모두 체크인할 때까지 조금 더 대기했다가 헬기에 몸을 실었다. 창문이 난 헬기 벽 양측에 등을 대고 앉도록 긴 의자가 각각 마련돼 있었다. 한쪽에 예닐곱 명 정도씩 서로를 바라보고 앉았다. 호주와 독일 출신 여성 군인도 있었다. 제복에 국기 표시가 있어서 출신을 알 수 있었다. 같은 여성으로서 참 멋져 보였다. 양측 좌석 사이 가운데 공간에는 탑승자와 보르로 가져가야 하는 짐이 잔뜩 실렸다. 이륙 직전, 미니버스로 치면 차장 같은 사람이 헤드폰처럼 생긴 귀마개를 나눠줬다. 잠시 뒤 귀마개가 필요한 이유를 알 수 있었다. 프로펠러가 돌아가면서 내뿜는 소음이 어마어마했다. 군인들은 익숙하게 귀마개를 착용하고 엎드리거나 벽에 기대 잠을 청하는가 하면, 개인 헤드폰으로 음악을 듣기도 했다.

헬기에서 내려다본 남수단은 고요했다. 주바를 지나고 얼마 지나지 않아 사람도, 차도, 건물도 전혀 보이지 않았다. 나무들이 꼭 현지 사람들의 머리카락처럼 곱슬곱슬하고 빽빽했다. 자연의 일부인 사람은 주변 환경을 닮는 것 같다. 헬기 내에서 촬영을 해도 되는지 안 되는지 몰라서 소심하게 아래 풍경을 찍고 있는데, 아무도 제지하지 않았다. 내친김에 헬기 내부도 얼른 촬영했다.

어느새 헬기가 하강을 시작했다. 보르에 거의 다 온 모양이었다. 아래를 내려다보니 나무 한 점 없는 허허벌판이 누렇게 펼쳐져 있었다. 드디어 착륙. 생애 첫 헬리콥터 비행을 안전하게 마치고 모래 바닥에 발을 디뎠다. 더운 바람이 몸을 훅 스쳤다. 그 순간만큼은 정말 드라마 〈태양의 후예〉 한 장면이 떠올랐다. 강모연(송혜교)이 모래 바닥 위에서 뜨거운 태양을 피하기 위해 두르고 있던 스카프가 헬기 프로펠러 바람에 휙 날아가 유시진(송중기) 주변에 떨어지자, 그가 주워서 돌려주는 운명적인 장면이다. 안타깝게도 나는 강모연이 아니고 스카프도 없었지만, 진짜 '태양의 후예'를 만나러 남수단 보르에 도착했다고 생각하니 힘이 불끈불끈 솟았다. 마중 나오기로 한 한빛부대 공보장교를 찾아 주변을 두리번거리는데 유시진 대위처럼 멋진 군복에 선글라스를 착용한 군인이 "김수진 기자님이시죠?"라며 내게 다가왔다.

마중을 나와주신 분은 한빛부대에서 공보과장을 맡고 있는 김 소령이었다. 김 소령은 반갑게 악수를 건넸다. 김 소령은 군복과 선글라스, 그 어느 하나 유시진 대위와 다를 바 없었지만 훨씬 푸근하고 친근한 인상이었다. 우리는 부대로 들어가기 전 보르 공항 주변에서 한창 진행 중이던 도로정비 작업을 보러 가기로 했다. 한빛부대의 임무는 남수단 재건 사업으로 부대에는 경비대, 의무대도 있지만 공병대가 대다수다. 치열한 경쟁을 뚫고 선발된 한빛부대 장병 중에는 목공, 전기, 용접, 건축 기술을 보유한 이가 많다.

장병들은 녹아내릴 것 같은 뜨거운 열기 속에서 분주히 움직이고 있었다. 중장비를 조정해 땅을 고르게 만드는 작업을 하고 있었다. 현장에서 만난 '작업반장' 정 소령은 공항에서 헬기가 원활히 이착륙할 수 있도록 대지를 정비하고 있다고 말했다. 인터뷰 내내 정 소령의 이마에서는 땀이 비 오듯 줄줄 흘렀다. 더운 날씨에 긴 팔 군복에 방탄모, 방탄조끼까지 착용한 터였다. 당시 기온을 재보지는 않았지만, 평소 기온이 40도에 달하고 한창 더울 때는 수은주가 50도까지 오른다고 했다.

작업장 주변에서는 경비대 소속 장병들이 역시 완전 무장을 하고 주변

을 열심히 경계하고 있었다. 공병대가 부대 외부로 재건 작업을 나갈 때 경비대가 반드시 동행하는 게 한빛부대의 원칙이다. 전쟁이 일상이라고 말할 수는 없지만, 내전이 여전히 현재진행형이어서 일부 지역에서는 총격전도 심심치 않게 벌어지는 상황이었다. 보르에서 차를 타고 이동할 때 장총을 메고 걸어 다니는 주민들을 보기도 했다. 일반 주민들의 경우 내전과 상관없이 가족의 생명과 재산을 스스로 지키기 위해 총기를 소지하기도 한다고 했다. 그래도 민간인이 길거리에서 총을 들고 있는 모습을 바로 눈앞에서 보니 겁이 났다. 한빛부대에서 제공한 방탄조끼, 방탄모를 착용하고 방탄차까지 타고 있었는데도 말이다. 하물며 끝이 보이지 않는 전쟁 속에 살아가는 사람들의 심정은 어떠할까.

드디어 부대에 도착했다. 부대에는 가건물이 많았지만 제법 진용을 잘 갖추고 있었다. 장병들이 생활하는 숙소, 식당은 물론 행정 업무를 담당하는 사무실, 도서관, 체력 단련장도 있었다. 장병들의 손으로 직접 지은 것들이다. 남수단에 오기 전 파병 초기 한빛부대의 모습을 다룬 국내 방송사다큐멘터리를 봤는데, 그때만 해도 장병들은 건물이 완성되지 않아 텐트에서 먹고 자면서 임무를 수행하고 있었다. 이제는 장병들이 생활하는 데 큰 불편함이 없도록 시설이 많이 갖춰져 있었다.

부대 곳곳을 매의 눈으로 훑어보고 있는데, 김 소령이 나의 마음을 간파했는지 특전사로 구성된 경비대 장병들이 훈련하는 모습을 보러 가자고 제안했다(만세~). 동료들의 안전을 책임지는 경비대 특전사에게 체력은 필수! 장병들은 외줄타기와 철봉, 평행봉을 이용해 한창 체력 단련을 하고 있었다. 무더운 날씨에 윗옷을 벗고 운동하는 장병들의 몸은 그야말로 불끈

불끈했다. 대부분이 이십 대인 장병들은 쑥스러워하면서도 사진과 영상 촬영을 위해 멋지게 포즈를 취해줬다. 대표로 인터뷰를 한 스물일곱 살 이 모 대위는 긴장한 탓에 세 번이나 NG를 냈지만, "대한민국 군인이라면 어디를 가도 무엇이든 해낼 수 있다고 생각한다. 〈태양의 후예〉 주인공들처럼 주어진 임무를 반드시 해내고 말 것"이라고 씩씩하게 말하며 결국 '임무 완수'에 성공했다.

오후에는 한빛부대의 대주민 사업 현장을 방문했다. 대주민 사업은 공병대가 주력인 한빛부대의 본래 임무와는 거리가 있다. 하지만 주재 공관이 부재한 남수단에서 현지 주민들을 상대로 한 한빛부대의 의료·구호·교육 사업은 사람들에게 한국이라는 나라에 대해 긍정적인 인식을 심고, 그들의 마음을 사로잡는 데 큰 역할을 하고 있었다.

한빛부대는 매주 화요일 유엔기지 내 위치한 난민 보호소를 찾아 환자를 돌보고, 그곳에서 일하는 NGO 등의 요청에 따라 담요, 신발, 학용품, 축구공 등 필요한 물품을 전달하는 일을 했다. 난민 보호소 내 약 2,000명의 난민은 한빛부대의 이러한 역할을 잘 알고 있었다. 그래서인지 한빛부대 장병들이 보호소에 모습을 드러내자마자 어린아이들이 한국어로 "안녕"이라고 외치며 쫓아왔다. 매주 한 번 얼굴을 보는 장병들이 건넨 한국어가 자연스레 입에 붙은 것이다. 사진을 찍어서 보여주자 역시나 까르르 웃으며 좋아했다. 아이들은 장병들과 함께 보호소 곳곳을 둘러보는 내내 우리 곁을 떠나지 않았다.

한빛부대는 특히나 파병 첫해였던 2013년 큰 빛을 발했다. 당시 내전이 발발하는 바람에 보르기지에는 남수단 사람뿐 아니라 종족 갈등에 미처 대피하지 못한 외국인까지 몰려 이만여 명이 보호소에 진을 쳤다. 총상을 입은 환자도 밀려들었다. 한빛부대는 하루 64톤에 이르는 급수 지원부터 환자 진료, 방역, 쓰레기 처리 등 인도적 지원을 전담했다. 당시 현지 주민들은 '신께서 보내주신 부대'라며 한빛부대에 찬사를 아끼지 않았다고 한다. 또다시 한빛부대에 지원해 두 번째로 남수단을 찾은 여성 간호장교는 내전 당시 환자 중 임신부가 있어 아무것도 갖춰진 것이 없는 상태에서 아기까지 받아봤다고 회상했다. 그는 "정신이 없기도 했지만 부대원들의 팀워크가 훌륭해 좋은 기억으로 남았다"며 "한국에서보다 나의 손길을 더 절실히 필요로 하는 사람들을 치료하고 그들이 조금씩 나아지는 모습을 지켜보며 얻는 보람이 크다"고 말했다.

한빛부대는 기지 밖에서도 각 마을 주민들을 진료하며 의료·구호 사업을 한다. 그러던 중 여섯 살 때 몸이 칼슘을 흡수하지 못하는 증상이 나타나 양다리가 휘고, 걸을 수조차 없게 된 소년 렝 가랑 렝의 사연을 알게 됐다. 한빛부대는 치료 방법을 알아보다가 강남세브란스 병원과 연이 닿아 렝 군의 수술과 재활 치료를 주선했다 수술은 성공적이었고 렝 군은 마음껏 걸어 다닐 수 있게 됐다. 렝 군이 잘 지내는지 수술 경과를 지켜볼 겸 그의 집을 찾아갔는데, 소문을 듣고 온 가족, 친척이 몰려왔다. 지난해 열한 살을 맞은 렝 군은 "나중에 크면 꼭 한국에서 공부하고 싶다"고 말했다. 키가 180센티미터는 족히 넘을 것 같은 렝 군의 엄마는 장병들의 손을 꼭 잡고 거듭 고맙다고 말했다.

한빛부대의 대주민 사업은 재건 사업에도 활기를 주고 있다. 사람들이 사는 곳이다 보니 주변에서 도로 정비나 차수벽 건립 작업 등을 하다 보면

지나가야 하는 길을 막아 불편을 준다며 불만을 제기하고, 심지어 공사를 못하게 반대하는 사람들도 있다. 하지만 한국의 한빛부대가 하는 일이라고 하면 주민들은 더 이상 토를 달지 않는다. 그만큼 신뢰가 크다. 당시 공병대 소속이던 성 모 일병은 "일교차가 커 금방 피곤해지고 지치기도 하지만 공사가 완료돼 현지인들이 기뻐하고 고마워하는 모습을 보면 다시 힘이 난다"고 말했다. 남수단 키르 대통령은 유엔평화유지군(PKO) 중에서는 처음으로 한빛부대에 감사 서한을 보내기도 했다.

밤에는 장병들도 휴식을 취하며 여유를 찾는 모습이었다. 운동장에서 족구를 하는가 하면, 이웃부대와 교류 행사에 참여했다. 이날은 마침 바로 옆 에티오피아 부대와 교류 행사를 하는 날이었다. 에티오피아 군인들은 역시나 커피와 인제라 등 음식을 정성스레 준비해놓고 우리 장병들을 맞이했다. 식사를 마치자 형형색색의 옷을 입고 나와 각 부족 전통 춤을 선보였는데, 어찌나 끼가 넘치는지 멋들어지게 춤을 추는 중간중간 우스꽝스런 표정과 몸짓으로 큰 웃음을 선사했다. 처음에는 익숙하지 않은 음악과 춤에 그야말로 '군대 박수'를 치던 우리 장병들도 나중에는 배꼽을 잡고 웃어댔다. 흥을 주체하지 못한 한 장병은 무대로 나가 같이 춤을 추기도 했다. 하루의 피로를 씻어내듯 밝게 웃는 장병들의 모습에 내 마음이 다 편안해졌다.

다음 날 새벽 5시 반. 동이 트지 않아 캄캄한 가운데 한빛부대의 아침 조회가 시작됐다.

"한빛부대의 열정이! 남수단의 평화로!"

장병들은 어두운 운동장이 떠나가라 구호를 외쳤다. 문득 '세상을 이끄는 환한 큰 빛'이라는 뜻의 한빛부대 이름도, 장병들이 아침마다 외치는 구호도 참 잘 지었다는 생각이 들었다. 비록 짧은 시간이었지만 1박 2일 동안 지켜본 한빛부대 장병들은 주어진 임무에 열정을 다했고, 이들의 노력은 내전으로 신음하는 남수단에 큰 빛이 되고 있었다. 그래도 하루 빨리 남수단에 평화가 찾아와 우리 장병들이 가벼운 마음으로 철수할 날이 오기를 바란다.

# Rwanda

Kigali

르완다

수도 | **키갈리**
언어 | **프랑스어, 키냐르완다어, 영어**
면적 | **26,338제곱미터**(세계 149위)
인구 | **약 12,501,000명**(세계 76위, 2018년 통계청 기준)
화폐 | **르완다 프랑**(RWF),
1프랑(Franc) = **약 1.2원**(2018년 4월 기준)
시차 | **한국보다 7시간 느림**

# 즐거운 우리집

에티오피아에서 게스트하우스를 전전하면서 식사 때문에 조금 고생을 했다. 부엌이 없거나, 있더라도 공동으로 사용해야 하는 데다 집기가 부실해 요리하기에 마땅치 않았다. 라면 한 봉지를 끓이려 해도 깨끗한 냄비 하나 찾기가 쉽지 않았다. 무엇이든 잘 먹는 나였지만 매번 음식을 사 먹으려니 한계가 찾아왔다. 하루 종일 집에 있는 날에는 컵밥이나 컵라면으로 해결할 때가 많아 질리고야 말았다. 1, 2년 장기 체류할 게 아니다 보니 '집다운 집'을 렌트하지 않은 탓이었다.

르완다로 넘어가면서 반드시 부엌이 있는 집을 얻어야겠다고 마음먹었다. 호텔이나 게스트하우스처럼 일정 기간 숙박하면서 요리를 할 수 있는 공간이 있을까 생각하다 보니 국내외 여행할 때 자주 이용했던 숙박 공유 서비스인 에어비앤비가 떠올랐다. 미리 예약을 하지 않은 만큼 일단 시내 호텔에서 하루 머무르며 살 집을 찾아보기로 했다.

사전에 한인 커뮤니티를 통해 연락을 드린 현지 한국인 분께서 마중을 나와주셨다. 차를 얻어 타고 키갈리(Kigali) 중심부 호텔로 이동하는 내내 청결한 도로에 감탄사가 터져나왔다. 1억 명에 가까운 인구에 가축도 많아 비포장도로 위에 '사람 반, 동물 반'이었던 아디스아바바와는 전혀 다른

모습이었다. '천 개의 언덕'이라는 말도 괜히 나온 게 아니었다. 도시 자체가 온통 언덕으로 이뤄져 있었다. 먼 곳에 나무로 뒤덮인 초록빛 구릉을 배경으로 빨간 지붕이 옹기종기 모여 있는 모습을 보노라면 유럽 어디쯤에 와 있는 것 같다는 착각마저 들 정도였다.

호텔이 자리한 시내 중심가는 활기찼다. 늦은 오후 느슨한 햇살 아래 차와 오토바이, 사람이 뒤섞인 채 도로를 오갔다. 경적과 오토바이 소리, 사람들이 현지어(키냐르완다어)로 웅성거리는 소리가 공기를 메웠다. 몇몇 아프리카 국가의 수도에서 볼 수 있는 흔한 풍경도 이어졌다. 은행이나 호텔 같은 큰 건물에는 역시나 무장 경비원이 총을 들고 서 있었다. 호텔에 짐을 간단히 풀고 현지 화폐를 바꾸러 길을 나섰다. 이방인에게 쏟아지는 호기심 어린 시선도 여전했다.

하루 동안 머물기로 한 호텔은 하루 숙박료가 100달러(그렇다, 또 100달러다)라는 사실을 믿기 힘들 정도로 객실이 비좁고 창문도 없었지만, 레스토랑에 시야가 탁 트인 테라스가 있다는 점이 무척 마음에 들었다. 저녁이 되니 야경도 제법 멋졌다. 테라스에 앉아 혼밥을 하며 르완다서 인기가 좋다는 무지크(Mutzig) 맥주를 홀짝였다. 메뉴 중 타이식 카레밥이 있어 바로 주문했는데, 꿈에 그리던 아시아의 맛이었다. 맛 좋은 음식과 맥주, 멋진 야경, 살랑거리는 밤바람에 또 다른 시작을 준비하면서 쌓인 마음의 피로가 질로 풀렸다.

방으로 돌아와 앞으로 한 달가량 머물 숙소를 찾아보기 시작했다. 제법 많은 후보군이 나왔다. 위치는 크게 신경 쓰지 않기로 했다. 어차피 대중교통이 전무하다시피 했기 때문이다(르완다에서 가장 저렴하고 유용한 교통수단은 오토바이 택시인데, 안전 문제 등을 고려해 가급적 승용차 택시를 이용했다). 적당한 가격에 이용자 후기가 좋은 집을 골라 예약 신청을 했다. 주인이 남자여서 잠시 고민이 됐는데, 이용자들이 여성 남성 할 것 없이 '편하게 잘 지냈다', '집주인의 배려로 르완다 여행을 즐겁게 할 수 있었다'며 극찬을 남겼기에 결심할 수 있었다. 주방은 물론 주방에 있는 조리 도구와 그릇, 각종 양념 등을 마음껏 이용할 수 있다는 점도 마음에 들었다. 예약 요청을 하고 잠시 뒤 주인에게서 답신이 왔다. 메시지에는 "웰컴 투 더 하트 오브 아프리카"라고 적혀 있었다. 아프리카 대륙 내 르완다의 좌표가 사람으로 치면 심장의 위치 비슷하기 때문이었다. 재미있는 답장에 절로 미소가 지어졌다. 집주인은 다음 날 오전 호텔로 데리러 오겠다고 했다.

집주인 로버트는 삼십 대 중반의 유쾌한 젊은이였다. 키가 무척 컸다. 물어보지는 않았지만 185센티미터는 족히 넘을 것 같았다. 남아프리카공화국에서 2년간 일한 경험이 있어 영어가 유창했고, 과거 르완다의 공용어였던 불어도 곧잘 했다. 르완다 방송 중에는 프랑스어 채널이 제법 있는데 로버트는 프랑스어 방송도 즐겨봤다. 지금은 독일인이 운영하는 건축 사무소에서 설계 업무를 하고 있다고 했다. 로버트는 "다행히 보스가 쉬는 날이어서 잠깐 빠져나올 수 있었어. 르완다에 온 것을 진심으로 환영해!"라며 너스레를 떨었다.

로버트의 집은 정원이 무척 넓었다. 한국의 어느 시골 초등학교 운동장만큼이나 컸다. "우와, 진짜 넓다. 아침마다 여기서 조깅해도 되겠는데? 캠프 파이어도 할 수 있겠어"라며 감탄하자 껄껄 웃는다. 잔디밭 가운데 자리한

1층 집은 아담하고 깔끔했다. 거실과 식당, 방 3개, 화장실 그리고 모든 조리 도구가 갖춰진 주방까지, 내가 찾던 집이었다. 로버트는 "사실 나도 이집을 네덜란드 사람에게 임대 받았어. 이 집을 보자마자 정말 운이 좋다고 생각했지"라고 말했다. 방 한 개는 로버트가 사용하고, 다른 하나는 창고로 활용하고 있었다. 남는 방을 놀리기가 아까워 여행객들에게 돈을 받고 빌려주는 것이었다.

로버트가 요리를 좋아하는 덕분에 각종 소스와 양념도 구비돼 있었다. 뒤뜰에는 집안일을 거드는 '하우스 보이(house boy)' 스티브가 사는 작은 별채가 있었다. 르완다는 인건비가 워낙 저렴해 숙식을 제공하는 대신 집안일을 하는 이른바 '입주형 가사도우미'가 있는 집이 많았다. 세탁기나 청소기가 없는 대신 가사도우미가 빨래를 하고 물걸레질을 하는 것이다. 부모가 없는 열여덟 살 스티브는 어느 날 생면부지의 로버트를 찾아와서는 '일거리가 없느냐' 물었다고 했다. 사실 로버트는 가사도우미까지 필요하지는 않았지만 도움을 구하는 스티브를 받아들이기로 했다고 한다.

로버트는 욕실이 딸린 큰 방을 내어 주고 다시 회사로 돌아갔다. 큰 창문으로 정원의 초록빛 잔디밭이 보였고, 밝은 햇살이 내리쬤다. 방구석에 있던 작은 책상을 창문 바로 옆으로 옮긴 뒤 이민 가방을 풀어 짐 정리를 시작했다. 낡은 옷장에 옷가지를 걸고, 가지고 다니던 책 몇 권을 책상에 올려놓고는 벽면에 너덜너덜해진 세계지도까지 붙이고 나니 내 집처럼 아늑했다. 르완다에서 보낼 한 달이 무척 기대되기 시작했다.

# 바퀴벌레는 안 돼!

르완다에서 바퀴벌레(cockroach)는 금기어다. 해리포터 시리즈의 '볼드모트'처럼 이름을 말해서는 안 되는 존재라고나 할까? 1994년 르완다 대학살 당시 후투족 민병대가 투치족과 온건 후투족을 공격하며 "바퀴벌레를 잡으러 가자"며 사람들을 선동했기 때문이다. 르완다 독립 전 식민 지배를 한 벨기에가 사람들의 코 길이 등을 재 후투와 투치로 분리하고는, 투치만을 요직에 기용하는 등 차별 정책을 펴 오랜 기간 갈등의 골이 깊었기 때문이다. 100일간 100만 명의 목숨이 허무하게 사라졌다. 대학살이 발생한 지 20년도 채 되지 않아 비극은 현재진행형이다. 르완다에서는 매년 학살이 시작된 4월부터 100일 동안 추모 기간이 시작된다. 이때 사람들은 떠난 이를 그리워하며 떠들썩한 축제나 음주가무를 삼간다. 당시 인구의 약 10퍼센트가 희생됐기 때문에 르완다 국민 중 희생자와 엮여 있지 않은 사람을 찾아보기는 힘들다. 1994년 전후에 태어난 세대가 아닌 이상 가족, 친척, 친구를 억울하게 잃은 경험이 있다.

외국인끼리 대화를 나눌 때도 말조심을 해야 한다. 현지의 한 한인은 '바퀴벌레'라는 단어를 쓰면 안 된다는 말을 듣고 신경을 곤두세우고 있었는데, 차에서 바퀴벌레가 나오니까 'cockroach'라는 단어를 까먹고는 '악어(crocodile)가 나타났다'고 소리를 질러서 주변을 아연실색하게 했다는 웃지 못할 이야기를 들려주기도 했다. 어찌됐건 사람들에게 불쾌감을 주고 싶지 않아 바퀴벌레를 비롯해 후투, 투치 등 몇 가지 금기어를 되새기며 '입조심'을 하기로 했다.

그러나 금기는 오래 지나지 않아 깨졌다. 말로만 듣던 대왕 바퀴벌레가 내 방에 나타난 것이다. 르완다에는 바퀴벌레가 참 많다. 위생 상태가 불량해서라기보다는 자연환경이 좋아서 서식하는 개체 수 자체가 많다고 한다. 당시 르완다 주재 대사님 말씀이 늘 깨끗이 청소를 하는 대사관저에도 바퀴벌레가 자주 출현한다고 했다. 크기도 한국 바퀴벌레와는 비교가 되지 않을 만큼 크다. 현지 한 한인은 집 정원에서 난생처음으로 바퀴벌레 떼를 보고 경악했다는 이야기도 들려주었다. 바퀴 무리가 이 집, 저 집 옮겨 다닌다는 말도 들었다.

불청객을 마주친 것은 한밤중 화장실에서였다. 자다 일어나 볼일을 보고 세면대에서 손을 씻는데 뭔가 섬뜩했다. 화장실 불을 켜지 않은 상태였기 때문에 잘 보이지는 않았지만 욕조 위 벽에 주먹 크기의 시커먼 무언가가 붙어 있는 것 같았다. 심장이 두근거렸다.

'이게 바로 말로만 듣던 그……'

다들 곤히 자고 있을 시간이라 도움을 요청할 수도 없었다. 도저히 이대로는 잠들 수 없을 것 같아 일단 불을 켜고 녀석의 정체를 확인하기로 했다. 역시 그 녀석이었다. 삼십 줄 인생에 본 바퀴벌레 중 가장 큰 놈이었다.

녀석은 '거물답게' 성급히 움직이지 않았다. 나도 녀석이 도망칠세라 두 눈으로 결박하듯 매섭게 쏘아보기만 했다. 사실 팔짱을 낀 양손을 꿈쩍할 수 없었다. 뭔가를 시도할 용기가 나지 않았다. 겁이 별로 없는 나였지만 바퀴벌레는 정말 너무 싫었다. 대학 시절 자취하느라 전전했던 원룸에서 몇 차례 바퀴벌레를 보고 트라우마가 생긴 모양이다. 어쨌거나 일단 후퇴하기로 했다.

'설마 침대 쪽으로 오지는 않겠지.'

숨 쉴 수 있을 만큼 코를 내놓고 이불로 온몸을 둘둘 감쌌다. 잠은 오지 않았다. 샤샤샥, 무언가 방바닥을 지나는 소리가 귓가에 들리는 것만 같았다.


어쨌거나 내일은 찾아왔다. 날이 밝아 나는 다시 화장실에 갔다. 녀석은 어디론가 사라지고 없었다. 여전히 걱정이 됐지만 일단 눈에서 보이지 않으니 기분이 조금 나아졌다. 불안한 마음을 감추지 못한 채 샤워를 시작했다. 세수를 하고, 몸을 씻고, 머리를 숙여 샴푸질을 했다. 비누 거품이 가득해진 머리를 헹구려고 수도꼭지로 손을 뻗다가, 뒤로 자빠질 뻔했다.

"꺄아아아아아아아아."

집 안이 나의 비명으로 가득 찼다. 그 녀석이 수도꼭지 위에 딱 붙어 나를 바라보고 있었던 것이다.

"으아아아아."

좀처럼 놀란 마음을 진정시킬 수가 없었다. 심장이 방망이질 쳤다. 그러다 언센가 인터넷에서 본 바퀴벌레 대처법이 떠올랐다. 샴푸나 비눗물을 떨어뜨리면 얼마 못가 숨통이 끊긴다는 것이었다. 용기를 내 옆에 있던 샴푸를 쭉 짰더니 녀석은 요리조리 피하며 도망을 쳤다. '나 잡아봐라, 캬캬 캬' 하고 나를 비웃는 것 같았다. 막다른 골목에 선 기분이었다. 알몸에 머리에 거품까지 얹은 상태에서 누군가에게 도움을 청할 수도 없었다.

'에라, 이판사판이다.'

녀석이 수도꼭지에서 벗어난 틈을 타 샤워기를 집어들고 물을 틀었다. 수중전을 펴기로 마음먹었다. 욕조 밖으로 나와 녀석 쪽으로 샤워기를 돌렸다. 녀석은 물에 휩쓸려 욕조 바닥으로 미끄러지더니 물줄기를 피하려 안간힘을 썼다. 움직임을 멈추는 것 같다가도 이내 꿈틀거렸다. 그래도 한 생명인데, 미안하다는 생각이 들다가도 일단 내가 살아야겠기에 계속 물을 뿜어댔다. 잠시 뒤 녀석은 더 이상 움직이지 않았다. 휴우, 수중전 승리. 욕조 바닥에서 익사한 녀석을 그대로 두고 황급히 내 몸을 마저 씻었다. 대강 옷을 갖춰 입고 나가 스티브에게 도움을 청했다. 로버트는 이미 출근한 뒤였다. 영어를 못 하는 스티브에게 손짓과 발짓을 해가며 상황을 설명하다 결국 손을 잡아끌고 화장실로 데려왔다. 스티브는 처참한 수중전의 마지막 장면을 보고는 씩 웃더니 청소 도구를 가져와 현장을 수습하기 시작했다. 'cockroach'라는 단어를 쓰지 않고는 설명할 도리가 없어서 로버트에게는 일단 말하지 않기로 했다.

전쟁을 치르고 난 뒤 화장실을 갈 때마다 문을 살짝 열고 고개를 빼꼼 내밀어 상하좌우를 살피는 습관이 생겼다. 이틀 정도는 더 이상 '그'가 보이지 않았다. 하지만 바퀴벌레가 아예 없을 수는 있어도 한 마리만 사는 곳은 없다고 하지 않던가. 이번에는 방이었다. 어차피 방과 화장실이 붙어 있는 데다, 화장실 문과 바닥에 3센티미터 정도의 공간이 있어 바퀴벌레가 드나들려면 얼마든지 드나들 수 있었다. 저녁 식사를 마치고 그날 취재한 내용을 정리하고 있는데 멀지 않은 곳에서 '샤샤샥' 하는 소리가 들렸다.

왜 슬픈 예감은 좀처럼 틀리지 않는 걸까. 또 다른 녀석이 방바닥을 유유히 지나가고 있었다. '아아아아아아~.'

어김없이 비명을 내뱉으며 빨리 바닥에 있던 가방을 집어 들고 침대 위로 피신했다. 결국 로버트가 방으로 쫓아왔다. 퇴근해 거실에서 텔레비전을 보고 있다가 내 비명에 깜짝 놀라 달려온 것이었다.

"무슨 일이야?"

바퀴벌레는 이미 화장실로 모습을 감췄다.

"카카, 카, 칵크로치……. 아임 쏘리."

결국 금기어를 내뱉고 고개를 푹 숙였다. 자초지종을 설명하고 며칠 전 수중전까지 모두 털어놨다. 로버트는 그제야 껄껄 웃더니 괜찮다며 살충제를 사다주겠다고 했다. "배려해줘서 고맙다"는 말도 잊지 않았다.

다음 날 로버트가 화장실 곳곳을 살피며 살충제를 뿌려줬다. 문제의 원인도 파악했다. 욕조 수도꼭지 아래 마개로 막을 수 있는 구멍이 있었는데, 그곳을 통해 '녀석들'이 드나드는 것 같다고 했다. 스티브가 구멍을 막고 대청소도 했다. 물론 그 뒤로도 바퀴벌레는 수시로 출현했다. 하지만 더 이상 내 방이 주 무대는 아니었다. 거실과 부엌, 정원에서 잊을 만하면 모습을 드러냈다. 다행히 나는 녀석들과 함께 사는 데 익숙해졌다. 마주쳤을 때 여전히 기분이 나빠지는 것은 어쩔 수 없었지만, 대신 집 안 곳곳에서 '깨끗한 곳에만 산다'는 도마뱀을 보고 '그 녀석에 비하면 이 도마뱀들은 참 귀엽다'는 생각을 하기에 이르렀다.

# 네버 어게인

머지않아 말로만 듣던 제노사이드(Genocide, 집단학살)의 참상을 직접 확인할 기회가 찾아왔다. 키갈리 공립 도서관에서 현지 조간신문을 훑어보다가 집단학살 22주기를 맞아 집단학살 방지 국제 NGO인 이지스 트러스트(Aegis Trust)의 주관으로 '우부문투(Ubumuntu, 인도주의) 국제청년콘퍼런스'가 열리고 있다는 사실을 알게 됐다. 세계 각국 18~35세 젊은이 백여 명이 집단학살을 연구하는 학자나 NGO 관계자로부터 강의를 듣고 1994년 르완다에서 집단학살이 벌어진 현장과 추모관 등을 방문하는 행사였다.

반드시 참가해야겠다는 생각이 들었다. 집단학살에 대해 잘 알아야 르완다를 더 잘 이해할 수 있을 것 같았고, 혼자서 가기 힘든 현장을 둘러보기에 좋은 기회였기 때문이다. 홈페이지를 찾아보니 참가 신청은 이미 한참 전에 마감됐다. 행사가 시작됐으니 당연한 일이었다. 다행히도 현장을 둘러보는 행사가 바로 다음 날이었다. 이른 아침 키갈리 추모관에서 출발한다고 했다. 그래도 이 좋은 기회를 놓칠 수는 없는 법. 다음 날 무작정 행사 장소로 가보기로 했다.

로버트가 소개해준 택시기사 모데스트는 다행히 약속한 시간에 도착했

다. 민머리에 믿음직스런 큰 눈이, 꼭 에티오피아 H호텔에서 나를 도와주곤 했던 T를 닮았다. T보다 더 넉넉한 몸에 푸근한 인상이었다. 느낌이 좋았다. 다만, 모데스트는 영어를 거의 몰라 아주 간단한 단어로만 의사소통을 할 수 있었다.

"오, 땡큐 땡큐! 키칼리 메모리얼센터."

"오케."

"패스트! 퀵!"

"오, 오케 오케. 노 프라블럼."

추모관 주차장에는 벌써 사람들이 많이 모여 있었다. 20인승 규모의 미니버스 여러 대도 대기 중이었다. 모데스트에게 다시 전화를 하겠다는 말을 남기고 곧바로 튀어 나갔다. 이지스 트러스트가 적힌 흰 티셔츠를 입고 있는 사람들이 몇몇 보였다. 행사 관계자인 모양이었다.

"안녕하세요. 저는 한국에서 온 김수진 기자라고 합니다. 저도 오늘 행사에 참가하고 싶은데 가능할까요?"

"아, 안녕하세요. 그건 저기 보이는 버스 안에 있는 스태프한테 물어보세요. 그 친구가 오늘 행사 책임자거든요."

고맙다는 인사를 남기기가 무섭게 그가 손으로 가리키는 버스로 뛰어 갔다. 버스 안에는 이미 행사에 참가 중인 청년들이 자리를 채우고 있었다. 1994년 이후 태어나 집단학살을 겪지 않은 이른바 '뉴 제네레이션' 르완다 청년이 대다수였고, 미국과 유럽에서 온 젊은이들이 틈틈이 섞여 있었다. 생김새는 달라도 인류의 슬픈 역사를 배우고, 비극이 다시는 되풀이되지 않을 수 있도록 결코 잊지 않겠다는 마음만큼은 같았다.

역시 이지스 로고가 그려진 흰 티셔츠를 입고 서류를 점검하던 책임자는 자초지종을 듣고 잠시 고민하는 표정이었다. 그는 들고 있던 종이를 뒤적이더니 "네 그럼, 이 버스를 타고 같이 가시죠. 좌석 한 개 정도는 여유가 있을 것 같아요"라고 말했다. 만세! 정말로 좌석과 좌석 사이에 접었다 폈다 할 수 있는 자리 딱 하나가 비었다. 등받이가 짧아 조금 불편했지만 그런 것을 따질 때가 아니었다. 내가 자리에 앉고 얼마 지나지 않아 버스가 출발했다.

우리는 가장 먼저 집단학살 당시 살해된 투치족의 시체가 버려졌다는 냐바롱고(Nyabarongo) 강에 멈췄다. 이십여 년이 지나 주변에는 당시의 흔적이 전혀 남아 있지 않았다. 누런 강물이 흐르고 또 흐를 뿐이었다. 집단학살로 살해된 뒤 길가에 버려지면 그나마 가족들이 시신이라도 수습할 수 있었지만 강물에 던져지면 멀리 떠내려가 영영 가족들을 만날 수 없었다고 했다.

사실 이때까지만 해도 마음이 크게 동요하지 않았는데 다음에 방문한 무람비 추모관은 충격 그 자체였다. 이곳은 원래 기술학교 건물이었다. 이 박물관 가이드의 설명에 따르면 1994년 이 마을 사람들은 곧 후투족이 들이닥친다는 소문을 듣고 교회로 달려갔다. 외국인 선교사들이 있는 곳이니 아무리 후투족이라도 여기까지 공격하지는 못할 것이라는 생각 때문이었다. 안타깝게도 당시 르완다에서 종교는 제 역할을 하지 못했다. 일부 선교사들은 마을 사람들에게 기술학교에 숨어 있으면 곧 도착하는 프랑스군의 보호를 받을 수 있다며 그리로 가라고 일렀다. 그 결과 약 65,000명이 학교에 모여들었다. 하지만 기대와 달리 프랑스군은 도착하지 않았고 사람들은 후투족에 발견돼 죽임을 당했다. 대다수가 몰살당했고 살아서 도망친 사람은 겨우 삼십여 명에 불과했다. 뒤늦게 도착한 프랑스군은 시신을 학교 부지에 파묻었다. 집단 매장된 시신이 발견된 것은 해가 바뀌고 나서였다. 르완다 정부는 이곳에서 오만여 구의 시신을 찾았다.

르완다 정부는 그 끔찍한 역사를 잊지 말자는 뜻에서 학교를 추모관으로 개조했다. 발견된 시신 중 수천 구에 석고를 발라 미라로 만든 뒤 교실마다 전시했다. 이곳을 방문하면 그야말로 해골 상태의 시신 수십 구가 각 교실에 누워 있는 모습을 볼 수 있다. 어린아이로 보이는 해골도 적지 않다. 그 장면 자체도 끔찍하지만 냄새도 고약하기 때문에 비위가 약한 사람이라면 방문 전 마음을 단단히 먹는 것이 좋다. 일행 중 몇몇 청년들은 이 광경을 보고 결국 울음을 터뜨렸다. 르완다 청년들뿐만이 아니었다. 집단학살의 역사를 탐구하겠다며 멀리서 날아온 외국인 젊은이들도 눈물을 흘렸다.

'이렇게까지 할 필요가 있나?' 하는 생각이 들었던 것도 사실이다. 교실 한 곳 정도만 지금과 같은 공간으로 꾸미고 나머지는 다른 전시로 채웠으면 보기에 더 낫지 않았을까 싶었다. 하지만 르완다에서 한 달가량 지내면서 그렇게 해야만 하는 이유를 어렴풋이 깨달았다. 사람들은 이미 20년이 지난 일이지만, 현지 사람들은 다시는 비극이 되풀이되어서는 안 된다며 '네버 어게인(Never Again)'을 수없이 말했다. 오직 단 한 가지 이유 때문에 가족, 친구, 직장 동료, 이웃을 잃은 사람들, 어제까지만 해도 다정하게 인사를 건네던 이웃이 순식간에 살인자로 돌변하는 모습을 지켜본 사람들에게 '이렇게까지'라는 말은 너무 가벼운지도 모른다.

다행히 르완다는 과거에만 머물러 있지 않다. 용서와 화해를 통해 새로운 역사를 만들고 있다. 르완다 정부는 집단학살로 분열된 상처를 치유하기 위해 여러 가지 방법을 동원했다. 그중 하나가 가해자와 피해자를 한 마을에 살도록 하는 것이다. 청년들과 함께 찾아간 카모니이시 무잠비라 마을이 바로 그런 곳이었다.

마을 사람들은 마을 회관에 모여 있었다. 청년들이 착석하자 두 사람이 앞으로 나와 나란히 섰다. 르완다 집단학살 당시 자녀를 모두 잃은 일흔아홉 루진다자 아폴리와이레와 그의 자녀를 살해한 남성의 동생인 마흔 살 장클로드였다. 후투족 출신인 장클로드는 사람을 살해하지는 않았지만 사람들의 재산을 빼앗는 데 동참했다고 말했다.

"학교에서는 후투족, 투치족 각각 손을 들어보라고 하는가 하면, 투치는 모두 나쁜 사람이라고 가르쳤어요. 저는 그저 믿고 시키는 대로 따랐어요. 하지만 몹시 후회됩니다."

학살 사태가 끝나고 그는 가차차 법정에서 벌을 받았다. '풀밭'이라는 뜻의 가차차는 르완다 정부가 집단학살 직후 수많은 범죄자를 기존 사법제도로만 처리하기가 어려워 부활시킨 전통 법정이다. 범죄자가 진심으로 뉘우치고 용서를 구하면 낮은 수준의 형벌을 내리고, 죄질이 가볍다고 여겨지면 지역사회 봉사와 같은 판결을 내리기도 한다.

'가해자' 측 장클로드의 말이 끝나자 이번에는 '피해자' 아폴리와이레가 담담히 말을 이어갔다.

"사실 용서하는 게 쉽지 않았습니다. 하지만 용서를 통해 그들이 변하는 모습을 봤어요."

사실 선뜻 이해가 되지 않았다. 내 가족을 죽이고 재산을 빼앗은 사람을 용서하고 이웃으로 함께 살아가고 있다니. 다른 청년들도 나와 비슷한 의문을 품은 모양이었다. 역시나 두 사람의 말이 끝나기 무섭게 질문이 이어졌다.

"솔직히 믿기가 어려워요. 지금 말씀하신 게 가능한 일인가요?"

아폴리와이레는 천천히 입을 열었다.

"맞아요. 저도 정말 힘든 시간이었어요. (그러더니 장클로드의 손을 잡고) 오랜 시간이 걸렸습니다. 하지만 어떻게 생각하면 저 혼자만 피해자가 아니에요. (뒤에 있는 주민들을 가리키며) 여기 모두가 피해자죠. 이분도 마찬가지입니다. 당시 살아 있던 르완다 사람이라면, 후투든 투치든 친구든 가족이든 이웃이든 소중한 사람을 잃지 않은 사람이 없어요. 그런데 용서하지 않으면 어떻게 해야 하죠? 결국 우리는 같은 땅에서 함께 살아가야 할 운명입니다……."

문득 이 모습을 보면서 궁금해졌다. '한반도가 통일되면 이런 광경을 볼 수 있을까?' 역사적 비극의 원인이나 맥락은 다르지만 함께 지내던 사람들이 어느 날 갑자기 서로를 비난하고, 목숨을 빼앗았다는 점에서 르완다의 집단학살과 한국전쟁에 닮은 점이 있으니 말이다. 다만, 르완다가 아픈 역사를 봉합하고 화합을 위해 한창 달리는 중인 반면 한국은 이제 막 한반도 평화를 위한 걸음마를 뗄까 말까 하는 단계이니 만큼 '화해'라는 점에서는 우리가 르완다에게 배워야 할 게 더 많은 것 같다. 그러고 보니 당시에는 좀처럼 공감할 수 없었던 아폴리와이레의 말이 새삼 마음에 와닿는다. 2018 평창 동계올림픽에서 남북 공동 입장을 지켜보고, 준비 과정서 여러 어려움을 겪은 여자 아이스하키 단일팀이 선사하는 감동을 온몸으로 느끼고 난 덕분인지도 모르겠다.

# 깨끗하고 투명한 나라

몇 차례 바퀴벌레 소동이 있긴 했지만, 사실 르완다는 정말 깨끗하고 투명한 나라다. 단정한 거리에서 쓰레기나 오물을 찾아보기 힘들고 상점들도 깔끔하고 아기자기한 편이다. 구걸하는 사람도 없다. 적어도 수도 키갈리는 그렇다. 게다가 음식과 음료가 훌륭하고, 인테리어와 분위기까지 좋은 '맛집'도 제법 많다.

내가 특히 애용한 맛집은 키갈리 공립 도서관 꼭대기 층에 있는 이른바 루프탑 카페 '쇼콜라(Shokola)'다. 이전까지는 얼음을 잘못 먹고 배탈이 날까 걱정해 차가운 음료를 마신 적이 없었는데(얼음이 든 음료를 파는 곳도 거의 없었지만), 몇 차례 임상실험 결과 쇼콜라에서는 음식도 음료도 마음을 놓고 즐길 수 있었다. 내부 인테리어는 깔끔하면서도 구석구석 장식으로 르완다 특유의 멋을 잘 살렸다. 한국의 어느 핫플레이스에 견줘도 뒤처지지 않을 정도였다. 덕분에 나는 일주일에도 몇 번씩 그곳을 찾아가 그립고 그리웠던 아이스카페라테를 시켜놓고는 키갈리 도심 풍경을 감상하며 취재 내용을 정리하거나 기사를 썼다. 키갈리에서는 이러한 카페나 레스토랑을 심심치 않게 발견할 수 있었다. 시내 서점 안에 있는 루프탑 카페 '인조라(Inzora)'에서는 건강한 수제 요거트를, 빵집 '라즈 만나(RZ MANNA)'에서는 맛있는 빵과 커피를 즐길 수 있었다. 라즈 만나는 한국 한동대 학생들이 기획·설립한 사회적 기업인데 현재는 원래 취지대로 현지 정부로 운영권을 넘겼으며, 여전히 키갈리의 최고 맛집 중 하나로 군림하고 있다.

영화 〈호텔 르완다〉의 배경이 된 밀콜린스 호텔도 이제는 키갈리의 대표적인 명소다. 깔끔하고 현대적인 인테리어를 자랑하는 로비에서는 종종 미술 작품 전시회가 열리고, 1층 수영장 옆에 자리한 야외 카페는 따스한 햇살과 평온한 풍경, 시원한 음료를 모두 누리려는 '욕심쟁이' 손님들로 언제나 분주했다. 나 역시 인터뷰나 중요한 사람을 만날 일이 생기면 밀콜린스 호텔 야외 카페를 약속 장소로 정하곤 했다.

아이러니하지만 르완다가 이토록 깨끗하고, 풍성한 맛집과 명소를 보유하게 된 데에는 앞서 설명한 집단학살이 큰 영향을 미쳤다. 현재 르완다 사람 대다수가 그러하듯 집주인 로버트 역시 집단학살을 겪었다. 당시 그는 초등학생 나이였는데, 투치족이었던 만큼 후투족이 권력을 잡자 부모님과 함께 이웃나라 우간다로 피신했다가 상황이 모두 수습되고 난 뒤 키갈리로 돌아왔다. 그의 부모님은 우간다에서 투치족 반군을 물심양면으로 지원했다고 한다. 비교적 부유한 어린 시절을 보냈다는 그는 조국에 돌아와 방화와 약탈로 폐허로 변한 키갈리를 보고는 "이게 우리나라예요? 여기 살기 싫어요. 우간다로 돌아가요"라고 부모님을 졸랐다고 말했다. 당시 거리에는 시체가 즐비했고, 망가진 집과 건물은 텅 비어 있었다는 게 로버트의 설명이다.

'무(無)'에서 오늘날의 르완다를 만들어낸 데에는 2017년 8월 3선에 성

공한 폴 카가메 현 르완다 대통령과 그를 믿고 따라준 국민들의 힘이 컸다. 투치족 출신인 카가메 대통령은 집단학살 당시 정치·군사조직 르완다애국전선(RPF)을 이끌고 참극을 시작한 후투족 정권을 몰아냈다. 그는 국방장관과 부통령직을 거쳐 2000년 대통령이 됐고, 국가 재건을 최우선 과제로 삼았다. 강력한 통치력을 발휘해 빈곤율을 낮추고, 정부 기관에 만연하던 부패를 몰아냈다. 1998년부터는 매달 마지막 주 토요일 오전 우무간다(Umuganda)를 시행, 각 마을 사람이 한자리에 모여 청소·치안·인프라 구축과 같은 지역사회 문제를 함께 논의하고 해결하도록 하는 공동체 문화도 부활시켰다. 우무간다는 '공동의 목표 달성을 위한 단결'이라는 뜻이다. 나역시 우무간다에 한 번 참여해본 적이 있는데, 주민들과 함께 동네를 돌며청소한 뒤 주민들이 제기한 문제에 대해 토론을 벌였다. 어두운 골목 가로등 설치하기, 초등학교의 무너진 담장 보수 같은 사안이 토론 주제였는데, 주민들의 열정적인 모습이 인상적이었다.

역설적이지만, 국제사회가 르완다 제노사이드 당시 전혀 개입을 하지 않아 오늘날까지 부채 의식을 갖고 있다는 점도 발전에 기여하는 측면이 있다. 키갈리에서 생활하다 보면 다른 아프리카 국가 수도에서보다 외국인(대부분 서양인)을 더 쉽게 마주칠 수 있다. 사업을 하는 사람도 있지만 대부분 국제기구나 NGO에서 일하거나, 제노사이드에 대해 연구하는 사람이 많았다. 미국 스탠포드 대학에서 제노사이드 연구로 박사 과정을 밟고 있던 한미국인 여성은 "국제사회가 1994년 당시 상황을 알고도 눈을 감고 있었다는 죄의식 때문에, 각국 정부나 국제 NGO에서 아프리카 구호 개발 사업을 할 때 르완다에 더 신경을 쓰는 경향이 있다"고 설명했다. 실제로 빌 클

린턴 전 미국 대통령은 퇴임 뒤 자신의 재임 기간에 대해 논의하는 한 회의에서 가장 후회되는 일로 르완다 대학살에 늑장 대응한 것을 꼽았으며, 2007년 테드상을 받으면서 한 연설을 통해 르완다 재건을 위해 보건 위생에 도움을 달라고 호소했다. 앞서 코피 아난 전 유엔 사무총장도 2004년 르완다 대학살 10주년을 맞아 "르완다의 대학살은 일어나서는 안 되는 일이었지만 일어나고야 말았다"며 "유엔도, 안전보장이사회도, 회원국들도 모두가 관심을 기울이지 않았다"고 사과성명을 발표한 바 있다. 2017년에는 프란치스코 교황이 바티칸을 찾은 카가메 대통령에게 당시 일부 사제와 수녀들이 투치족 학살에 가담한 일은 "가톨릭 교회의 얼굴을 손상시킨 일"이라며 용서를 구했다.

르완다가 제대로 돌아가고 있다는 것은 정부 기관을 상대로 몇 차례 행정 업무를 처리하면서도 느낄 수 있었다. 르완다에 도착하자마자 언론 심의회에서 취재 허가를 받아야 했는데, 이때 치러야 하는 비용은 그 자리에서 담당자에게 주는 것이 아니라 전자 영수증 같은 것을 발급받아 현지 은행에 내도록 시스템이 갖춰져 있었다. 사실 민원인으로서는 한자리에서 해결하는 게 가장 편리하지만, 담당자에게 '웃돈'을 얹어 주는 식의 부패를 미연에 방지하기 위한 장치였다. 나중에 이민국에서 비자 연장을 신청할 때도 마찬가지였다. 이때는 은행까지 갈 필요는 없었고, 영수증 같은 것을 받아 다른 담당자를 통해 전자 결제를 하는 방식이었다. 어쨌거나 지갑에서 현금을 꺼내 업무 담당자에게 쥐어줄 일은 없었다(안타깝게도 내가 경험한 동아프리카에서는 이런 일이 완전히 사라지지 않았다). 이민국에 번호표 기기가 마련돼있고, 사람들이 대기실에서 순서를 기다리며 차분히 앉아 있던 것도 내게는 감동이었다. 앞서 에티오피아 이민국에서 백여 명에 가까운 사람이 줄도 서지 않은 채 좁은 문 앞에 엉겨 붙어서는 먼저 들어가겠다고 서로를 밀치고 몸싸움을 하는 틈에 '이러다 압사하는 게 아닌가' 하는 지옥 같은 경험을 두 번 정도 했기 때문이다.

이 같은 풍경은 농업 중심의 산업구조를 가진 르완다가 일찌감치 제조업을 건너뛰고 아프리카 최고 IT 선진국을 목표로 관련 시설과 콘텐츠에 투자를 아끼지 않는 덕분이기도 하다. 남한 면적의 약 4분의 1 수준으로 국토가 작은 르완다는 IT 강국인 한국을 많이 참고한다. 이에 우리나라 IT기업 KT가 2000년대 중반 와이브로, 광케이블, 4G LTE 무선망 등을 공급했다. KT의 현지 자회사 AOS(Africa Olleh Services)는 한국의 전자조달 시스템인 나라장터를 르완다 정부 시스템에 이식하고 있다. 르완다 정부는 이처럼 각국의 원조 자금과 관련 사업을 IT에 집중시키고, 이를 의료·교육·농업 등 다른 부문과 연계하려 노력 중이다. '아프리카의 강소국' 르완다의 10년, 20년 뒤 모습이 더 기대되는 이유다.

# 나의 작업복

르완다에서 생활하다 보니 문득 여성들의 옷차림이 무척 화려하다는 것을 깨달았다. 에티오피아나 우간다, 남수단에서는 해본 적이 없는 생각이다. 물론 르완다에서도 모든 여성이 멋지게 차려입고 다니는 것은 아니지만, 거리에서 독특한 패턴으로 디자인된 원색 천으로 만든 옷을 입고 다니는 여성들을 심심치 않게 마주칠 수 있었다. 그 색상이나 패턴은 제각각이었지만, 유사한 느낌을 주는 옷감이었다. 로버트에게 물어보니 아마 '키텡게(Kitenge)'나 '캉가(Kanga)'일 것이라고 일러줬다.

키텡게는 르완다, 케냐, 우간다, 탄자니아, 가나 등 동부, 서부, 중부 아프리카 일대에서 찾아볼 수 있는 화려한 패턴의 면직물이다. 지역에 따라서는 치텡게(Chitenge)라고 불리기도 한다. 캉가도 비슷한 옷감인데 키텡게보다 두께가 얇다. 주로 동아프리카에서 널리 사용되는 천으로 여성들은 오래전부터 이 천으로 긴 치마를 만들어 입거나 머리에 둘러 터번처럼 쓰고 다닌다. 아이를 등에 동여매는 포대기나 둘둘 말아 허리에 두르는 지갑으로 활용하기도 한다.

그러고 보니 다른 나라에서도 이 옷감을 제법 여러 번 본 것 같기도 했는데, 르완다에서 유독 내 시선을 사로잡았다. 그 이유를 곰곰이 생각해보니 옷의 디자인 때문인 것 같았다. 다른 나라에서는 여성들이 키텡게나 캉가를 몸에 쏙 둘러서 치마로 만들어 입거나, 아주 약간의 재봉질을 해 단순한 디자인의 옷을 만들어 입었던 반면, 르완다에서는 여성들이 이 옷감을 활용해 만든 롱스커트, 원피스, 투피스 등 다양한 스타일로 착용한 모습을 볼 수 있었다.

관심이 생겨 조사를 해보니, 르완다에서는 경제 발전과 함께 성장하고 있는 중산층의 수요에 따라 패션 산업이 한창 성장하는 중이었다. 그 중심에는 젊은 디자이너들이 있었다. 해외에서 활동하다가 르완다로 돌아와 매해 '키갈리 패션 위크(Kigali Fashion Week)'를 주관하는 디자이너가 있는가 하면, 키텡게와 캉가 등 전통적인 옷감에 현대적인 디자인을 접목해 패션 브랜드를 만든 디자이너들도 있었다. 이 중 르완다 최초 여성 패션 브랜드 르완다 클로딩(Rwanda Clothing)이나 또 다른 패션 브랜드 크리스틴 크리에이티브 콜렉션(CCC) 등은 미국 CNN 방송 등에 소개되기도 했다. 이 밖에 키텡게와 캉가 혹은 다른 전통적인 재료를 사용해 옷과 장신구, 생활용품을 만들어 가는 몇몇 젊은 디자이너의 편집숍도 있었다.

궁금한 마음에 직접 찾아가보기로 했다. 르완다 클로딩을 가장 먼저 방문했는데, 가게에 들어서는 순간 지난 몇 개월 동안 어쩔 수 없이 억눌려 있던 나의 쇼핑 욕구가 폭발하기에 이르렀다. 르완다 클로딩은 키텡게로 원피스, 점프 수트, 재킷, 셔츠, 넥타이 등 다양한 옷과 액세서리를 제작해 판매하고 있었다. 마네킹에 입힌 옷부터 진열대에 걸려 있는 옷 한 벌 한 벌이 무척 세련되고 아름다웠다. 이미 제작된 옷을 팔기도 하지만 손님의 취향

에 따라 '맞춤옷'을 만드는 게 보통이다. 제작 과정은 모두 수작업으로 이뤄진다. 아프리카 고유의 매력을 살리면서도 편안함까지 갖춰 젊은층을 중심으로 인기가 높다. 르완다 클로딩의 매니저 샬롯 무카셰마는 "맞춤옷 한 벌당 59,000프랑(약 70,000원)에서 69,000프랑(약 83,000원) 상당으로 가격대가 낮지 않지만, 하루 일이십 벌 정도로 주문이 많이 들어온다"고 말했다.

가게와 바로 옆 작업실을 둘러보며 취재를 하는 사이에도 많은 손님이 오고 갔다. 소문을 듣고 찾아온 외국인 관광객도 많았다. 르완다에 살고 있다는 미국인 여성 손님은 "원단이 특이하면서도 디자인이 서구식이라 평소에 즐겨 입는다"고 말했다. 그녀는 자신의 것과 친구들에게 줄 선물까지 완성된 맞춤옷 세 벌을 챙겨 가게 문을 나섰다. 나온 김에 '메이드 인 르완다' 옷 한 벌을 맞춰 입기로 했다. 옷을 완성하는 데 일주일 정도가 걸린다고 했다. 진열된 수많은 키텡게 중 마음에 드는 천을 고르고, 치수를 쟀다. 진열된 옷과 그동안 완성된 손님들의 옷을 촬영해놓은 카탈로그를 참고해 디자인도 선택했다. 남색과 베이지색 등이 조화를 이룬 패턴의 키텡게를 택해 셔츠 스타일 원피스를 만들어달라고 했다. 주문을 해놓고 가게를 떠나면서 발견한 주황색 노트북 파우치도 구매했다.

일주일 뒤 옷을 찾으러 가 입어보니 원래 내 옷처럼 몸에 꼭 맞았다. 마음에 쏙 드는 것도 당연(너무 꼭 맞아서 조금이라도 살이 찌면 숨 쉬기 힘들 것 같긴 했지만)! 한국에서 출퇴근할 때도 입을 수 있을 만큼 단정하면서도 여성스러운 원피스였다. 이날 저녁 바로 '메이드 인 르완다' 원피스를 착용할 기회가 생겼다. 주 르완다 한국 대사관이 주최한 '한국 영화의 밤' 행사가 열리는 날이었기 때문이다. 영화 상영에 앞서 마련된 1부 행사에서 스탠딩 파티가 열린다고 했고 각국 대사와 르완다 정부 관계자가 대거 참석할 예정이었다. 드레스까지 입고 갈 자리는 아니었지만, 챙겨온 옷 중에는 정장 한 벌을 제외하면 등산재킷, 청바지, 면티셔츠 몇 벌이 전부였던 참이다.

옷이 날개라고 했던가! 이날 키텐게 원피스는 나의 취재에 날개를 달아줬다. 영화 〈국제시장〉을 관람하고 나오는 행사 참석자들에게 감상 소감을 묻기 위해 기다리고 있는데, 오히려 참석자들이 내게 먼저 말을 걸어왔다. 다른 나라 대사와 동행한 배우자, 르완다 정부 관계자들까지도! 독특한 옷이 눈에 띄었던 모양이다.

"이 옷 어디서 산 거예요? 르완다에서 산 옷이에요?"

"원단이 키텐게 맞나요?"

덕분에 나는 쉽게 대화의 물꼬를 틀 수 있었고, 인터뷰도 원하는 만큼 충분히 할 수 있었다. 이후 탄자니아와 남아프리카공화국에서 현지 관계자를 인터뷰하러 갈 때마다 이 옷을 입었다. 처음 만나 어색한 취재원과 외국인 특파원 사이에서 키텐게 원피스는 '아이스 브레이커' 역할을 톡톡히 했다. 내게는 너무 소중한 '작업복'이 된 셈이다. 이 옷은 지금도 내 옷장에 잘 걸려 있다. 언젠가 다시 아프리카로 떠날 그날을 기다리며……

Uganda
Kampala

우간다

수도 | 캄팔라
언어 | 영어, 우간다어
면적 | 241,038제곱미터(세계 81위)
인구 | 약 44,271,000명(세계 32위, 2018년 통계청 기준)
화폐 | 우간다 실링(UGX),
       1실링(Shilling) = 약 0.3원(2018년 4월 기준)
시차 | 한국보다 6시간 느림

# 마운틴고릴라를 찾아서

아프리카에는 아프리카에서만 볼 수 있는 것들이 있다. 아프리카 코끼리, 아프리카 바오바브나무, 청·백 나일 강⋯⋯. 그중에서도 아프리카 극히 일부 지역에서만 만날 수 있는 녀석들이 있는데, 그중 하나가 바로 마운틴고릴라. 침팬지 다음으로 인간과 비슷한 영장류인 고릴라는 인간과 유전자가 90퍼센트 이상 일치한다. 고릴라는 전 세계에서 오직 아프리카 대륙에만 서식한다. 서부고릴라와 동부고릴라로 나뉘고 서부로랜드고릴라, 크로스강고릴라, 동부로랜드고릴라, 마운틴고릴라 등으로 세분화된다. 이들 모두가 멸종 위기에 처해 있고 특히나 마운틴고릴라는 서식지 감소, 밀렵, 내전 등으로 오직 880마리(2011년 조사 기준) 정도만 남아 있다. 동물원에서 볼 수 있는 고릴라는 대부분 로랜드고릴라. 마운틴고릴라를 보려면 우간다나 르완다, 콩고민주공화국에 걸쳐 있는 비룽가 산맥이나 이곳에서 북쪽으로 25킬로미터가량 떨어진 우간다 루쿵기리(Rukungiri)의 브윈디 천연 국립 공원으로 찾아가야 한다.

사실 아프리카까지 왔다고 해도 마운틴고릴라를 '영접'하는 게 마냥 쉬운 일은 아니다. 마운틴고릴라가 서식하는 각국 정부는 고릴라를 보호하기 위해 마운틴고릴라 트레킹에 참여할 수 있는 인원을 하루 수십 명으로 제한하고 있다. 고릴라가 사람에 자주 노출되면 스트레스를 받는 데다, 인간으로부터 병을 얻을 수도 있어서다. 따라서 마운틴고릴라 트레킹에 참가할 때는 기침도 조심해서 해야 한다. '고릴라 퍼밋(gorilla permit)'이라고 부르는 트레킹 참가 비용도 만만치 않다. 2016년 하반기 당시 르완다가 하루 750달러, 우간다가 600달러, 콩고민주공화국이 400달러였다. 그럼에도 불구하고 전 세계에서 매년 사만여 명이 인류의 사촌 격인 마운틴고릴라를 보기 위해 세 나라를 방문한다.

나 역시 마운틴고릴라를 보러 가기로 마음먹었지만 뜻대로 흘러가지만은 않았다. 당시 나는 르완다에 있었는데, 6월 당시 퍼밋을 담당하는 부처에 전화를 해보니 이미 9월까지 퍼밋 발급이 끝났다고 했다. 고민을 하다가 르완다 북쪽으로 국경을 맞댄 이웃나라 우간다로 다녀오기로 했다. 온라인으로 알아본 여행사 몇 군데에 연락해서 1박 2일 일정으로 가장 저렴한 가격을 제시하는 곳을 찾아냈다. 대부분 고릴라 퍼밋을 포함해 르완다-우간다 왕복 교통비, 하룻밤 숙박비까지 1,000달러 이상을 요구했는데 이 업체는 퍼밋비 600달러에 왕복 교통비와 숙박비가 각각 210달러, 50달러라고 했다.

토요일 이른 아침, 집 근처로 여행사 승용차가 픽업을 나왔다. 우간다 사람인 운전기사의 이름은 (또!) 로버트였다. 우간다를 향해 북쪽으로 달려가는 길 주변 풍경이 무척 싱그러웠다. 크고 작은 산에 계단식 경작지가 조성돼 있었고, 산 아래에는 차밭이 드넓게 펼쳐져 있었다. 르완다의 차와 커피는 전 세계적으로 유명하다. 푸른 차밭에서 사이사이 숨은 그림 찾기 하듯 광주리를 멘 채 찻잎을 따는 농부들이 보였다. 차창 너머로 보이는 풍경은

내게 무척 낭만적으로 다가왔다. 스마트폰에 저장해둔 한국 가요를 들으며 드라이브를 즐기는 사이 어느새 국경에 다다랐다.

육로로 국경을 넘은 것은 2004년 휴전선을 넘어 북한으로 금강산 관광을 간 이후로 두 번째였다. 당시 정부에서 전국 고등학교에서 몇 명씩 선발해 금강산 관광을 보내줬는데, 당시 수능을 마친 고등학교 3학년이었던 나도 운 좋게 기회를 얻었다. 그때만 해도 남북 관계가 한창 좋을 때여서 단체로 버스를 타고 금강산 관광을 가던 시절이었다. 군사분계선을 지나고 얼마 뒤 북한군 장교가 버스에 올라 점검을 했다. 눈으로 인원수를 파악하는 수준이었지만 텔레비전에서만 보던 북한군이 제복을 입고 버스를 둘러보는 모습은 제법 삼엄한 분위기를 만들었다. 원체 오지랖이 넓은 데다 호기심 많은 십 대 소녀의 패기로 똘똘 뭉쳐 있던 나는 북한군 장교가 점검을 마치고 차에서 내리려 할 때 "안녕히 가세요~"라고 발랄하게 인사를 했었다. 그 장교는 잠시 멈칫하며 나를 바라보더니 "즐거운 시간 보내시라우"라고 무심한 듯 다정한 인사를 건네고 차에서 내렸다. 운전기사 아저씨는 북한을 오기는 관광버스 운전대를 잡은 이래 처음 있는 일이라고 했다. 덕분에 잠시 긴장이 풀어지기는 했지만, 북한 땅에 들어서고부터 도로 주변에서 거의 50미터마다 꼿꼿하게 서 있는 보초를 볼 수 있었다.

두 번째 경험한 '월경(越境)'은 처음과 분위기가 사뭇 달랐다. 훨씬 느슨해 보였다. 짐을 가득 실은 자전거, 자동차가 일상에서 출퇴근하듯 자유롭게 국경을 넘나들었다. 출입국 확인을 할 때도 버스터미널에서 표를 사듯 허름한 사무소 앞에 줄을 서서 기다렸다가 도장을 받는 것으로 끝이 났다.

게다가 나는 르완다에 거주하고 있고, 복수입국 비자를 소지한 덕분에 우간다 입국 비자 비용을 내지 않아도 됐다. 국경선도 바리케이드 몇 개만 쳐져 있을 뿐이었다. 다시 차를 타고 금세 지나갔다. 하기야 국경이란 것도 인간이 인위적으로 그어놓은 가상의 선일 뿐 애당초 존재하는 게 아니다. 고릴라들이 먹이와 쉴 곳을 찾아 세 나라에 걸친 산맥을 자유로이 오가는 것만 봐도 그렇다.

국경을 넘어 읍내 같은 곳을 지나 시골 마을로 들어갔다. 산속으로, 더 깊은 산속으로 빨려 들어가는 것 같았다. 나중에는 도로가 좁아 차가 들어갈 수 있을까 싶을 정도였다. 오르막 내리막이 이어지는 비포장 시골길을 한창 달리고 나서 햇빛에 반짝이는 호수가 모습을 드러냈다. 부뇨니 호수(Lake Bunyoni)였다. 그전에는 몰랐던 곳이다. 호수 안에 크고 작은 섬이 있고, 통나무 한가운데를 파서 만든 작은 배를 탄 어부가 유유자적 떠다녔다. 숨겨진 보석을 찾은 기분이었다. 아프리카 여행 중 가장 한적하고 아름다운 곳이었다고 해도 과언이 아니다.


숙소는 호수 바로 옆에 있었는데, 아직 공사 중이었다. 알고 보니 운전기사 로버트는 이 미완성 리조트(라고 하기엔 한국의 펜션 수준이지만)의 주인이기도 했다. 여행사를 운영하면서 직접 운전도 하기 때문에 다른 여행사보다 가격이 저렴한 것이었다. 리조트에서 숙소로 쓰이는 각 통나무집은 다 완성이 됐는데, 공용 공간인 바 겸 레스토랑은 아직 공사가 한창이었다. 로버트는 "저렴한 숙소에서 묵고 싶다고 했잖아?"라며 키를 내줬다. 방에는 침대가 전부였다. 화장실과 샤워 시설은 따로 떨어져 있었다. 내가 첫 손님인 셈이었다. 소박하지만 깨끗하고 단정한 숙소였다. 무엇보다 이곳에서 가만히 앉아 바라보는 풍경이 압권이었다. 이곳 풍경을 그대로 떼다 액자에 표구해 집에 걸어두고 싶었다. 카메라로는 아름다움을 다 담을 수가 없었다.

오후 내내 가만히 앉아서 부뇨니 호수를 바라보다가 로버트의 앳된 아내가 차려주는 저녁을 먹었다. 식당이 공사 중인지라 로버트가 리조트 옆 풀밭에 식탁과 의자를 준비해줬다. 근사한 야외 디너 테이블이 완성됐다. 어느새 해가 지기 시작했다. 부뇨니 호수의 석양은 낮에 본 것과는 또 다른 아름다움을 연출해냈다. 자연 그대로가 가장 아름답다는 말에 동의할 수밖에 없었다. 닭고기 요리로 하루 종일 고팠던 배를 허겁지겁 채우고 공용 샤워장에서 몸을 씻었다. 전기가 들어오지 않아 랜턴 불에 의지해야 했는데, 으스스하면서도 한편 운치가 있었다. 통나무집 숙소 앞에 의자를 가져다 놓고 노트북으로 영화를 틀었다. 깜깜한 어둠을 배경으로 야외 영화관이 만들어졌다. 마운틴고릴라 연구에 평생을 바친 다이앤 포시 박사의 삶을 그린 〈안개 속의 고릴라〉를 봤는데, 이 영화에서 특히 인상적이었던 부분은 포시가 마운틴고릴라들의 마음을 얻으려고 끈질기게 그들을 관찰하며 울음소리와 행동을 연습하는 장면이었다. 마운틴고릴라들과 진심으로 소통하고 싶어서 그들의 언어를 익힌 것이다. 포시 박사의 노력은 끝내 결실을 맺는다. 마운틴고릴라들은 그녀를 경계하지 않았고 오히려 다가와 안기기까지 했다. 나중에는 포시 박사와 고릴라는 서로에게 가족이 됐다. 인간과 고릴라의 유전자가 비슷하다 해도 엄연히 다른 종인데, 포시 박사를 통해 종을 뛰어넘는 사랑을 엿볼 수 있었다. 비록 영화는 포시 박사가 밀렵꾼으로 추정되는 괴한의 손에 의문의 죽임을 당하며 다소 허무하게 마무리됐지만, 인생을 통째로 바치며 한 대상에 몰두하는 포시 박사의 열정에 오래도록 여운이 남았다. 바로 내일 있을 마운틴고릴라와의 만남이 더욱 기대된 것도 물론이다.

# 문제는 사람이야!

새벽같이 일어나 숙소에서 차려준 토스트와 과일주스로 아침 식사를 때우고 마운틴고릴라를 만나러 떠났다. 출발할 때는 사방이 컴컴했는데 브윈디 천연 국립공원에 도착했을 즈음에는 해가 완전히 떴다. 공원 입구에는 마운틴고릴라를 보러온 사람이 제법 모여 있었다. 어림잡아 삼십여 명 정도 됐는데 대부분이 서양 사람이었다.

국립공원 직원이 간단한 주의사항을 설명해주고 대여섯 명씩 조를 나눴다. 나는 미국인 네 명과 한 조가 됐다. 오십 대 정도 돼 보이는 여성 두 명과 이 중 한 사람의 딸, 아들이 함께 여행을 온 것이었다. 딸은 이십 대 초반, 아들은 십 대 후반 정도 된 것 같았다. 딸의 이름은 에마 맥웨이드였다. 맥웨이드는 휴가를 맞아 우간다에서 봉사활동을 하고 미국에 돌아가기 전 고릴라 트레킹을 하러 온 것이라고 말했다. 이들은 서양 영화에서 오지 탐험가들이 입는 혹은 동물원에 가면 사육사들이 착용하는 복장을 완벽히 갖춰 입었다. 워커를 신은 것은 물론이었다. 여기에 우리를 이끌어줄 가이드 스티븐 미지샤와 총을 든 경비원 한 명이 배정됐다. 미지샤는 본격적으로 산에 오르기 전 우리에게 포터(짐꾼)가 필요하냐고 물었다. 그의 옆에는 언제 왔는지 현지 청년 다섯 명이 서 있었다. 미국인 일행은 두 명을 고용했다. 나는 배낭과 카메라를 들고 있긴 했지만 포터까지 필요할 것 같지는 않아서 사양했다. 하지만 얼마 지나지 않아 잘못된 선택이었음을 깨달을 수 있었다.

마운틴고릴라의 집은 정말 울창했다. 오르락내리락하는 걸로 보아 분명 산이 맞긴 한데, 정글이라고 불러도 전혀 손색이 없을 것 같았다. 나무의 키가 무척 컸고 풀은 무성했다. 미지샤는 낫을 들고 풀과 나무를 베가며 일행을 이끌었다. 풀에, 나뭇가지에 몸이 잔뜩 쓸렸고 이름 모를 곤충들이 쉴 새 없이 달려들었다. 비탈이 심한 곳도 많아 나뭇가지나 풀을 붙들지 않고서는 움직일 수가 없었다. 장갑을 가져오지 않은 것을 후회했다. 맥웨이드는 발을 잘못 디뎌 아래로 무려 세 바퀴를 굴러 떨어졌다. 공포·스릴러 영화 같은 데서 보면 간혹 2층짜리 집 계단에서 사람이 데굴데굴 굴러떨어지는 장면이 나오는데, 딱 그런 모습이었다. 순식간의 일이었다. 너무 놀라 "아 유 오케이?"를 연발했다. 정말 다행히도 맥웨이드는 손바닥 등 몇몇 군데 생채기가 났을 뿐 크게 다치지는 않았다.

그렇게 세 시간쯤 산을 헤매다 보니 내가 고릴라를 보러 온 것인지, 고릴라가 되러 온 것인지 헷갈리기 시작했다. 포터에게 짐을 맡기지 않은 자신을 두고두고 원망했다. 동행한 포터 두 명은 이미 네 명의 짐을 나눠지고 있어서 충분히 버거워 보였다. 결국 경비원에게 돈을 주기로 하고 짐을 부탁했다. 그의 짐은 만일을 대비한 장총이 전부였으므로 덜 미안했다. 경비원은 추가 수입이 생겨서 기분이 좋은지 씩 웃으며 배낭을 건네받더니 가볍게 등에 걸쳤다. 덕분에 이동하기가 한결 수월해졌다. 휴우, 살았다. 가쁘게 숨을 고르고 있는데 미지샤가 손을 입으로 가져다 대며 주의를 줬다.

"쉿, 조용히 해봐요."

주변을 둘러보니 언제 어디서 나타났는지, 이른 새벽 우리가 산에 오르기 전 먼저 고릴라를 찾아 나선 추적대 두 명이 모습을 드러냈다. 고릴라 트레킹이 있는 날이면 추적대가 먼저 산에 올라 고릴라의 위치와 동선 등을 파악하고, 무전기로 가이드에게 위치를 알려주는 역할을 한다. 무턱대고 정글 같은 산을 뒤지며 고릴라를 찾을 수는 없는 노릇이기 때문이다. 즉 추적대가 모습을 드러낸 만큼 주변에 고릴라가 있다는 뜻이었다.

그때였다. 멀지 않은 곳에서 나뭇잎 흔들리는 소리가 났다. 스르륵 스르륵. 소리가 나는 쪽으로 몇 미터 가까이 가자 나무가 흔들리는 게 눈에 보였다. 미지샤가 주변 나무를 베자 드디어 고릴라가 모습을 드러냈다. 녀석은 혼자였다. 바닥에 앉아서 나무줄기와 잎을 뜯어 먹고 있었다. 3, 4미터 정도 떨어져 있었는데, 울창한 나뭇잎에 가려 온전히 보이지는 않았다. 그때였다. 녀석은 '그르렁' 하는 소리를 내더니 갑자기 주먹을 쥔 듯한 모양의 네발을 재빨리 움직여 우리에게 다가왔다. 육중한 몸에도 움직임이 몹시 날렵했다. 이번에야말로 너무 놀라 나자빠질 뻔했다. 녀석은 우리 일행의 약 1미터 앞까지 왔다가 등을 돌려 다시 울창한 나무 사이로 사라졌다. 너무 놀라면 소리도 안 나온다는 말을 실감했다. 미지샤는 퍼렇게 질린 우리를 보고는 귀엽다는 듯 미소를 지었다.

"고릴라는 아주 온순한 동물입니다. 자기를 보호하려는 게 아닌 이상 먼저 공격하거나 해치지 않아요. 자, 그럼 이제 본격적으로 시작해볼까요? 이 근방에 고릴라 가족이 있는 것 같으니 더 내려가봅시다."

미지샤를 따라 산을 타고 내려가니 정말 고릴라 무리가 있었다. 곳곳에 퍼져 풀을 뜯고 있었다. 새끼 고릴라를 등에 태우고 개울을 건너는 어미 고릴라, 나무에 매달려 장난을 치는 청년 고릴라들도 보였다. 보면 볼수록 사람과 정말 닮았다는 생각이 들었다. 손으로 나무줄기를 들고 입으로 찢어서 씹어 먹는 모습, 그 모습을 신기하게 바라보는 우리가 더 신기하다는 듯 쳐다보는 모습, 떨어지지 않으려고 어미 등을 꼭 끌어안고 우리를 바라보는 새끼 고릴라의 모습……. 인류의 사촌이 맞기는 맞는 모양이었다.

사실 마운틴고릴라는 생김새뿐 아니라 농업혁명을 시작하기 전 인류의 모습인 수렵채집인과 생활 방식이 무척 닮았다. 수렵채집인은 소규모로 무리를 지어 생활하며 한곳에 정주하기보다는 먹을 것을 찾아 끊임없이 이동하는데, 마운틴고릴라 역시 10~30마리씩 무리를 지어 생활하면서 실버백 (silver back)이라고 불리는 우두머리 수컷의 지휘를 받으며 먹이를 찾아 계속 이동한다. 삶의 질도 제법 높은 편이다. 마운틴고릴라는 하루 대여섯 시간을 먹는 데 쓴다. 하루 세끼 정도를 먹는 인간으로 치면 한 끼에 최소 한 시간 반에서 두 시간을 쓰는 것이다. 프랑스 코스 요리를 제대로 즐기려면 두세 시간은 걸린다는 이야기를 들었는데, 마운틴고릴라들은 매일 그런 우아한 식사를 즐기는 셈이다. 메뉴 또한 코스 요리 못지않게 다양하고 탄수화물, 단백질, 식이섬유 등이 골고루 들어간 균형 잡힌 식단이다. 주로 나뭇잎이나 나무줄기, 과일을 먹고 가끔 단백질 섭취를 위해 흰개미 따위를 잡아먹는다. 정신없이 바쁜 아침, 식사를 거르거나 토스트, 은박지에 싸인 김밥으로 때우고 일이 바쁠 때는 점심, 저녁도 몇십 분 만에 후루룩 해치우는 사람들보다 훨씬 '좋은 삶'을 누리는 듯했다.

실버백 역시 나무 속에 파묻혀 느긋하게 식사를 즐기고 있었다. 등에 은

빛이 감도는 털이 선명해 실버백이라 불린다. 푹신한 나뭇잎 위에 퍼져서 나무줄기를 뜯어 먹는 모습이 무리의 우두머리라기보다는, 퇴근 뒤 잠옷 차림으로 소파에 파묻혀 맥주를 즐기는 가장처럼 보였다. 어쨌거나 실버백의 모습을 담으려고 이리저리 각도를 달리해가며 사진을 찍었다. 사람들의 출현에도 심드렁하던 실버백은 내 속마음을 읽었는지, 갑자기 몸을 일으켜 세웠다. 일어나니 더 이상 '배불뚝이 아재'가 아니라 울퉁불퉁 근육을 자랑하는 몸짱 우두머리의 모습으로, 제대로 보였다. 그는 순식간에 "쿠어어어" 하는 소리를 내뱉고는 두 앞발을 들어 가슴을 마구 쳤다. 그렇다. 영화나 다큐멘터리에서 본 바로 그 동작이었다. 가슴을 치는 소리가 매우 선명하게 들렸다. 투구투구두! 두툼한 고무를 두드리는 것 같은 소리였다. 소리만으로도 가슴 근육의 탄력이 느껴지는 것 같았다. 이미 고릴라 무리에 반쯤 동화돼 이제는 무섭기보다는 놀라웠다. 다른 사람들도 "와우" "오 마이 갓", "이것 좀 봐!"라며 탄성을 내뱉었다. 그래도 뒤로 물러서는 사람은 아무도 없었다. 실버백은 우리를 위협해 쫓아내려고 가슴을 두드린 모양인데, 생각보다 싱거운 반응에 실망했는지 이내 발걸음을 옮겼다. 나를 비롯한 일행은 여전히 카메라와 스마트폰을 들고 그 모습을 촬영했다. 실버백이 이동하자 다른 고릴라들도 뒤를 따랐다. 무리는 풀숲으로 사라졌고, 우리가 고릴라들의 집에 머물 수 있도록 허용된 시간도 어느새 끝나가고 있었다.

마운틴고릴라들에게 무척 고마웠다. 어쩌면 낯선 무리가 마음대로 집에 들어와서는 코앞에서 밥 먹는 것을 구경한 셈인데, 물리력을 행사하기는커녕 화를 내지도 않았다. 거의 매일같이 사람들이 찾아오니 익숙해진 것인지도 모르지만. 역시 고릴라는 온순한 동물이 맞는 것 같다. 예전에 비해 많이 나아지기는 했지만 여전히 이 착한 동물들을 괴롭히는 못된 인간들이 있다. 고기를 구하려고 고릴라를 사냥하는 사람들, 고릴라의 신체 일부를 고가에 팔아 치우려는 밀렵꾼들이다. 더구나 내전이 지속되고 있는 콩고민주공화국 지역에서는 산으로 숨어드는 사람들이 늘면서 고릴라들의 서식지가 파괴되는가 하면 공격을 받아 다치거나 목숨을 잃는 고릴라가 늘고 있다. 지구가 혀를 끌끌 차는 소리가 들린다.

"어디를 가나 문제는 사람이야!"

# 생리대가 소중한 이유

20년 가까이 한 달에 한 번 '행사'를 치르며 살고 있다. 사실 여간 성가신 일이 아니다. 일단 목욕탕이나 수영장에 갈 수가 없고, 신체 능력 자체가 현저히 떨어진다. 일할 때 집중이 잘 안 되는 데다 생리통이 심하기라도 하면 앉아 있는 것도 힘들다. 가만히 있어도 푹푹 찌는 여름의 생리는 정말 최악이다. 그나마 다행인 건 간편한 생리대가 있다는 점이다. 더구나 요즘에는 기술이 좋아져 각 회사마다 빠르게 흡수되고, 촉감이 부드러운 제품을 앞다퉈 내놓으니 말이다.

손쉽게 생리대를 구할 수 있다는 사실조차 축복이라는 것을, 지구 반대편 우간다에서 깨달았다. 우간다 농업을 취재하러 갔다가 한국국제협력단(KOICA) 봉사단원들이 인근 시골 초등학교에서 면 생리대 만들기 행사를 개최한다는 소식을 들었다. 다소 뜬금없다는 생각도 했다. 면 생리대는 빨아서 여러 번 쓸 수 있기 때문에 일회용 생리대보다 환경에 도움이 되고, 면이라서 몸에도 더 좋은 게 사실이다. 대학 때 학생회 활동을 하면서 축제 때 면 생리대 만들기 행사를 열어본 적도 있다. 하지만 면 생리대는 일반 생리대보다 비싸고, 그때그때 빨아야 해서 불편하다. 왜 우간다 초등학교에서 이런 행사를 하는 것일까.

행사는 이삼십 대가 대부분인 봉사단원 청년들이 아이디어를 내 기획한 것이라고 했다. 봉사단원들은 각 수도뿐만 아니라 산골짜기 오지를 포함한 전국 각지에서 지내기 때문에 그 어떤 외국인보다 현지 사정을 잘 안다. 그런 청년들이 우간다 시골 마을에서 생활하면서 초등학교나 중학교에서 여학생의 결석률이 남학생보다 훨씬 높은 것을 알게 됐다고 한다. 문제는 생리였다. 우간다 소녀들은 생리를 시작하더라도 사실상 생리대를 구할 수가 없다. 일단 수도 캄팔라 시내까지는 가야 생리대가 있을까 말까 한 데다, 있더라도 가격이 개당 약 1달러로 무척 비싸다. 대부분의 공산품과 마찬가지로 생리대도 외국에서 수입하기 때문이다. 한국도 개당 330원 수준으로 경제협력개발기구(OECD) 중에서는 비싼 축인데, 우간다 현지 물가를 감안하면 사실상 1달러를 주고 살 사람은 거의 없다고 봐야 한다.

여성들은 집에 남는 천이나 헌 옷 따위를 생리대 대용으로 사용하는데, 천이 더 이상 생리혈을 흡수할 수가 없게 되면 겉옷에 빨갛게 묻어 나오기 일쑤다. 친구들로부터 놀림거리가 되기 딱 좋다. 꼭 놀림 때문이 아니어도 생리양이 많으면 천 쪼가리에 의지해 교실에 계속 앉아 있을 수 없는 상황에 처하기 쉽다. 한창 민감한 나이에 아이들의 놀림을 받는다면 나라도 학교에 가기 싫을 것 같다. 애써 친구들의 놀림을 무시한다고 해도 천 쪼가리로 버티기는 물리적으로 거의 불가능하다. 그러다 보니 소녀들은 학교에 왔다가도 생리가 시작되면 집으로 돌아가고, 아예 학교에 가지 않는 경우가 많다.

우간다 보건부에 따르면 생리를 시작한 취학 아동 61.7퍼센트가 생리 때문에 학교에 가지 않은 경험이 있는 것으로 집계됐다. 면 생리대 만들기

행사가 열린 카바비 블론도 초등학교에서도 전체 학생 437명 중 211명이 여학생인데, 이들이 생리 때문에 결석하는 날이 1인당 매 학기 12일에 이른다고 했다. 초등학교라고는 하지만 정규 취학 나이보다 늦게 학교에 가는 아이들이 많아 한창 이차성징이 나타나는 14~16세 초등학생도 적지 않다.

카바비 블론도 시골 초등학교에서 만난 소녀들은 천을 오리고 꿰매는 데 정신을 온통 집중한 모습이었다. 사실 태어나서 한 번도 생리대를 사용해본 적이 없기 때문에, 천이나 헌 옷보다 얼마나 편리한지 아직 모를 텐데 얼굴에는 미소가 가득했다. 아기곰, 토끼 같은 귀여운 무늬에 촉감까지 보드라운 천 자체를 좋아하는 것 같기도 했다. 능숙한 솜씨로 바느질을 하던 열네 살 나타비 잘리아는 쑥스러워하면서도 "엄마와 다른 친구들에게도 만드는 법을 알려주고 싶다"고 말했다. 달리 해줄 말이 없어서 너무 좋다고 말하는 아이들의 어깨를 가만히 토닥여줬다. 앞으로는 안 그래도 힘든 생리인데 놀림까지 받는 스트레스에서 해방되기를 바라며.

우간다에서 먼 생리대 만들기 행사를 취재하고 얼마 뒤 한국에서 '깔창 생리대' 논란이 불거졌다. 국내 1위 생리대 제조 업체가 생리대 가격을 인상하겠다고 하자, 한 저소득 가정의 소녀가 생리대 가격이 너무 비싸 신발 깔창으로 생리대를 대신한다는 사연을 인터넷에 올린 것이 계기가 됐다. 우간다까지 와서야 생리대가 없어 고통받는 소녀들을 만난 나로서는 전혀 생각하지 못한 일이었다. 사실상 생리대를 구할 수가 없어서 천으로 생리대를 대신하는 우간다 소녀들, 집 앞 슈퍼마켓에 생리대가 쌓여 있지만 돈이 없어 살 수 없는 한국 저소득 가정 소녀들……. 전 세계 여성과 함께 '생리 연대'라도 만들어야 할 것 같다.

# 귀인들

    여행을 하면서 많은 사람들에게 큰 빚을 졌다. 현지 생활에 큰 힘이 되어
준 사람들이다. 늘 그렇듯 떠날 때가 되면 그들과 헤어져야 한다는 사실이
가장 아쉬웠다. 르완다에서 체류한 기간은 한 달 남짓. 그렇게 긴 시간이 아
니어서 에티오피아에서처럼 많은 친구를 사귀지는 못했지만 만난 사람 한
명 한 명이 귀인이었다. 여행이 넉 달로 접어들어 지친 마음을 달래고, 르완
다가 원래 내 집인 양 편하게 생활할 수 있도록 도왔다.

    르완다에서는 하숙집 주인 로버트를 빼놓을 수가 없다. 출근 전 아침 식
사 때, 퇴근 뒤 저녁때 잠깐, 주말에만 얼굴을 볼 수 있었지만, 생활에 불편
한 점은 없는지 꼼꼼히 챙기고 르완다 사회에 대해 궁금한 게 있으면 아는
선에서 성실히 대답해줬다. 내가 숙소에 도착하자마자 원래 예약한 방 말
고 화장실이 딸린 그의 방이 더 좋아 보인다고 이야기하자 곧바로 방을 바
꿔줬고, 바퀴벌레 소동이 났을 때는 나의 '칵크로치' 발언도 이해해주며 살
충제를 사다 줬다. 요리를 즐기는 로버트는 주말 쉬는 날이면, 출출하지 않
느냐며 아보카도 샌드위치 따위를 만들어주기도 했다. 일요일에는 로버트
를 따라 현지 교회 예배에 참석, 콘서트보다 더 콘서트 같은 퍼포먼스를 펼

치는 찬양팀과 함께 기도를 올리기도 했다. 집밥이 지겨울 때면 로버트와 함께 맛있다고 소문난 집으로 외식을 나가기도 했다. 주 르완다 대사관의 또래 직원들이 같이 저녁 식사를 하기 위해 차가 없는 나를 집으로 데리러 온 적이 있는데 '왜 이렇게 외곽에 사느냐'며 깜짝 놀랐다. 나의 답변은 "집보다 사람에 대한 평이 좋아서 이 집을 예약했죠. 뭐든 사람 문제가 제일 중요하잖아요"였다. 한 달 뒤 나의 선택이 옳았음을 알 수 있었다.

하우스 보이 스티브도 참 고마운 친구다. 내가 바퀴벌레 등 갑자기 어디선가 튀어나오는 곤충에 사색이 되면 '뭐 이런 걸 가지고' 하는 표정으로 간단히 처리해줬다. 세탁기나 청소기가 없는 집이었는데, 어떻게 빨았는지 부탁을 할 때마다 운동화도, 등산복도 새것처럼 만들어 가져다주곤 했다. 더 많은 이야기를 나누고 싶었지만 그가 영어를 전혀 못 하는 게 아쉬울 따름이었다.

택시 운전기사 모데스트도 르완다 생활에서 손에 꼽는 귀인이다. 그 역시 영어를 잘 못해 답답하긴 했지만, 그것만 빼면 참 믿음직스러운 사람이었다. 하루는 현지 태권도협회 회장과 부회장이 참석하는 대사관 만찬 자리에 초청이 됐다. 그해 가을 열리는 동아프리카 태권도 대회 계획에 대해 논의하는 자리였는데 이야기가 길어져 모데스트에게 태우러 오라고 약속한 시간보다 거의 한 시간 이상 늦어졌다. 나중에 전화기를 보니 부재중 전화가 여덟 통이나 됐다. 당연히 모데스트가 퇴근했을 거라고 생각했고, 나는 고민에 빠졌다. 새로운 택시를 불러야 하나, 오토바이 택시를 타야 하나……. 그때였다. 대사관저 앞에서 스마트폰을 내려다보고 있는 나를 향해 헤드라이트가 번쩍하더니 빵빵 하고 경적이 울렸다. 모데스트였다. 나와 연락이 닿지 않았지만 그 시간까지 기다리고 있던 것이었다. 순간 얼마나 고마웠는지 모른다. 그는 밤도 늦었는데 연락도 닿지 않고 해서 내려준 장소에서 기다리고 있었다고 말했다. 고마운 마음을 달리 표현할 길이 없어 평소보다 팁을 훨씬 두둑하게 주는 것으로 마음을 표현했다. 모데스트는 어디서 배웠는지, 두 손을 모아 합장하며 "땡큐"라고 말했다. 그 뒤로 나는 모데스트를 동료라고 생각했다. 집으로 돌아가는 길에 슈퍼마켓에서 같이 아이스크림을 사 먹기도 하고, '혼맥'을 하고 싶어 맥주를 구입할 때면 꼭 두 병씩 사서 그에게 한 병을 선물하곤 했다. 그때마다 모데스트는 고맙다며 두 손을 모았다.

출장으로 잠시 체류했던 남수단과 우간다에서도 많은 귀인들을 만났다. 남수단에서는 공항에서 잔뜩 쫄은 채 두리번거리는 내게 '이봐 친구, 긴장 풀어. 이곳도 사람 사는 곳일 뿐이야'라고 말하듯 친절히 스마트폰 개통을 도와준 매대 직원부터 '파이팅'이라는 말을 다시 한 번 생각하게 해준 태권 소년들…… 전 세계에서 현지 체류 한국인이 적기로 손꼽히는 나라임에도 한국인들이 도움을 특히 많이 받았다 주바 내 이동부터 맛집 안내까지 취재 활동을 적극 도와주신 한빛부대 주바 연락장교와 공보장교, 훈련·활약상을 공개해준 장병들, 임홍세 감독과 김기춘 한인회장이 그 주인공이다.

우간다에서는 시골 마을로 취재를 갔을 때 만난 사람들을 잊을 수가 없다. 농업 생산성을 높이기 위해 한국인 전문가에게서 농사를 배우는 마을을 찾아간 적이 있다. 그곳 사람들은 어린 시절 외갓집을 찾아갔을 때 만난 동네 어르신들처럼 따뜻하고 푸근했다. 한국이라는 나라에 호감을 품고 있기 때문에 당연한 반응이라고 할 수도 있지만, 무언가를 바라지 않는 순박한 정이 느껴졌다. 특히 동네 아낙들이 차려준 점심상이 아직도 생생하다. 마토케라는 이름의 바나나찜, 짜파티라 불리는 밀가루 반죽에 계란과 채소 등을 넣어 섞은 롤에그스, 우리 음식 중 만두와 비슷한 사모사, 땅콩죽 등 소박한 현지 음식들이었는데 어찌나 정성을 담아 예쁘게 만들었는지, 사진을 찍어 소셜미디어에 올렸더니 인기 맛집 메뉴처럼 보였다. 갓 지어 따뜻한 음식도 입에 무척 잘 맞았다. 무척 건강하고 담백한 맛이었다.

그동안 아프리카에서 만난 사람은 대부분 좋은 사람이었다. 사고나 나쁜 일도 거의 일어나지 않았다. 아니 어쩌면 못된 사람도 만나고 크고 작은 불행한 일도 있었지만 이 모든 것을 상쇄할 만큼 소중한 귀인들 때문에 다 잊었는지도 모르겠다. 그들의 따뜻한 마음 하나하나가 내게 소중한 버팀목이 됐고, 그 온기가 미처 식기도 전에 또 다른 귀인을 만나 유쾌한 마음을 잃지 않을 수 있었다.

Pole Pole
Africa

Kenya

Tanzania

# 동아프리카의 중심 케냐,
# 천혜의 자연 탄자니아

## PART 3

그제야 카메라에서 눈을 떼고 코끼리를 바라봤다.

짙고 긴 속눈썹 아래 녀석의 눈은 순하기 그지없었다.

**Kenya**

**Nairobi**

케냐

수도 | **나이로비**
언어 | **영어, 스와힐리어**
면적 | **580,367제곱미터**(세계 49위)
인구 | **약 50,951,000명**(세계 28위, 2018년 통계청 기준)
화폐 | **케냐 실링**(KES), **1실링**(Shilling) = **약 10.6원**(2018년 4월 기준)
시차 | **한국보다 6시간 느림**

# 마사이족은 영업의 달인

마사이족은 아프리카에서도 용맹하기로 소문난 부족이다. 케냐와 탄자니아 일대에 사는 마사이족은 소와 양, 염소 등 가축을 돌보며 떠돌아다니는 유목 민족이다. 케냐 마사이마라, 탄자니아 세렝게티 초원에서 생활한다. 마사이 부족 남자들은 긴 막대를 들고 다니는데 가축에게 달려드는 사자, 치타 같은 맹수들을 쫓아내기 위한 용도다(요즘에는 그런 목적으로 사용하는 경우가 드물다). 남자건 여자건 빨간색, 파란색, 하얀색 등 화려한 구슬로 만든 장신구를 목, 팔에 착용하고 귀걸이도 한다. 옷도 화려하다. 빨강, 파랑 같은 색깔의 체크무늬 천을 두르고 다닌다. 덕분에 멀리서도 마사이족을 알아볼 수가 있다.

나중에 탄자니아에서 세렝게티 사파리 투어를 하면서 초원을 지나다니는 마사이족을 보기도 했고, 킬리만자로를 오를 때 마사이족 출신 가이드를 만나기도 했지만, 마사이족을 처음 만난 것은 케냐 카지아도 주에서였다. 한국 정부가 지원한 키텐겔라 병원을 취재하면서 키텐겔라(Kitengela) 시가 속한 카지아도 주 정부를 찾아갔다. 카지아도 주지사를 만나 한국과 협력 사업에 대한 이야기를 들어보고 앞으로의 계획에 대해 들어보려는 목적이었다.

약속 시간보다 빨리 도착한 데다 주지사의 앞선 일정이 늦게 끝나 대기 시간이 길어졌다. 그 틈을 타 주 정부 청사 건물 곳곳을 구경하고 있었다. 그때 민원인 대기실에 아주 독특한 복장을 한 무리가 앉아 있는 것을 발견했다. 남자 한 명과 여자 네 명이었는데, 빨강, 파랑 체크무늬 천을 몸에 두르고 있었고 팔목과 목, 귀에는 구슬 장신구가 화려함을 뽐내고 있었다. 게다가 남성은 나무 지팡이, 아니 맹수들을 물리치기 위한 나무 막대를 들고 있었다. 마사이족이었던 것이다!

말로만 듣던 마사이족을 주 정부 청사에서 만나다니 반갑기 그지없었다. 그들에게 다가가 영어로 "혹시 마사이족이세요?"라고 물었다. 그들은 킥킥대며 맞다고 했다. 다른 케냐 사람들만큼은 아니지만 영어를 곧 잘했다. 주 정부에 민원 넣을 것이 있어서 찾아왔다고 했다. 마사이족은 에티오피아 원시부족과는 달리 문명 세계에 잘 녹아들어 살고 있었다. 아예 유목민의 삶을 버리고 현대식 삶을 택하는 마사이족도 늘고 있다고 했다. 어쨌거나 나는 태어나 처음 만난 마사이족에게 사진을 찍어도 되냐고 정중히 묻고 이쪽저쪽에서 사진을 촬영했다. 같이 셀카도 찍었다.

슬슬 주지사를 만나러 갈 시간이 돼 고맙다는 말을 남기고 민원인 대기실을 떠나려 하는데, 그들이 나를 붙잡았다. 그러더니 대뜸 CD를 한 장 내놓고는 구매를 강요했다. 알고 보니 이들은 마사이족 가수였고, 사진은 일종의 '팬서비스'였던 것이다. 에티오피아 원시부족에게 '포토=머니' 공식을 익힌 터라 새삼 놀랍지도 않았다. 게다가 적어도 내 빈손에 쥘 CD라도 내놓았으니 말이다. 비록 플라스틱 케이스는 없었지만, 사진이 프린트 된 앨범 재킷까지 있는 엄연한 정식 음반이었다. 마사이족 전통 의상을 입고 포즈를 취한 사진으로 장식이 돼 있었다. '올라키라 오이슈 합창단(OLAKIRA OISHU CHOIR)'이라고 적혀 있었다. 음반 트랙이 여덟 개나 들어 있었고, 제작사 연락처와 메일 주소도 있었다.

CD를 사지 않으면 그 자리를 빠져나오기 어렵겠다는 직감과 함께 그들의 노래가 정말로 궁금해졌다. 그들이 제시한 CD 가격은 8달러였다. 협상 시간은 충분치 않다. "오케이, 딜(deal)!"을 외치자 마사이 가수들의 입꼬리가 올라갔다. 아뿔싸, 하지만 정작 주머니를 뒤져 보니 케냐 돈도 달러도 없었다. 케냐로 잠시 출장을 온 것이어서 환전을 하지 않았다. 에티오피아 돈 100비르와 우리 돈 3,000원이 전부였다. 100비르가 4,000원 정도 하기 때문에, 그들이 제시한 가격과 화폐 가치는 얼추 비슷했다. 그들에게 내가 가진 돈 전부를 내보이며 8달러가 조금 안 된다고 설명했다.

"달러도 없고 케냐 돈도 없어서 이 돈을 받으려면 받으시고요, 아니면 CD를 살 수가 없어요."

마사이 가수들은 잠시 고민하는 눈치였다. 나는 그새를 틈타 말했다.

"시내 환전소에 가면 돈을 바꿔줄 거예요. 에티오피아는 바로 이웃 나라잖아요. 그리고 한국 돈은 기념으로 가지시면 어때요? 여기서는 구하기 힘들 테니까요."

그것으로 흥정에 성공. 가수들은 내가 건넨 돈을, 나는 그들이 건넨 CD를 받아들었다. 인터뷰 시간이 거의 다 돼 악수를 하고 헤어졌다.

마사이족 중에는 예전과 같은 생활을 계속 유지하는 사람들도 있고, 유목을 저버리고 관광객을 상대로 돈을 버는 사람들도 있다. 아니면 아예 전

통적인 삶에서 벗어나 다른 사람들처럼 학교에 가고 일자리를 구해 삶을 꾸리는 마사이족도 있다. 나중에 탄자니아에서 킬리만자로를 오를 때 마사이족 출신 가이드를 만났다. 우직하고 배려가 깊은 청년이었다. 관광객을 상대로 돈을 버는 마사이족은 직접 만든 장신구를 비싸게 팔거나, 세렝게티 혹은 마사이마라에서 방문객에게 마사이족 마을 구경과 환영 의식을 해주고 돈을 받았다. 한 사람당 20, 30달러 정도를 받았는데, 실제 사는 마을인지도 모르겠고 마을 안에 있는 학교도 아이들이 연기를 하는 듯 형식적으로 운영되는 것처럼 보여 관광객이 속상해하는 모습을 보기도 했다. 어쨌거나 그들도 바뀐 세상에서 살아남는 방식을 찾은 것일 테다.

올라키라 오이슈 합창단의 앨범은 당장 CD플레이어가 없어 여행 내내 들어보지 못했다. 잘 보관해뒀다가 한국에 가지고 왔다. 글을 쓰다가 그들과의 에피소드가 생각나 CD를 찾아 틀어봤다. 집에도 CD플레이어가 없어 데스크톱 컴퓨터가 있는 회사에 가지고 가서야 재생할 수 있었다. 알고 보니 오디오 CD가 아니라 고화질 뮤직비디오까지 담긴 DVD였다.

회사에서 일을 마친 뒤 두근거리는 마음으로 DVD를 재생했다. 몇몇 동료들도 무슨 영상이냐며 몰려왔다. 영상 속에서 마사이 가수들은 화려한 옷을 입고 장소를 바꿔 깡충깡충 뛰면서 합창을 했다. 마사이족의 점프는 전 세계 최고 수준이다. 마을에 새로운 사람이 찾아와도 점프 춤을 추며 환영 의식을 한다. 음악은 동아프리카를 여행하며 자주 접했던 멜로디였다. 제법 흥이 나긴 했지만, 가사도 알아듣지 못한 채 점프가 되풀이되는 영상을 오랫동안 보고 있기가 쉽지 않았다. 내 컴퓨터 주변에 몰려왔던 동료들은 어느새 하나둘 떠나고 없었다. 나 역시 두 편을 채 보지 못하고 정지 버튼을 눌렀다.

　영상을 끝까지 보지는 않았지만 이 정도 화질의 뮤직비디오가 담긴 DVD라니, 뜻밖의 횡재였다. 8,000원은 너무 저렴한 게 아니었나 싶어 미안한 마음마저 들었다. 언젠가 케냐 여행에서 우리나라 1,000원짜리 지폐를 가진 마사이족을 만나면 안부를 전해주시길!

# 엄마 소녀

"어리다고 놀리지 말아요. 수줍어서 말도 못하고~"

1986년생인 나는 1989년 12월 발매된 가수 이승철의 두 번째 데뷔 앨범의 〈소녀시대〉보다 2007년 걸그룹 소녀시대의 첫 번째 앨범에 수록된 리메이크 버전이 더 익숙하다. 처음 소시(이렇게 말해야 좀 더 어려 보인다)를 봤을 때 무척 신선한 동시에 충격적이었다. 데뷔 당시 멤버들의 나이는 열일곱 살부터 열아홉 살, 모두 십 대였다. 깜찍, 발랄, 상큼한 모습에 여자인 나 역시 그들을 보기만 해도 기분이 좋았다. 생각해보면 나도 그때는 고작 스물두 살이었지만. 어쨌거나 소시는 아직 때 묻지 않은 십 대 소녀가 내뿜는 밝은 기운의 집합체 같은 느낌이었다.

물론 십 대 소녀라고 해서 모두가 데뷔 당시 소녀시대 같이 마냥 발랄한 것은 아니다. 더구나 하루하루 주어진 삶이 힘겨운 소녀라면 더더욱 그렇다. 안타깝게도 개발도상국에서, 특히나 아프리카에서 소녀들의 삶의 무게는 다른 또래보다 더 무거워 보인다. 걸음마를 떼고 얼마 지나지 않아 밥 짓기, 동생 돌보기, 물 길어 오기와 같은 집안일은 소녀들의 몫이다. 폭력과 성범죄에도 쉽게 노출된다. 부모들은 하루 빨리 입이라도 하나 덜자는 심정으로 혹은 성범죄 피해를 우려해 소녀들에게 일찌감치 배우자를 정해주는 경우가 많다. 일부 지역에서는 조혼과 함께 FGM(Female Genital Mutilation)이라 불리는 여성 할례 풍습도 여전히 계속되고 있다.

아프리카에서 전통이라는 이름으로 소녀들에게 자행되는 조혼, 할례를 고발한 영화도 있다. 〈데저트 플라워(Desert Flower)〉는 소말리아 유목민 출신으로 세계적 모델이 된 와리스 디리의 실화를 바탕으로 한 영화다. 와리스 디리는 불과 열세 살이 되던 해에 소말리아 사막 바위 위에서 끔찍한 할례를 받았고, 얼마 뒤 얼굴도 모르는 부유한 할아버지에게 시집을 가야하는 처지에 놓인다. 와리스 디리는 맨발로 몇 날 며칠 사막을 걸어 도망친다. 중간에 지나가는 차를 얻어 탔다가 성폭행을 당할 뻔하고, 뙤약볕에 쓰러져 목숨을 잃을 위기에 처했지만 기적적으로 수도 모가디슈에 도착한다. 이후 영국으로 떠나 햄버거가게 점원으로 일하던 중 유명 사진작가의 눈에 띄어 모델로 데뷔, 세계적인 슈퍼모델로 거듭난다. 정상에 오른 그녀는 어느 잡지와의 인터뷰에서 자신의 과거를 털어놓으며, 아프리카의 여성 할례를 고발하고 유엔에서 아프리카 여성의 인권에 관심을 호소하는 연설을 하기에 이른다.

취재차 케냐 시골 병원을 찾았을 때도 어린 나이에 결혼해 벌써 엄마가 된 '엄마 소녀'들을 쉽게 만날 수 있었다. 한국국제협력단(KOICA)이 2008년 케냐 보건부의 요청으로 시설 증축과 최신 의료 설비를 지원한 수도 나이로비(Nairobi) 외곽의 키텐겔라 시 병원에서였다. 덕분에 모자보건센터에 불과했던 이 병원은 2011년 종합병원으로 승격됐다. 소아과 · 산부인과 · 정형외과 · 치과 등 아홉 개 과를 운영하고 있지만 여전히 소아과와 산부인과를 주력으로 했고, 실제로 환자 중에도 여성과 어린아이가 가장 많았다.

실제로 병원에서는 '엄마 소녀'를 쉽게 만날 수 있었다. 산부인과 병실에 갔더니 앳된 얼굴의 여성들이 침대에 누워 휴식을 취하고 있었다. 다들 수줍어 말하기를 꺼려했다. 인터뷰 요청을 받아들인 살로메 알루소는 그해 스무 살이 됐는데, 바로 전날 사내아이를 출산했다고 했다. 비교적 밝고 건강해 보여 다행이었다. 그녀에게 진심으로 축하의 말을 건넸다. 한 엄마 소녀는 며칠 전 집에서 출산을 했는데 합병증이 찾아와 입원해 치료 중이었다. 열여덟 살이라고 했는데 기운이 하나도 없어 보였다. 말을 더 시켜보고 싶었지만 웅크린 채 누워 있는 모습이 안쓰러웠다.

그래도 이 병원에서 출산을 했거나 치료를 받는 엄마 소녀들은 어쩌면 운이 좋은 편이다. 적어도 병원을 찾을 수 있는 처지이기 때문이다. 아프리카의 엄마 소녀들은 여전히 집에서 출산하는 경우가 많다. 전통적으로 그래 왔고, 막상 병원을 가려고 해도 너무 멀기 때문이다. 적어도 중소 도시는 돼야 보건소라도 찾을 수 있다. 그러다 보니 비위생적인 환경에서, 비전문가의 도움을 받아 출산하는 여성이 많다. 아이를 낳다가 짧은 생을 마감하는 경우도 허다하다. 아이를 낳더라도 감염 등으로 인한 합병증에 걸려 고통받는 여성도 쉽게 찾아볼 수 있다.

와리스 디리의 문제 제기를 통해 아프리카 여성 인권이 국제 사회의 관심을 모은 지 어느새 20년이 다 돼 가지만, 안타깝게도 할례나 조혼 풍습은 좀처럼 근절되지 않고 있다. 그래도 국제구호단체와 각국 정부의 노력으로 할례나 조혼을 강요받는 여성의 비중은 조금씩 줄어드는 추세다. 우리

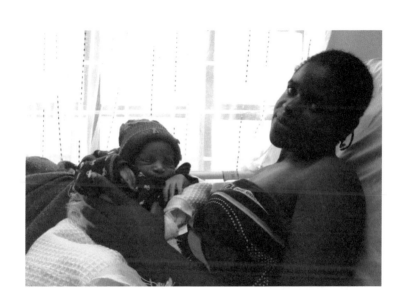

나라의 한국국제협력단(KOICA)과 한국국제보건의료재단(KOFIH) 등 정부 국제 구호 개발 기구나 국제 NGO가 모자보건 사업과 함께 인식 개선, 교육 사업 등에 노력을 기울인 덕분이다. 와리스 디리도 2002년 재단을 설립해 아프리카 여성 인권 개선 운동에 앞장서고 있다.

"아프리카 사막에는 생리통이 너무 심해 똑바로 서지도 못하면서도 염소에게 물을 먹이기 위해 걷고 또 걸어야 하는 소녀가 있다. 그리고 아기를 낳자마자 천 조각처럼 바늘과 실로 봉해져야 하는 여자가 있다. 남편을 위해 질 입구를 단단히 조이고자 하는 것이다. 굶고 있는 열한 명의 자식들을 위하여 임신 9개월의 몸으로 먹을 걸 찾아 사막을 누비는 여자도 있다. 첫아이의 출산을 앞두었지만 여전히 질 입구가 막혀 있는 여자는 어떻게 될 것인가? 우리 엄마처럼 홀로 사막으로 나가 아기를 낳으려고 하면 어떻게 될 것인가? …… 누군가가 말없는 소녀를 대신해서 나서야 했다. 나도 그들과 같은 유목민이었으므로, 그들을 돕는 것이 나의 운명이라고 생각했다."

- 와리스 디리, 《사막의 꽃》 중에서

# 함께 사는 법

아프리카에 오기 전 떠올렸던 이미지 중 하나는 기린, 코끼리, 사자 등의 자연 속 야생동물이다. 동물들이 갑갑한 우리가 아니라 푸른 하늘 아래 펼쳐진 초원을 마음껏 뛰어다니는 상상만으로도 왠지 마음이 가벼워지는 것만 같았다. 더구나 내가 아프리카로 떠나기 직전 방영을 시작한 한 케이블 방송 프로그램에서는 아프리카를 여행하는 청춘 배우들의 모습을 보여줬는데, 여행지 배경이 꼭 내가 상상한 그 모습과 닮아 있었다. 갑자기 코끼리가 등장해 도로를 막아서고, 한가로이 풀을 뜯는 기린과 물소가 휴게소보다 자주 등장하는 그런 장면들…….

실제로 아프리카를 여행하다 보면 이런 순간을 맞닥뜨릴 때가 있기는 하지만 지극히 일부일 뿐이다. 언제 어디를 가느냐에 따라 다르다. 나 역시 아프리카에 온 지 수 개월이 됐지만 에티오피아, 남수단, 우간다, 르완다를 다니며 상상했던 장면을 현실로 마주친 적이 없었다. 대신 소 떼, 양 떼와 같은 가축들이 길을 막아서는 바람에 차가 앞으로 나아가지 못하고 한참을 기다린 경험을 몇 차례 했다.

아무래도 기린이나 코끼리, 사자와 같은 야생동물을 만나려면 그들의 서식지를 찾아가야 하는데, 대부분은 국립공원으로 지정된 보호구역에 살고 있다. 한국의 동물원과 달리 우리나 사육사가 있는 것은 아니지만, 동물과 그들의 서식지를 보호하기 위해 일정한 구역을 만들어둔 것이다. 동아프리카에서는 케냐 '마사이마라 국립공원'과 탄자니아 '세렝게티 국립공원'이 대표적인데 사실 이름만 다를 뿐 같은 지역이다. 야생동물들이 살고 있는 거대한 땅 덩어리인데 사람이 임의로 갈라놓은 국경에 따라 각 국가가 붙인 이름이다. 실제로 동물들은 건기, 우기에 맞춰 물을 찾아 두 국립공원을 마음껏 이동한다. 그들에게는 여권도 비자도 필요하지 않다.

마사이마라 국립공원에 가보고 싶었지만 케냐에는 단기간 출장으로 온 것이었던 만큼 짬을 내기가 어려웠다. 더구나 다음 행선지인 탄자니아에서 꽤 오랜 기간 머무를 예정이어서 야생동물과의 만남은 뒤로 미루고 나이로비 도심에서 멀지 않은 '기린센터'를 찾아 아쉬움을 달래기로 했다.

기린센터는 이름 그대로 기린들을 가까이서 만날 수 있는 곳이다. 사실 센터가 도시에 있는 만큼 큰 기대를 품지는 않았는데, 차에서 내리자마자 '와~' 하고 탄성이 튀어나왔다. 교통 체증으로 유명한 나이로비에 이런 곳이 있었나 싶을 정도로 울창한 나무숲에 넓고 푸른 부지가 보석처럼 숨겨져 있었다. 그 위에서 기린들이 큰 키를 자랑하며 나뭇잎을 뜯어 먹고 있었고, 어린 기린들은 이리저리 뛰어다니며 '걸음마 자랑'을 하고 있었다.

무엇보다 5미터 상당의 장신을 자랑하는 기린들을 가까이서 볼 수 있도록 높게 지어놓은 전망대가 인상적이었다. 이 전망대에 오르면 기린과 눈높이가 딱 맞아떨어지는데, 기린들이 전망대 안에 머리를 집어넣을 수 있을 정도로 개방돼 있었다. 사람들은 이곳에 올라 기린을 만지거나 먹이를 줄수 있다. 가까이서 본 기린의 눈은 그야말로 왕방울만큼 컸고, 긴 속눈썹도 무척 아름다웠다. 기린들은 사람들이 먹이를 주는 데 익숙해 보였다. 눈을 껌뻑이며 기다리다가 손을 뻗어 먹이를 주면 혀를 날름거리며 잘 받아먹었다. 몇몇 사람들은 센터 직원들이 보여주는 시범을 따라 입에서 입으로 먹이를 전달하며 기린과 '뽀뽀'를 하기도 했다. 가까이서 본 기린이 예쁘긴 했지만 차마 뽀뽀할 용기까지는 나지 않아 기린과 함께 셀카만 몇 장 찍었다.

어린아이들은 어른들보다 더 적극적이었다. 부모님 어깨에 올라타 기린을 쓰다듬는가 하면 까르르 웃으며 기린 먹이주기를 즐겼다. 이렇게 가까이서 야생동물을 보고 직접 만져본다면 자연과 함께 살아가는 법을 절로 배우겠다 싶었다. 실제로 기린센터의 비전은 '자연과의 조화 속에 사는 세상(A world living in harmony with nature)'으로, 이러한 가치를 아이들에게 가르치는 교육을 매우 중시한다. 따라서 사전 신청만 한다면 기린센터에서 무료 체험학습을 할 수도 있다(2018년 1월 기준, 현지 거주민이 아닌 성인의 입장료는 약 10달러다). 기린에 대한 공부뿐만 아니라 분리수거, 나무 가꾸기 등 환경 보호 전반에 대한 교육을 실시한다. 설립 이후 최근까지 약 5만 명의 어린이가 기린센터를 다녀갔다. 아동·청소년들을 가르치는 교사나 대학 강사를 대상으로 환경보호 워크숍도 실시하고 있다.

기린센터는 1979년 영국인 후손의 케냐인 족 레슬리-멜빌 부부가 멸종위기에 처한 기린을 위해 서식지를 조성한 게 발단이 됐다. 레슬리-멜빌 부부는 멸종위기야생동물아프리카기금(AFEW)을 조성해 모인 돈으로 1983년에 현재의 기린센터를 설립했다. 처음에는 데이지와 말런이라는 이름을 가진 기린 한 쌍으로 출발했는데, 노력에 힘입어 점차 개체 수가 늘었다. 기린이 홀로 자립해 살 수 있는, 두세 살 정도로 성장하면 센터는 기린을 야생으로 되돌려 보낸다. 현재까지 사십여 마리의 기린이 센터를 '졸업'해 자연의 품 안에서 살고 있다. 이러한 노력 덕분에 센터 설립 초기만 해도 케냐 전역에 130마리가 채 되지 않던 기린 개체 수는 이제 300마리를 넘어선다. 사람과 자연이 어떻게 하면 서로 공존하며, 좋은 영향을 주고받을 수 있을지 조금이나마 아이디어를 얻은 기분이다.

# Tanzania

**Dodoma**

탄자니아

수도 | **도도마**
언어 | **스와힐리어, 영어**
면적 | **947,300제곱미터**(세계 31위)
인구 | **약 59,091,000명**(세계 24위, 2018년 통계청 기준)
화폐 | **탄자니아 실링**(TZS),
**1실링**(Shilling) = **약 0.5원**(2018년 4월 기준)
시차 | **한국보다 6시간 느림**

# 쉼표, 그리고 두 번의 사고

아프리카 특파원으로서 예정된 임기도 어느덧 3분의 2가 지났다. 여름이 한창이기도 했고, 잠시 쉼표를 찍고 싶다는 마음에 일주일간 휴가를 떠나기로 했다. 기왕 휴가를 낸 김에 며칠이라도 아프리카 대륙을 떠났다가 새로운 마음으로 돌아와야겠다고 마음먹었다. 북아프리카에서 지중해를 지나면 닿을 수 있는 유럽에 가볼까 했지만, 생각과 달리 아프리카에서 그리 가깝지가 않았다. 그만큼 아프리카 대륙이 넓기 때문이다. 아프리카 어디에서 출발하느냐에 따라 다르기는 했지만, 다음 체류 예정 국가인 탄자니아와 같은 동아프리카에서 프랑스 등 서유럽으로 가려면 한국에서 출발하는 것과 비행시간이 엇비슷했다. 여름 휴가철이라 그런지 항공료도 만만치 않았다.

고민 끝에 나흘 동안 아랍에미리트의 두바이에 다녀오기로 했다. 한국에 있을 때는 두바이를 다른 나라에 가기 위한 경유지 정도로 생각했지 그 자체를 여행지로 고려해본 적이 없었다. 하지만 에티오피아에서 만난 친구들이 종종 "이번 여름에는 두바이로 휴가를 다녀오려고"라고 말하는 것을 들었다. 비교적 거리가 가까우면서도 대자연 그 자체인 아프리카와는 달리 사막 허허벌판 위에 모든 것을 사람의 힘으로 만들어낸, 분위기가 전혀 다른 인공 도시이기 때문이다. 나 역시 잠시 자연의 품에서 벗어나 인공미를 만끽하고 싶었다.

두바이에 갔다가 다시 르완다로 돌아와 탄자니아로 가려면 여러모로 절차가 복잡하기 때문에 일단 탄자니아 호텔에서 하루를 묵은 뒤 짐을 맡기고 두바이로 떠나기로 했다. 남은 휴가 기간에는 탄자니아에서 사파리 투어를 할 예정이었다. 그 뒤에는 킬리만자로 등반기를 기사로 쓸 계획을 세웠다. 사파리 투어와 킬리만자로 등반을 하려면 아루샤(Arusha)라는 도시로 가야 했다. 관광객 대다수가 이 두 체험을 위해 탄자니아를 찾는데, 이들의 베이스캠프 같은 곳이 아루샤다.

아루샤 공항은 아담했다. 입국장은 여름휴가를 맞아 탄자니아를 찾은 외국인 관광객으로 붐볐다. 대부분 백인이었고 일본 사람도 몇몇 눈에 띄었다. 천혜의 자연환경을 자랑하는 탄자니아는 사실상 100달러만 내면 관광자용 도착비자를 내준다. 아름다운 용모를 타고난 연예인이 광고 출연으로 고소득을 올리는 느낌이랄까. 어쨌거나 달러의 힘에 기대 손쉽게 입국 심사를 통과하고 나왔는데 문제는 그다음이었다. 줄이 워낙 길어 조금 늦게 나왔는데, 수화물 찾는 곳에는 짐이 하나도 없었다. 기다리는 사람도 없었다. 이미 짐을 다 찾아간 것이다. 직원에게 물어봤지만 추가로 나올 짐은 없다고 했다. 순간 '올 것이 왔구나' 하는 생각이 들었다.

부친 짐이 아직 도착하지 않은 것이었다. 이런 사고가 종종 발생한다는 것을 알고 있었기 때문에 그다지 놀랍지는 않았다. 안내 창구로 가니 이미 한 가족이 분실물 신고서를 작성하고 있었다. 어린 두 딸의 짐이 오지 않은 모양이었다. 아이들은 엉엉 울고 있었다. 그 가족에게는 조금 미안했지만

탄자니아 Tanzania

안심이 됐다.

'내 짐만 어디서 분실한 게 아니라 짐 몇 개가 단체로 도착하지 않은 모양이군. 돌아오겠지 뭐.'

아프리카 여행 5개월 차, 어느새 'T. I. A.' 내공이 한껏 높아졌다. 내 차례를 기다리는 동안 공항 스피커에서는 팝가수 샤키라가 부른 2010년 남아프리카공화국 월드컵 주제가 〈와카 와카(Waka Waka)〉가 흘러나왔다.

'참미나미나 에에 와카와카 에에 참미나미나 자카레와 커즈 디스 이즈 아프리카(Cuz This is Africa)~.'

공항을 나서니 한국인 여행사 사장이 현지 운전사와 함께 마중 나와 있었다. 몇해 전 봉사단원으로 탄자니아를 찾았다가 그 매력에 흠뻑 빠져 다시 돌아와 여행사를 창업해 정착한 분이었다. 나보다 세 살 손위 여성인데 탄자니아 사랑이 남다른 데다 현지에서 일상적으로 사용하는 언어인 스와힐리어를 거의 완벽히 구사했다. 늦게 나오게 된 사정을 이야기하자 내일이라도 짐이 도착하면 공항으로 나가는 직원에게 부탁해 챙기겠다고 했다. 너무 고마워서 눈물이 쏙 빠질 지경이었다.

급한 대로 중간에 마트에 들러 칫솔과 치약을 사고, ATM에서 카드로 현지 화폐를 인출한 뒤 호텔에 내렸다. 관광지의 비싼 물가를 피해 합리적인 가격에 적당한 시설을 갖춘 호텔을 예약했는데, 시골에서도 더 안쪽으로 들어가야 했다. 대신 방이 매우 깔끔했다. 사장님과 운전기사를 떠나보내고 잠시 쉬려는데 막막함이 밀려왔다. 가진 것이라고는 노트북과 카메라, 수첩 따위가 든 백팩 하나. 생활에 필요한 짐은 모두 큰 캐리어 가방 두 개에 들어 있었다. 일단 호텔에 비치된 세면도구로 샤워를 하긴 했는데, 갈아

입을 옷도 마땅치 않고 난감했다. 피곤이 몰려와 옷장에 들어 있던 샤워가운을 입고 침대에 누웠다. 산속이라 그런지 몸이 으스스했지만 여독이 쌓인 덕분인지 금세 잠이 들었다.

다행히도 다음 날 호텔을 통해 짐이 공항에 도착했다는 연락을 받았다. 경유지 우간다에서 짐이 제대로 실리지 않은 모양이었다. 고맙게도 여행사 직원이 짐을 챙겨 가져다 줬다. 그날 저녁 두바이행 비행기를 타야 했기 때문에 정말 다행이었다. 짐을 받아 나흘간 필요한 짐만 간단히 챙겼다. 며칠 뒤 다시 돌아올 이 호텔에 짐을 맡기고 다시 공항으로 가는 차에 몸을 실었다. 창밖에 해가 뉘엿뉘엿 지고 있었다. 백이십여 일만의 '아웃 오브 아프리카(Out of Africa)'였다.

두 번째 사고는 두바이에서 터졌다(사실상 탄자니아에서 발단이 됐는데 두바이에서 알게 된 것이었다). 일이 바빠 아버지는 함께하지 못했지만 보고 싶던 어머니, 남동생과 약 4개월 만에 재회해 그간 잊고 지냈던 것들을 마음껏 만끽했다. 빌딩 숲 사이에서 화려한 분수쇼를 보고, 거대한 쇼핑몰에 자리한 미국식 햄버거가게에서 수제 햄버거를 맛보고, 실내 스키장에서 스키 타는 사람들을 구경하면서 스시를 먹었다. 숙소의 와이파이가 무척 빨라 인터넷 서핑도 원하는 만큼 할 수 있었다. 덕분에 아프리카에 오고 단 한 번도 실행해본 적이 없는 은행 애플리케이션을 가동해 거래 내역을 조회했다. 그러다 수상한 출금 내역을 발견했다. 바로 그날 새벽, 무려 자메이카에서 세 차례에 걸쳐 약 100만 원이 빠져나간 것이었다.

당황스러웠다. 엊그제 탄자니아를 떠나왔고 그 전에 체류한 나라는 르완다다. 그리고 지금은 아랍에미리트 두바이에 있는데, 위치가 어디인지도 잘 가늠이 되지 않는 자메이카에서 돈이 빠져나갔다니. 자메이카가 아프리카는 아니었고, 남미 어디쯤이었던 것 같은데……. 신고를 하기 전 궁금증이 앞서 인터넷으로 검색해보니 카리브해 북부 서인도 제도에 있는 섬나라라는 설명이 나왔다. 그래, 그렇다면 내가 출금한 것은 아니고 아프리카 체류 중 누군가가 내 카드를 훔쳐 돈을 빼간 것도 아니었다. 사실 그 전에 현지에서 ATM을 사용할 때 조심해야 한다는 이야기를 들은 적이 있긴 했다. 몰래 카드 정보를 복제해 사용할 수 있으니 손으로 가리고 비밀번호를 입력하는 등 조심해야 한다는 것이었다. 전날 탄자니아 ATM에서 현금을 인출했는데 그때 정보가 빠져나간 것 같았다. 에티오피아나 르완다에 장기 체류하면서 겪지 못한 일이라 긴장을 놓고 있었던 모양이다.

그래도 이만하길 다행이었다. 한국에서 아프리카로 떠날 준비를 하며 읽었던 어느 아프리카 여행 책에서는 남아프리카공화국에 머무는 동안 통장에서 천만 원에 가까운 돈이 빠져나간 사연이 등장하기도 했다. 일단 카드에 적힌 해외 이용 고객센터로 전화를 걸었다. 전날 사용했던 카드 사용을 딩징 중지하고, 부정 출금 신고 방법을 안내받았다. 일단 아프리카와 두바이에 체류 중이었음을 증명할 수 있는 영수증, 항공권, 관련 서류 등을 잘 보관하라는 안내를 받았다. 사고 접수에 필요한 서류는 카드사 측에서 보내주기로 했다.

두바이에서 여행을 잘 마치고 탄자니아로 돌아가 필요한 서류를 작성해 보냈다. 카드사 담당 직원은 결과가 나오기까지 며칠이 걸릴 수 있다고 했다. 다행히 한국으로 돌아갈 즈음 카드사에서 반가운 메일을 받을 수 있었다. 카드사 측에서 사고에 연루된 해외 은행에 이의를 제기했으나 답변이 오지 않았고, 대금을 회수했다는 내용이었다. 담당 직원의 설명만 봐서는 사실 무슨 말인지 완벽히 알 수 없었다. '문제의 해외 은행에서 할 말이 없어서 토를 달지 않고 돈만 보내줬다'라고 내 마음대로 이해하기로 했다. 어쨌거나 통장으로 사고 금액을 입금했다고 하니 감사할 따름이었다.

아프리카 여행 중 ATM으로 돈을 인출한다거나, 카드를 사용한다고 해서 무조건 사고로 이어지는 것은 아니다. 수 개월간 이러한 방식을 잘 이용해왔기 때문이다. 하지만 조심할 필요는 있다. 나쁜 마음을 먹은 사람들이 ATM에 특별한 장치를 설치해 이용자의 카드 정보 등을 복제할 수도 있고, 카드 결제를 받는 식당·상점에서도 정보를 빼돌릴지 모르는 노릇이다. 나같은 경우 운이 좋아 잘 해결됐지만, 자칫 더 큰 금전적 손해로 이어질 수도 있으므로 주의할 필요는 있다. 여행 중에는 자주 결제 내역을 확인해보고, 혹시라도 사고가 났다면 내 잘못이 아님을 증명할 수 있는 자료를 잘 갖춰두는 것을 추천한다.

# 동행

두바이에서의 달콤한 휴가를 보내고 짐 하나를 늘려 탄자니아로 돌아왔다. 높이 약 177센티미터, 무게가 77킬로그램에 달하는 생물. 이 세상에서 나와 가장 비슷한 DNA를 가지고 태어난 남동생이었다. 남동생은 일 년여간 경찰 생활을 하다 적성에 맞지 않는다며 그만두고는 다시 '공시생'으로 복귀하기 전 잠시 숨을 고르고 있었다.

나이에 비해 몹시 동안이지만 어쩔 수 없이 '요새 젊은 것들'과는 다른 사고방식을 가진 옛날 사람. 우리 부모님은 어려서부터 나와 동생을 보며 이런 말을 자주 하셨다.

"아휴, 둘 성격이 좀 바뀌면 얼마나 좋아."

장녀이지만 여성인 나는, 늘 새롭게 도전하는 것을 좋아했고 자꾸만 어딘가―호주, 일본, 미국, 캐나다, 베트남, 싱가포르, 대만 등에 이어 이제 아프리카―로 새려고 했다. 반면 동생은 안정적이고 규칙적인 생활을 선호했고, 아프리카에 오기 전까지 해외에 발을 디뎌본 경험이 없었다. 누나로서 동생이 다채롭고 넓은 세상을 좀 더 경험했으면 하는 마음에, 먹여주고 재워주겠다고 꼬셔서 탄자니아로 데려온 것이었다.

동생은 생각했던 그대로의 탄자니아 모습에 실망한 듯 보였다. 아루샤 공항에서 어느 시골 구석에 박혀 있는 숙소까지 오는 내내 한국에서도 찾아보기 힘든 '시골 오브 시골' 풍경이 계속 이어졌기 때문이다. 차창 밖으로는 땅에 붙어 있다시피 낮고 낡은 건물과 사람들, 이따금씩 오가는 가축 떼가 전부였다. 가만 생각해보면 어린 시절, 외갓집이 있던 충북 옥천의 시골 마을에 가서도 텔레비전이 잘 안 나오고, 게임기도 없고 심심하다며 징징대던 녀석이었다. 동생은 내가 SNS에 올린 르완다의 카페나 레스토랑 등 '핫플레이스' 사진들을 보고 적잖이 기대한 모양이었다.

초청해놓고 눈치를 살피고 있던 나는 저녁 식사 시간이 되어서야 마음을 놓을 수 있었다. 산골짜기 호텔에 딸린 작은 식당의 음식이 기대 이상으로 훌륭했던 덕분이다(동생은 미식가다). 동생은 쇠고기 스테이크를, 나는 닭고기 요리를 주문했는데 무척 맛있었다. 거기에 한국 맥주보다 맛있는 탄자니아 맥주를 한 잔 곁들이니(동생은 애주가이기도 하다), 한국의 웬만한 스테이크하우스 저리 가라! 소리가 절로 나왔다. 다른 아프리카 국가에서도 마찬가지였지만 탄자니아 역시 킬리만자로, 세렝게티 맥주 등 종류가 제법 다양하고 각각 독특한 맛이 있다.

동생은 그제야 긴장이 한껏 풀어진 채 살짝 벌개진 얼굴로 말했다.

"누나, 여기 음식이랑 맥주 정말 맛있다. 아프리카까지 온 보람이 있네. 헤헤. 그런데 나 맥주 한 잔만 더 마셔도 될까?"

"그래, 내일 일찍 일어나야 하지만 사파리 투어 전야제라도 하자!"


오래 알고 지낸 사람과 수다를 떨며 잔을 부딪친 것도 무척 오랜만이었다. 더구나 모국어로 이렇게 마음껏 이야기를 나눌 수 있다니! 갇혀 있던

입이 봉인해제라도 된 것 같았다. 맥주 덕분인지 오랜만의 한국어 수다 덕분인지 기분도 동동 떠올랐다. 괜한 짐 하나 끌고 온 게 아닌가 하는 무거운 마음도 눈 녹듯 사라졌다. 앞으로의 동행이 무척 기대되기 시작했다.

# 코끼리와 눈 맞은 날

절반 정도 남은 휴가 기간 동안 사파리 투어를 하기로 했다. 사파리는 스와힐리어로 '여행'이라는 뜻이다. 아침 일찍 가이드 베니가 요리사 에릭을 태운 도요타 사륜구동 차량을 끌고 우리를 데리러 왔다. 차량 뚜껑을 열고 고개를 내밀 수 있도록 만들어진 차량이다. 민머리의 베니는 교보생명이라고 적힌 조끼를 입고 있었다. 다른 호텔에서 앞으로 여정을 함께할 일행 한 명을 더 태웠다. 여행사 측에서는 한차당 손익분기점을 맞춰야 하기 때문에 한두 명씩 여행하는 사람들을 한차에 태워 사파리 투어를 하는 경우가 많다(물론 한 명이든 두 명이든 여러 사람 몫의 비용을 다 지불한다면 이야기는 달라진다). 우리의 새 여행 친구는 브라질 출신의 서른여덟 살 여성 마리아나였다. 반년 동안 홀로 세계 여행을 하는 중이며 아시아, 유럽을 거쳐 얼마 전 아프리카로 왔다고 했다. 앞으로 3박 4일 동안 좋은 팀이 될 수 있을 것 같은 예감이 들었다.

마트에서 장을 보고 약 120킬로미터를 달려 타랑기레 국립공원(Tarangire National Park)으로 들어갔다. 공원을 가로지르는 타랑기레 강의 이름을 딴 이 공원은 면적이 2,870제곱킬로미터 정도로 인접한 세렝게티

나 응고롱고로 국립공원에 비하면 소박한 수준이지만, 6~10월 일대에 건기가 찾아오면 동물들이 물을 찾아 몰려드는 곳이다.

차가 공원에 진입하고 얼마 뒤 건기라 누렇게 변한 풀숲 사이에서 긴 목을 치켜들고 우아하게 걷는 타조를 발견했다. 검은 깃털은 수컷, 갈색 깃털은 암컷이다. 타조를 시작으로 황토색, 흰색, 검은 털의 삼선 줄무늬가 세련된 톰슨가젤, 할아버지 얼굴을 한 누 떼, 한가로이 풀을 뜯는 멋쟁이 얼룩말 무리가 나타났다. 개중에 장난기가 넘치는 녀석이 있었다. 고개를 마구 흔들며 달리더니 아예 땅에 벌러덩 드러누워 등을 비벼댔다. 우리는 "와", "진짜 멋지다" 등의 감탄사를 내뱉을 수밖에 없었다. 마리아나는 중저음에 비음이 섞인 목소리로 "뷰티풀", "오 마이 갓"을 연발했다. 우리는 새로운 동물이 보일 때마다 "사진 찍게 차 좀 잠깐 세워줘요"라고 말했다. 베니는 요청을 일일이 들어주면서도 '이제 시작일 뿐인데, 뭐 이런 정도 가지고'라고 말하는 듯한 표정을 지었다.

타랑기레 공원은 사실 다른 동물들보다도 바오바브나무와 코끼리의 천국이었다. 물을 찾아 뿌리를 내리는 바오바브나무와 물을 좋아하는 코끼리가 타랑기레 강이 있는 이곳을 터전으로 삼는 것은 어쩌면 당연한 일이다. 바오바브나무와 코끼리가 함께 있는 모습이 무척 잘 어울리기도 했다. 오륙천 년을 산다는 바오바브나무는 세계에서 가장 크고 오래된 식물이라고 하는데, 눈앞에 나타난 바오바브나무를 보고는 고개가 절로 끄덕여졌다. 살아온 세월을 증명하기라도 하듯 그야말로 거대했다. 열 사람은 팔을 벌려야 바오바브나무 한 그루를 끌어안을 수 있을 것만 같았다. 수천 년을 산다는 느낌이 어떤 것인지 영원히 알 수 없겠지만, 온갖 강산이 백 번쯤 변

하는 동안 갖은 풍파를 겪으며 살아왔을 바오바브나무가 '지금 네가 겪는 어려움도 결국 다 지나간단다'라고 말하는 것 같았다.

역시나 주변에는 코끼리 가족이 있었다. 녀석들은 느릿느릿 걸으며 이따금씩 귀를 펄럭였다. 베니는 뜨거운 태양에 달궈진 몸의 열기를 식히려는 행동이라고 설명해줬다. 코끼리 가족은 풍성한 나무 근처로 가더니 나뭇잎을 뜯어 먹는 데 집중했다. 얼마나 기세 좋게 먹는지 나뭇가지가 부러져 우지끈 하는 소리가 몇 미터 떨어진 곳까지 들려왔다. 베니는 앞으로도 코끼리는 실컷 볼 수 있으니 이제 그만 이동하자고 재촉했지만 우리는 조금만 더 지켜보자며 꼼짝 않고 집중했다. 나는 코끼리를 앵글에 담으려 잔뜩 줌을 당긴 채 쉼 없이 셔터를 눌러댔다. 그때 렌즈 안으로 코끼리 한 마리가 우리가 탄 사파리 차를 향해 걸어오는 모습이 보였다. 움찔하면서도 사진 촬영을 멈출 수가 없었다. 어느새 코끼리와 나 사이의 거리가 1미터 정도로 좁혀졌고 나는 그제서야 카메라에서 눈을 떼고 코끼리를 바라봤다. 두꺼운 잿빛 피부 위 주름마저 선명하게 보였다. 짙고 긴 속눈썹 아래 녀석의 눈은 순하기 그지없었다. 나는 이때 코끼리와 눈이 마주쳤다고 확신한다. 녀석은 날 봤고 난 녀석을 바라봤다. 코끼리는 차 바로 옆을 스쳐 지나갔는데 순간이었지만 두려움과 놀라움에 숨이 막혔다. 곧바로 차를 짓밟는다 해도 전혀 이상하지 않을 순간이었다. 하지만 녀석은 '사실 너희들한테는 아무런 관심도 없어'라고 말하는 듯 우리 곁을 유유히 지나 길 건너편 초원으로 자리를 옮겼다. "하아……." "와아……." 우리는 약속이라도 한 듯 경이로움과 두려움, 기쁨, 긴장이 뒤섞인 한숨을 내뱉었다. 마리아나는 r 발음이 유독 거세게 들리는 영어로 "슈펄 슈펄 어메이징"을 연발했다. 베니는 그런 우리를 향해 "코끼리는 온순한 동물이기 때문에 웬만해서는 사람을 헤치지 않아. 만약 코끼리가 다가오더라도 코를 내리고 다가오면 안심을 해도 좋아. 하지만 코를 높이 쳐들고 빠른 속도로 온다면 주의를 해야 돼"라고 말하며 눈을 찡긋했다.

나중에 생태학자 칼 사피나의 저서 《소리와 몸짓》을 읽으면서 나와 '눈이 맞은' 타랑기레 코끼리가 생각났다. 녀석이 내게 한 말이 무엇이었는지 알 것도 같았다. 콩고민주공화국에서 고릴라와 코끼리 연구로 박사 학위를 받은 뒤 케냐 암보셀리 국립공원에서 또다시 수 년간 코끼리를 연구하고 있는 영국 출신 비키 피시록 박사는 연구자들이 가까이 있어도 신경을 쓰지 않는 코끼리 무리를 바라보며 이렇게 말한다.

"처음 제가 왔을 때 그들은 사진 몇 장 찍고 가버리는 차량에 익숙해져 있었어요. 그래서 주저앉아서 오랫동안 그들을 지켜보는 제 방식이 그리 마음에 들지 않았던 모양이에요. 그들은 당신이 특정한 방식으로 행동할 거라고 예상합니다. 그렇게 행동하지 않으면 그들은 자신들이 당신을 보고 있다는 것을 알게 만들 거예요. 위협적인 태도는 아니에요. 그저 머리를 한 번 흔들고 '당신은 뭐가 문제야?'라는 식의 표정을 짓습니다."

허망하다. 아주 잠깐이라도 눈이 맞았다고 생각했는데, 역시나 착각이었던 모양이다.

# 세렝게티의 별이 빛나는 밤

━━━━━

사파리 체험 둘째 날 오후, 드디어 고대하고 고대하던 세렝게티 국립공원(Serengeti National Park)으로 들어섰다. 타랑기레, 응고롱고로 국립공원 모두 제각기 매력이 있지만 한국에서부터 아프리카 하면 연관 검색어처럼 등장했던 그 이름 세렝게티의 실제 모습이 무척 궁금했다.

세렝게티는 마사이어로 '끝없는 평원'을 뜻한다. 세렝게티에 들어서고 얼마 뒤 마사이족의 작명 솜씨에 감탄할 수밖에 없었다. 얼마나 넓은지 달려도 달려도 끝이 보이지 않았다. 사실 국립공원이라고 하지만, 편의상 사람이 공원이라고 부를 뿐 대자연 그 자체였다. 충청남·북도를 합친 면적보다 조금 작은 15,000제곱킬로미터 상당의 초원이니 끝이 보일 리 만무하다. 이 드넓은 벌판에 사자, 물소, 코끼리, 얼룩말, 들소 등 약 300만 마리의 대형 포유류가 살고 있다. 원래는 마사이족도 세렝게티에서 가축을 돌보며 살고 있었는데, 동물 서식지가 점차 줄어드는 것을 우려한 탄자니아 정부는 1959년 세렝게티에서 응고롱고로 일대를 분리해 보호구역으로 지정한 뒤 사람과 가축은 응고롱고로 보호구역에서만 살 수 있도록 했다.

이를 섭섭해할 필요는 없다. 세렝게티 국립공원 입장료를 낸 사람들은

그 안에서 24시간을 머무를 수 있기 때문이다. 사파리 가이드들이 손님을 오후 늦게야 세렝게티로 안내하는 것은 이 때문이다. 그 안에서 하룻밤을 보낸 뒤 다음 날 새벽 일찍부터 투어를 시작하는 경우가 많다.

덕분에 해질녘 세렝게티를 원하는 만큼 마음에 담아둘 수 있었다. 푸른 초원 위 노을로 물든 산호빛 대기와 어둠이 깔리기 시작한 짙푸른 하늘이 어우러져 오직 그 순간, 그곳에서만 볼 수 있는 수채화를 그려냈다. 나는 오후 4시쯤 태어났다고 하는데, 이때가 내가 처음으로 세상의 빛을 본 시간이어서 그런지 이때부터 해질녘 즈음까지의 시간을 무척 좋아한다. 그중에서도 이날 세렝게티에서 마음속에 그려진 그 즈음의 풍경은 평생 지워지지 않을 것만 같다.

우리는 더 어두워져 길을 잃기 전 서둘러 세렝게티 한가운데 자리한 심바 캠핑장으로 들어갔다. 사실 캠핑장이라고 해봐야 허름한 공동 주방, 샤워실이 전부이며 울타리가 쳐져 있는 것도 아니다. 그저 주변에 옹기종기 텐트를 치면 우리가 하룻밤을 보낼 잠자리가 완성되는 것이었다. 물론 더 좋은 숙소에 머무를 수 있다. 보통 로지(lodge)와 캠핑으로 나뉘는데 로지는 일반 숙박 시설과 다름없이 따뜻한 물이 나오고 개인 화장실, 푹신한 침대 등이 갖춰져 있다. 다만 가격이 무척 비싸다. 로지도 각 시설별로 차이가 있고, 정말 고급 로지는 숙박비가 하룻밤에 백만 원을 넘기도 한다. 캠핑도 등급이 나뉜다. 캠핑이라고는 해도 아주 큰 텐트에 이동용 침대, 화장실, 온열기구 같은 시설을 준비해주는 고급 캠핑이 있고 내가 택한 '저렴이 버전'도 있다. 정말 딱 두 사람이 들어가 누우면 꽉 차는 '정직한' 텐트와 침낭이 주어졌다. 그래도 첫째 날은 베니와 에릭이 텐트를 쳐줬는데, 이날은 식사 준비로 두 사람이 분주해 보여 동생과 내가 직접 텐트를 쳤다. 그래도 전 세계에서 온 여행자들과 한자리에서 저녁 식사를 하며 교류하는 것은 사파리 캠핑만의 매력이다. 나와 동생, 마리아나는 조명이 없어 어두컴컴한 공용 주방에서 손전등에 의지해 저녁 식사를 했다. 식사는 단출했지만 마리아나의 세계 여행 이야기를 들으며 먹은 덕분인지 무척 맛이 있었다.

식사를 마치자 베니는 "밤에 사자나 물소, 하이에나가 출현할 수도 있으니까 가급적 텐트에서 나오지 말고 화장실이 급하면 텐트에서 멀리 떨어지지 않은 곳에서 해결하라"고 조언했다. 그 말을 들으니 어째 몸이 부르르 떨리는 것 같았다. 야행성인 동물들이 이 야영장에 오지 않으리라는 법은 없다. 사실 우리는 그들의 집에 잠깐 들른 손님일 뿐이다. 그들을 막을 담도 문도 울타리도 없다. 의지할 것이라고는 지퍼를 닫은 얇은 천 텐트가 전부. 딱히 할 일도 없어 일찌감치 자리에 누웠지만 이런저런 생각에 좀처럼 잠은 오지 않고, 오히려 소변이 마려웠다. 동생은 이미 곯아떨어진 모양이었다. 참고 참고 또 참아봤지만 그것은 사람이 할 수 있는 일이 아니었다. 어쩔 수 없이 헤드랜턴을 쓴 뒤 텐트 지퍼를 살짝 내리고 밖을 살폈다. 다행히도 동물의 번뜩이는 눈빛은 보이지 않았다. 그 길로 화장실로 달려가 볼일을 보는데 멀리서 '우-우-우' 하는 울음소리가 들려왔다. 급히 마치고 텐트로 달려갔다. 휴우, 안도의 한숨을 내쉬며 하늘을 바라봤다. 한숨은 곧 탄성으로 바뀌었다. 휴우우~ 우와? 별 비가 내리는 것 같았다. 그림으로만 본 별자리도 눈에 들어왔다.

'내가 이러려고 그토록 화장실이 가고 싶었나!'

세렝게티의 별이 빛나는 밤이 그렇게 지나고 있었다.

# 빅파이브

새벽같이 일어나 세렝게티 여정을 시작했다. 동물들의 터전에서는 인간도 그들의 삶에 방식에 따라야 한다. 밤부터 새벽까지 활동하는 동물들이 많기 때문에 해가 뜨기 전 사파리를 시작하면 더 많은 동물들을 만날 수 있다. 특히 소위 '빅파이브(Big Five)'로 불리는 동물 중 하나인 사자는 주로 밤에 사냥을 하고 낮에는 그늘 아래서 쉬거나 잠을 잔다. 빅파이브는 말 그대로 사파리의 오대천왕, 즉 가장 위험하고 사냥하기 어려우면서 사람들이 가장 만나고 싶어 하는 동물 다섯 종류를 일컫는다. 사자, 코끼리, 물소, 표범, 코뿔소가 바로 그 주인공이다.

아침부터 졸린 눈을 비벼가며 하루를 일찍 시작한 보람을 맛볼 수 있었다. 이른 아침 나무 그늘 아래서 늘어지게 쉬고 있는 사자 커플을 만났다. 밤에 신나게 초원을 뛰놀다가 이제 막 쉬려고 배를 대고 엎드린 모양이었다. 하지만 구경꾼들이 몰려와 방해를 하고 있었다. 사파리 가이드들끼리는 서로 무전을 주고받으며 빅파이브가 어디에 나타났는지 정보를 공유한다. 그렇게 해야지만 그 넓은 초원에서 손님들이 오대천왕을 모두 만날 수 있기 때문이다. 때문에 인기 있는 동물이 나타난 곳에 가보면 이미 사파리 차

여러 대가 몰려 있는 것을 볼 수 있다. 사자 커플을 만나러 갔을 때도 마찬가지였다. 이미 소문을 듣고 몰려온 차량이 열 대도 넘게 도착해 사자들을 에워싸고 있었다.

우리 차는 먼저 도착한 차들 때문에 조금 떨어진 곳에서 지켜보고 있었다. 그때였다. 암사자가 '너희들 때문에 도무지 잠을 못자겠다'고 항의라도 하듯 네발을 박차고 일어나 걷기 시작했다. 차량 사이 빈틈을 지나 우리 쪽으로 걸음을 옮겼다. 덕분에 아주 가까이서 사자를 관찰할 수 있었다. 갈기가 없는 암사자의 날렵한 몸은 곡선으로 이뤄져 있었다. 큰 고양이처럼 보이기도 했다. 탄력 있는 네발로 바닥을 통통 튀기며 우리 차를 지나쳐 건너편 풀숲으로 자리를 옮겨 멀리멀리 사라졌다. 홀로 남아 있던 수컷도 이내 뒤를 따랐다. 낮이라 그런지 동물의 왕국에서 보았던 용맹한 모습을 볼 수는 없었다. 하긴, 저 커플도 한가로이 쉴 시간이 필요할 테지. 남들 안 보이는 데서 데이트도 하고. 그래도 상상했던 용맹한 사자의 모습을 볼 수 없어서 조금 아쉽기는 했다. 베니는 다큐멘터리팀이 사자가 사냥하는 모습을 포착하는 것은 한 달 동안 쫓아다니면서 촬영한 끝에 얻는 결과물이라고 설명했다.

곧이어 나타난 다른 동물들은 나의 이런 아쉬움을 충분히 달래줬다. 노란 털에 검은 점박 무늬를 한 늘씬한 치타가 골똘히 생각에 잠긴 듯 바위 위에 앉아 먼 곳을 바라보고 있었다. 미동도 하지 않아 마치 색깔이 있는 동상 같았다. 방금 본 사자 커플과 달리 혼자 있는 모습이 쓸쓸해 보이기도 했다. 멀리서 그 모습을 한창 바라보고 있는데 치타가 갑자기 바위에서 폴짝 뛰어내리더니 우리 쪽으로 다가왔다. 속도가 빨라 흙먼지가 일었다.

햇빛에 멋진 털이 반짝였다. 치타는 우리 차 옆을 스쳐 더 빠른 속도로 달리더니 다시 풀숲으로 모습을 감췄다. 멀리서 지켜보던 먹잇감을 사냥하러 간 모양이다.

다음 타자는 하마 떼였다. 에티오피아 아와사 호수에서도 하마를 본 적이 있긴 하지만 물 밖에 완전히 몸을 내놓고 있는 모습을 본 것은 이때가 처음이었다. 저 육중한 몸을 어떻게 견딜까 싶을 정도로 몸통이 큰 반면 네 다리는 무척 짧았다. 목에서 얼굴로 이어지는 부분은 잿빛 몸통과 달리 분홍색 혹은 산호색에 가까웠다. 목은 여러 겹으로 접혀 있었다. 하마 떼는 일광욕을 즐기는 듯 바닥에 엎드리거나 옆으로 누워 있었고(다시 일어날 수 있을까 의심스러울 정도로 푹 퍼져 있었다) 몇몇은 일어서 있었는데, 이 중 두 마리는 누구 입이 더 큰지 재보기라도 하듯 서로를 보며 입을 크게 벌리고 있었다. 덕분에 드러난 하마 입 속은 완연한 선홍빛이었다. 건강하고 아름다운 빛깔이었다. 한 마리는 짧은 꼬리를 풍차처럼 돌리며 똥을 뿜어냈다(정말 건강하구나).

이 밖에도 정말 많은 동물을 만났다. 나무 위의 표범, 의외로 귀여운 하이에나와 애니메이션 〈라이온 킹〉에서 찰떡궁합 티몬과 품바 역할을 맡은 미어캣과 흙멧돼지, 비록 아주 먼 거리에서 거의 점처럼 보이긴 했지만 멸종 위기에 처한 코뿔소까지⋯⋯. 빅파이브를 모두 본 셈이다.


이날 사파리 체험의 세 번째 밤을 보내고, 마지막 여정인 응고롱고로 보호구역(Ngorongoro District)으로 향했다. 사람과 가축도 살 수 있는 곳이기 때문인지 곳곳에서 소 떼를 몰고 가는 마사이족을 마주칠 수 있었다. 응고롱고로는 마사이어로 '큰 구멍'을 뜻한다. 약 200만 년 전만 해도 킬리만자

로보다 높고 큰 산이었지만 화산 작용으로 무너져 내려 평원이 되었다고 한다. 그 한가운데에는 화구호가 있는데, 수량이 풍부한 덕에 수많은 야생 동물들의 터전이 되었다.

베니는 사파리 체험 도중 처음으로 우리에게 땅을 밟을 기회를 줬다. 그동안 안전 문제 때문에 점심 식사를 하기 위한 휴게소나 캠핑장이 아니면 차 밖으로 나갈 수가 없었다. 얼른 카메라를 챙겨 평원으로 뛰어들어 자연과 하나가 됐다. 얼룩말 무리가 뛰어다니고 그 주변에서 누 떼가 한가로이 풀을 뜯고 있었다. 이 세상이 맞나 싶을 정도로 생경하면서도, 바로 눈앞에 펼쳐진 생생한 풍경이었다. 화구는 큰 대접처럼 가운데가 들어가고 주변 지형이 동네 산처럼 서서히 솟아 무척 아늑하게 느껴졌다. 저 멀리 화구호에는 분홍색 홍학 떼가 뒤덮고 있었는데 이 멋진 광경을 배경으로 물소 한 마리가 천진난만한 표정으로 씩 웃고 있었다(정말 그렇게 보였다). 그 표정이 누구를 닮았다 싶어 한참이나 골몰했는데, 베니와 이야기를 하다 깨달았다. 검은 피부, 처진 눈, 둥근 코, 엷은 미소를 띤 두툼한 입술, 바로 베니의 얼굴이었다.

응고롱고로는 우리 일행에게 사파리의 화려한 피날레를 선사했다. 차가 다닐 수 있도록 한길 바로 옆에서 사자 가족이 한창 식사를 즐기고 있던 것이었다. 암컷 두 마리와 새끼 사자 다섯 마리가 커다란 물소 한 마리를 인정사정없이 뜯어 먹고 있었다. 옆으로 쓰러진 물소의 배는 이미 훤히 뚫려 장기가 밖으로 쏟아져 나와 있었다. 끔찍하면서도 놀라웠다. 사자들의 입 주변은 이미 피로 붉게 물들어 있었다. 그야말로 '동물의 왕국'을 코앞

🐘 탄자니아 Tanzania

에서 보게 됐다.

　이 놀라운 순간을 조금이라도 더 기록하려고 카메라로 찍고, 스마트폰으로 찍고 바쁘게 움직이며 관찰하는데, 새끼 사자 세 마리가 배를 다 채웠는지 물소 사체 옆에서 장난을 치기 시작했다. 바닥을 뒹굴고 서로에게 엉기며 놀이를 했다. 암컷은 이 모습을 지켜보더니 아직 피가 묻은 주둥이로, 역시 붉게 물든 새끼들의 주둥이를 핥아줬다. 잔인하게 물소를 사냥해 뜯어 먹고도 제 새끼는 귀여운 모양이다 싶다가도, 사자는 그저 자연의 섭리대로 배를 채우고 새끼를 돌볼 뿐, 잔인하다, 귀엽다, 사랑스럽다는 표현은 지극히 인간 중심적이라는 생각이 들었다. 적어도 사자들은 배가 고프지 않으면 절대로 사냥을 하지 않는다. 자신과 새끼의 생존을 위해서만 사냥을 할 뿐, 배를 채우고 나면 다른 동물을 해치지 않는 동물이지 않던가. 사는 데 필요한 것 이상을 갖추고도, 더 좋은 것을 더 많이 갖고 싶어서 자꾸 욕심을 내고 남의 것을 빼앗기까지 하는 인간이라는 동물도 있는데 말이다. 사자 가족은 이런 내 마음을 아는지 모르는지 배도 부르고 장난치기도 귀찮다는 듯 심드렁한 표정으로 엎드려서는 낮잠을 청했다. 그 표정에서 이런 마음이 읽혔다.

　'어이, 이제 찍을 만큼 찍지 않았소? 욕심 그만 부리고 우리 가족 좀 쉬게 내버려두고 어서 가시오.'

# 폴레폴레도 괜찮아

'왜 이렇게 자주 찾아오는 거야.'

손님이 왔다는 호텔 직원 안내를 받고는 속으로 투덜대며 방을 나섰다. 모레 킬리만자로(Kilimanjaro) 등반을 앞두고 동행할 가이드와 포터 등 몇몇 스태프들이 방문했다. 며칠 전 만나 인사를 나누고, 등반 루트에 대해 이야기를 마쳤는데 두 번째로 찾아온 것이었다. 마감을 앞둔 기사와 산더미 같은 빨래 때문에 마음이 무거운 참이었다. 사파리 체험을 하며 3박 4일간 텐트 노숙을 하고 난 뒤여서 몸도 물먹은 솜처럼 무거웠다.

"헤이, 오랜만이야. 잘 지냈어?"

어기적거리며 계단을 내려오는 내게 서른 살 동갑내기 가이드 아민 하산이 반갑게 인사를 건넸다. 열여덟 살 포터로 시작해 킬리만자로 등반 가이드가 된 아민은 작고 단단한 차돌처럼 생겼다. 12년간 킬리만자로를 수백 번 오르내렸다고 한다. 아민은 쌀 포대처럼 생긴 자루에서 등산복 몇 벌을 주섬주섬 꺼냈다. 특파원으로 나오면서 등산복을 챙겨오지 않아 모두 빌리기로 했다. 모자, 양말, 장갑까지도. 옷에서 여러 손님을 거친 듯 세월의 흔적이 느껴졌다. 아민은 정상 부근은 몹시 추울 테니 등산복 안에 입을 옷도 잘 챙겨두라고 단단히 일렀다. 조금 전까지 속으로 투덜대던 마음을 들킬

세라 웃으며 고맙다고 답했다.

드디어 결전의 날. 아민과 보조 가이드 프란시스, 요리사, 포터들은 한 팀을 이뤄 낡은 승합차와 함께 나타났다. 숙소가 있는 아루샤에서 킬리만자로 등반 입구가 있는 모시(Moshi)까지 가는 동안 차 안 공기가 차갑게 느껴졌다. 대화도 거의 오가지 않았다. 다들 무심히 창밖만 바라보고 있었다. 마치 이른 새벽 인력시장에서 일감을 받아 차를 타고 이동하는 것 같았다. 평생에 한 번 오를까 말까 한 산을 등반하는 여행객이 아니라 극도로 고된 일을 하러 '출근'하는 중이었으니 당연한 상황일지도 모르겠다는 생각이 들었다. 특히 포터들은 20킬로그램에 달하는 짐을 지고 해발 5,985미터를 올라야 하는 고된 노동을 불과 몇 시간 앞두고 있었다.

아프리카 최고봉, 킬리만자로 초입은 한국에서 봤던 여느 산과 크게 다르지 않았다. 내가 선택한 '마랑구루트' 입구가 이미 해발 1,980미터라는 점만 빼면. 매표소를 거쳐 산으로 들어서니 나무가 울창했다. 붉은 흙 위로 쭉 뻗은 나무 사이사이 공기가 상쾌했다.

'고향에서 자주 다녔던 계룡산하고 비슷한데?'

자신감에 심장이 부풀고 다리가 빨라졌다. 신이 나서 한참을 걷는데, 뒤에서 오던 아민이 소리를 지른다.

"폴레폴레!"

폴레폴레는 동아프리카에서 널리 사용하는 스와힐리어로 '천천히'라는 뜻이다. 이전에도 한국인 등반객을 만나본 아민은 "빨리빨리 노(No), 폴레폴레 예스(Yes)"라고 말했다. "물을 마시는 모습을 자주보고 싶다"고도 했다. 나를 물가에 내놓은 어린아이 보듯 하는 아민에게 괜찮다고 말하며 '꽃미

소'를 날렸는데, 이 미소는 그리 오래가지 못했다.

늦은 오후 무렵 녹초가 된 몸을 이끌고 킬리만자로에서의 첫날 밤을 보낼 만다라 산장에 도착했다. 해발 2,720미터에 자리한 이 산장에는 아담한 통나무집 몇 채가 옹기종기 모여 있었다. 문을 여니 나무로 만든 이층 침대 두 개가 단정하다. 한 달간 탄자니아로 휴가를 왔다는 프랑스 커플과 한 방을 쓰게 됐다. 포터가 가져다준 뜨거운 물 한 바가지로 몸 구석구석을 씻고, 공용 식당에서 저녁을 먹었다. 요리사가 한국인인 우리를 배려했는지, 따뜻한 밥과 하이라이스가 나왔다. 싹싹 비우고 방으로 돌아와 지인들에게 보낼 엽서를 끼적이다가 자리에 누웠다. 내 침대 아래 1층에 몸을 눕힌 동생은 그새 곯아떨어져 자고 있었다. 등산복과 함께 빌린 침낭 사이로 찬바람이 솔솔 들어왔다. 지퍼가 고장 났는지 완전히 닫히질 않았다.

둘째 날 이른 아침, 간단히 식사를 챙겨 먹고 다시 길을 나섰다. 울창한 숲 구간을 지나 드넓은 평야가 펼쳐졌다. 저 멀리 '최종 목표'인 키보(Kibo) 봉우리가 보이기 시작했다. 킬리만자로에서 가장 높은 지점인 우후루피크가 있는 최고봉이다. 폴레폴레를 되뇌며 한 발 한 발 천천히 내딛었다. 안면을 튼 프랑스 커플과 앞서거니 뒤서거니 하며 이야기도 나눴다. 두 사람은 3주간 여름휴가를 얻어 탄자니아를 찾았다고 했다.

"다리가 길어 걸음이 빠른 것 같아요. 부러워요."

두 사람은 내 말에 깔깔대며 웃었다. 머리가 반백인 일본인 부부도 만났다. 부부는 그야말로 '폴레폴레' 산책하듯 산을 오르고 있었다. 남들보다 오래 천천히 산을 오를 모양이었다. 나이가 지긋한 부부의 도전이 실로 대단하게 느껴졌다. 영어를 모르는 두 사람에게 어떻게든 마음을 전하고 싶어

아는 일본어를 동원해 "스고이(멋져요)!" "간바레(힘내요)!" 하고 응원의 말을 건넸다. '엄지를 마구 치켜세웠으니 아마 알아들었겠지'라고 생각하면서.

셋째 날 오후 도착한 키보 산장은 주변에 자욱한 산안개만큼이나 분위기가 묵직했다. 이날 밤, 이곳에 있는 등반객 대부분이 키보 정상으로 등반을 시작하기 때문이었다. 저녁 식사를 마치고 밤 10~11시까지 쉬었다가 정상으로 출발하는 일정이었다. 여러 개의 방이 한 건물에 있는 산장에서 가장 끝 방에 배정받아 들어가니 좋은 자리는 이미 다른 등반객들이 모조리 차지했다. 다들 국제 대회 출전을 앞둔 것처럼 긴장한 모습이 역력했다. 나역시 '여기까지 온 이상 정상에 꼭 올라야지' 하는 마음에 심장이 두근거렸다.

따뜻한 차로 몸을 덥히고 휴식을 취하고 있는데 동생이 얼굴을 계속 찡그렸다.

"누나, 머리가 너무 아파. 도저히 올라갈 수가 없을 것 같아."

고산병이 찾아온 것이었다. 전날부터 누가 머리를 때리는 것 같다고 통증을 호소했는데 일단 참고 올라온 것이었다. 급히 가이드 아민과 보조 가이드 프란시스를 불렀다. 킬리만자로 산행 최대 위기였다. '괜히 여기까지 끌고 와 고생을 시키나' 하는 마음에 나도 모르게 눈물이 찔끔 났다. 우리는 대책 회의 끝에 동생과 프란시스가 먼저 내려가 전날 묵었던 호롬보 산장에 머무르는 것으로 결론을 내렸다. 프란시스는 "걱정하지 마. 내려가면 금방 괜찮아져"라며 울상인 나를 달랬다. 마사이족 출신인 프란시스는 말 한마디 한마디가 무척 믿음직스럽고 듬직한 청년이었다. 두 사람은 날이 더

어두워지기 전에 한시라도 빨리 이동하기로 했다. 프란시스와 악수하고, 동생의 등을 토닥여줬다. 산장 밖으로 나와 두 사람이 내려가는 뒷모습을 한참 동안이나 바라봤다.

간단히 저녁 식사를 마치고 침대에 누우니 나무 침대에 매직으로 써놓은 낙서들이 눈에 들어왔다. 한글도 있었다. 모두 정상 등반을 기원하거나 다짐하는 내용이었다. 사실 킬리만자로 등반객 대다수가 꿈꾸는 최종 목적지가 우후루피크라는 것을 이때 처음 알았다. 아프리카에 왔으니 당연히 킬리만자로에 올라야 한다고 생각했을 뿐, 남들처럼 미리 준비를 하며 설레는 마음으로 이날을 손꼽아 기다려오지 않았기 때문이다. 누군가에게는 삶의 버킷 리스트였을 우후루피크를 약 천 미터 남짓 앞두고서야 알게 됐다고 생각하니 조금 민망해졌다.

체력을 비축해야 하는데 좀처럼 잠이 오질 않았다. 평소 잘 시간이 아닌데다 너무 추웠다. 다른 등반객들은 등산복과 침낭을 단단히 준비해온 모양이었다. 옷은 잔뜩 껴입고 침낭 안에 몸을 숨겨봤지만 좀처럼 공기가 덥혀지질 않았다. 콜록콜록, 기침이 절로 나왔다. 그러자 옆 침대 터키 등반팀 대장이 나에게로 시선을 옮겼다.

"거기 이봐요, 팔로 입 좀 가리고 기침해주실래요?"

모두가 최상의 컨디션으로 등반을 해야 하는 만큼 너무 당연한 지적이어서 미안한 마음이 들었다. 하지만 한편으로는 서럽기도 했다.

'같은 등반객끼리 걱정 좀 해주면 안 되나.'

"미안하다"고 말한 뒤 벽 쪽으로 돌아누웠다. 팔꿈치로 터져 나오는 기침을 틀어막고 눈을 감았지만, 도통 잠을 잘 수가 없었다.

서너 시간을 숨죽인 채 뒤척이니 아민이 나를 찾아왔다.

"수진, 잘 잤어? 이제 슬슬 출발할까?"

시곗바늘이 밤 10시 반을 가리키고 있었다. 어차피 잠도 안 오고 다른 등반객들 보다 조금 일찍 출발하면 '앞서가고 있다'는 생각 덕분에 등반에 도움이 될 것 같았다. 고개를 끄덕이니 잠시 뒤 간단한 식사가 차려졌다. 팝콘과 비스킷, 따뜻한 차가 전부였다. 많이 먹는 것은 오히려 방해가 된다고 했다. 긴장한 탓인지 잠을 못자서인지 그마저도 잘 넘어가질 않았다. 속을 데우려고 차만 조금 홀짝였다. 옷을 좀 더 껴입고, 헤드랜턴을 썼다. 이제 출발! 아민과 함께 어둠 속으로 걸음을 옮겼다.

'할 수 있다'가 '할 수 있을까'로 바뀌기까지, 한 시간 정도가 걸린 것 같다. 예상보다 가파른 경사에 숨이 가빠왔고, 칼바람이 온몸을 때렸다. 꼭대기가 사계절 내내 흰 눈으로 덮여 있는 만큼 가까이 갈수록 기온이 낮아지는 것은 조금만 생각해보면 당연한 일인데, 바보처럼 간과했다. 허술한 등산복과 천 장갑을 뚫고 바람이 마구 들어왔다. 코에서는 콧물이 줄줄 흘렀고, 입술은 흐른 콧물과 침에 퉁퉁 부어올랐다. 해발 5,000미터를 넘어서니 산소 부족이 무엇인지 실감할 수 있었다. 게다가 잠까지 부족해 정신이 반쯤 나갔다. 입에서 자꾸만 헛소리가 나오더니, 구토까지 하고 말았다. 먹은 게 없어 노란 물만 나왔다. 아민은 자신의 목도리를 내게 둘러주며 "잘됐다. 차라리 토하는 게 낫다"고 말했다. 수면 부족 때문인지 산소 부족 때문인지 비몽사몽이었다. 그런 상황에서도 아민이 얼마나 고마웠던지 "넌 정말 좋은 사람이야" "고마워" "근데 나 정상에 오를 수 있을까?" 하고 거듭 웅얼거리며 걸음을 옮겼다.

점점 느려지던 걸음은 결국 멈췄다. "브레이크 타임!"을 외치며 바닥에 주저앉았다. 이렇게 시작된 브레이크 타임은 어느새 10분에 한 번, 다시 5분에 한 번으로 간격이 좁혀졌다. '조금 먼저 출발해 앞서 가겠다'는 생각은 진작 틀린 것으로 판명났다. 다른 등반객들이 나를 지나쳐 앞서간 지는 이미 오래였다. 뒤를 쫓아오는 불빛은 보이지 않았다. '여기서 그만할까'라는 마음도 들었지만, 내려갈 일이 더 까마득해 고개를 저었다. 태어나서 처음으로 '여기서 죽는 건가' 하는 생각도 했다. 일주일 전 남아프리카공화국 출신의 레이싱 선수가 키보 산장에서 심장 질환으로 사망했다는 뉴스가 떠올랐다. 어쨌든 내려갈 수도, 여기서 가만히 죽치고 있을 수도 없으니 오르는 수밖에. 저절로 '폴레폴레' 걸을 수밖에 없었다. 혼자만의 사투를 벌인 지 여섯 시간쯤 됐을까, 저 멀리 헤드랜턴 불빛이 하나둘 보이기 시작했다. 사람들의 웅성임, 노랫소리도 들리는 것 같았다. 키보에서 가장 높은 지점 중 하나인 해발 5,685미터의 길만스포인트에 다다른 것이다. 일출 시간이 다가와 어둠도 조금씩 걷혀가고 있었다. 기쁨보다는 '살았다'는 안도감이 들었다. 마지막 있는 힘을 다해 길만스포인트에 다다랐다. 세계 각지서 온 등반객들이 이곳에 다다른 것을 서로 축하하며 사진을 찍고 있었다. 미리 준비해온 국기를 흔드는 사람도 있었다. 나도 무언가 기념할 만한 게 없을까 고민하다 회사 스티커가 붙은 노트북을 들고 사진을 찍었다. 아민은 "여기서 노트북 들고 사진 찍은 사람은 네가 처음이야"라며 피식 웃음을 터뜨렸다.

하지만 여기서 끝이 아니었다. 자유라는 뜻의 최고 지점, 우후루피크가 남아 있었다. 너무나 자연스럽게 킬리만자로 등반을 결심했듯, 우후루피크 역시 생각할 필요도 없이 응당 도달해야 할 목적지였다. 문제는 길만스포인트에서 한 시간 반가량을 더 가야 한다는 것. 아민과 길을 나서 삼사십 분 가량을 걸었는데, 잠시 잊었던 추위와 극한 상태가 찾아왔다. 우후루를 갈망하며 시작한 등반이 아니었던 데다, 몸 상태가 너무 좋지 않아 더 이상 산을 오르는 게 무리라는 판단이 섰다. '등산의 완성은 살아서 돌아오는 것'이라는 어느 산악인의 말도 있지 않던가. 아민과 이야기한 끝에 이제 그만 돌아가기로 합의했다. 당시에는 아쉬움을 느낄 여력도 없었다.

하산도 쉽지 않았다. 해가 뜨고 보니 산이 온통 돌투성이였다. 경사는 과장을 조금 보태 거의 수직에 가까웠다.

"우리가 정말 어젯밤 여기를 올라온 거야?"

믿기지 않아 아민에게 자꾸 물었다. 아민은 한밤중에 정상 등반을 시작하는 이유가 몇 가지 있다고 말했다. 자정에 가까운 시간에 출발하면, 정상 도착쯤 일출을 볼 수 있다는 것이 한 가지 이유였고, 끝을 알 수 없는 이 돌투성이 산을 두 눈으로 보면서 오르다 보면 포기하는 사람이 많다는 것이 또 다른 이유였다. 고개가 절로 끄덕여졌다. 언제 끝날지 모르는 힘겨운 상황을 너무 생생하게 직시하면 절망에 빠지기가 더 쉬운 법이니까.

내려오는데 돌과 돌 부스러기 사이로 자꾸만 발이 빠졌다. 올라갈 때처럼 내려가는 길도 좀처럼 끝이 나질 않았다. 지난밤 이곳을 올랐다는 사실이 믿기지 않았다. 벌써 모든 일이 꿈처럼 느껴졌다. 아민의 손을 잡고 터덜터덜 그 긴 길을 내려왔다. 키보 산장에 돌아오니 프랑스 커플이 벌써 돌아와 쉬고 있었다. 나처럼 길만스포인트까지만 올라갔다가 내려왔다고 했다. 우리 세 사람은 '그 마음 내가 알지' 하는 눈빛을 교환했다. 조금 쉬었다가 하산을 시작했다. 오후쯤 호롬보 산장에 도착했다. 동생과 프란시스가 우리

MOUNT KILIMANJARO
CONGRATULATIONS
YOU ARE NOW AT
GILMAN'S POINT. 5685M/18652Ft AMSL
TANZA

를 반갑게 맞았다. 다행히 동생은 건강한 모습이었다. 그날 저녁은 요리사가 우리를 위해 특별히 공수해 온 신라면을 끓여줬다. 얼마 만에 먹는 따끈하고 매콤한 국물인지. 세상 어디에도 없는 맛이었다.

호롬보 산장에서 하루를 더 보내고 완전히 하산했다. 내려오는 길에 여전히 폴레폴레 걸음을 옮기고 있는 일본인 부부를 다시 한번 만날 수 있었다. 고작 얼굴 한 번 본 사이인데 그렇게 반가울 수가 없었다. 길만스포인트까지 갔다가 내려오는 길이라고 하니 이번에는 두 부부가 엄지를 치켜세우며 "스고이!"라고 말해줬다. 나도 다시 한 번 "간바레!"라며 두 사람의 도전을 진심으로 응원했다.

출발지였던 마랑구루트 입구로 돌아오니 등반 증명서를 줬다. 길만스포인트(5,685미터), 스텔라포인트(5,756미터), 우후루피크(5,895미터) 세 지점 중 한 곳에 도착하면 주는 탄자니아 국립공원 인증서였다. 가이드 아민과 킬리만자로 국립공원 원장, 탄자니아 국립공원 원장 세 사람의 서명이 포함돼 있었다. 나의 증명서 번호는 105617, 즉 킬리만자로 정상 부근까지 간 105,617번째 사람인 것이다.

돌이켜 생각하면 아쉬움이 크다. 킬리만자로에 갈 수 있는 기회는 많지 않은데 조금 더 세심하게 알아보고 준비를 했더라면 정상까지 갈 수 있었을 것 같은 마음 때문이다. 한국에서 제대로 된 등산복을 준비해 갔더라면, 빌린 옷과 침낭이 조금만 더 따뜻했더라면…… 하프 마라톤도 완주할 정도의 체력을 갖췄는데 말이다. 별다른 생각을 하지 않다가 나중에 공항으로 가는 길에 역시 등반 가이드 출신인 운전기사가 우후루피크까지 못 갔다고 하자 나라면 끝까지 끌고 갔을 것이라고 하는 말에 은근 뿔이 나기도 했다.

'그렇게 춥다고 미리 말을 해주든지!'

물론 이내 집착을 내려놓았지만 말이다. 킬리만자로에서 '폴레폴레'와 겸손함을 배웠으니 말이다. 이 아쉬움조차도 산에서 배운 공부다. 그래도 혹시 이 글을 읽는 분 중 킬리만자로를 등반하시려는 분이 있다면, 체력도 옷도 침낭도 그리고 마음도 단단히 준비해 우후루피크까지 올라가보시길 권한다. 충분히 할 수 있다! 나 역시 기회가 된다면 언젠가 색다른 루트로 한 번 더 도전해보는 것도 좋을 것 같다. 더 폴레폴레 걸으면서 말이다. 아마도 그때는 206,890번쯤 되는 우후루피크 등반 증명서를 받을 수 있지 않을까?

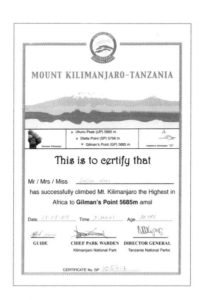

# 킬리만자로는 탄자니아 땅! 케냐와의 '기싸움'

탄자니아와 케냐의 국경은 마치 선으로 그은 듯 반듯하다. 그런데 딱 한 군데, 킬리만자로를 지나며 한 차례 꺾어진다. 킬리만자로는 원래 영국령 케냐 소속이었는데, 19세기 당시 영국 빅토리아 여왕이 외손자 빌헬름 2세에게 킬리만자로를 생일선물로 줘 독일령 탄자니아로 넘어가는 바람에 오늘날과 같은 모양의 국경이 완성되었다고 한다. 과거 유럽 강대국들이 아프리카 각국을 식민 지배하면서 어떻게 '땅따먹기' 놀이를 했는지 엿볼 수 있는 대목이다.

어쨌거나 오늘날 전 세계에서 매년 수만 명의 등반객을 불러 모으는 아프리카 최고봉 킬리만자로는 탄자니아 영토에 있다. 천혜의 자연환경을 바탕으로 관광업에 주력하는 탄자니아로서는 큰 행운을 거머쥔 셈이다. 이웃 나라 케냐 역시 다른 산업에 비해 관광업이 크게 발달했는데, 킬리만자로가 탄자니아에 있는 것을 무척 아쉬워한다. 그래도 남의 땅에 있는 산을 '우리 땅'이라고 할 수는 없는 노릇이므로 조금 다른 접근 방식을 취한다. 케냐의 암보셀리 국립공원에서 킬리만자로의 아름다운 모습을 온전히 감상할 수 있다고 말이다. 실제로 케냐 여행 업체들은 이 같은 문구를 앞세워 투어 상품을 홍보한다. 사실 아주 틀린 말은 아니다. 암보셀리 국립공원에서 뛰노는 야생동물 너머로 킬리만자로를 감상하는 것은 분명 멋진 일일 것이다.

이 같은 상황 때문에 두 나라는 때때로 킬리만자로를 두고 종종 신경전을 벌인다. 아프리카 최고 명산을 놓고 벌이는 자존심 대결이자 관광 수익이 걸린 경제 전쟁이다. 특히 탄자니아 정부는 킬리만자로를 활용해 관광 상품을 홍보하는 케냐 관광 당국의 움직임에 민감한 반응을 보인다.

이러한 갈등을 잘 보여주는 소소한 해프닝도 있었다. 2016년 7월 한 미국 언론은 남아프리카공화국 출신의 레이싱 선수 구구레스 줄루가 넬슨 만델라 재단이 주최한 자선행사에 참여해 '케냐에 있는 킬리만자로'를 등반하던 중 숨을 거뒀다고 보도했는데, 이를 본 탄자니아 관광청(Tanzania Tourist Board)은 즉각 보도자료를 내고 해당 언론사에 정정 보도 요청을 했다. 케냐에 있는 킬리만자로라는 잘못된 설명이 탄자니아의 심기를 건드린 것이다. 오보를 낸 미국 언론사는 기사를 수정하면서 '킬리만자로는 탄자니아에 있다'고 명시했다.

케냐 일간지 《더스타》도 '킬리만자로의 소유권 논쟁에 불을 붙였다'는 제목의 기사에서 이 해프닝을 다뤘는데, 이 기사에는 200개도 넘는 댓글이 달렸다(국민 대다수가 온라인으로 뉴스를 접하는 한국에서야 댓글 수백 개는 일도 아니지만, 케냐나 탄자니아에서는 조금 다른 이야기다). "케냐에서 킬리만자로를 더 잘 볼 수 있다" "더 이상 킬리만자로가 케냐에 있다고 말하지 마라" 등의 말들이 오르는 댓글들은 팽팽한 신경전의 연장선이었다.

처음에 잘못 보도한 언론사와 이 기사를 참고해 쓴 다른 언론사가 즉각 정정 보도를 하고, 탄자니아 관광청이 공식 보도자료까지 낸 덕분에 금방 잠잠해졌지만, 양국의 기싸움은 현재진행형이다. 그러니 독도가 한국 땅임을 잘 알고 있는 우리, 아프리카로 여행을 떠나 킬리만자로를 어디서 감상하든 탄자니아 땅이라는 사실만큼은 절대로 잊지 말자!

# 숨은 영웅들

킬리만자로를 등반할 때 가장 고마운 사람은 가이드다. 나와 함께 걸음을 옮기며 오랜 친구처럼 말벗이 되어주고, 마라톤을 하는 것처럼 페이스메이커도 돼준다. 지칠 때는 응원과 격려로 이끌어주고, 킬리만자로의 역사, 오를수록 색다른 모습으로 다가오는 자연환경에 대한 지식도 아낌없이 나눠준다. 나 역시 동갑내기 가이드 아민이 큰 힘이 됐다. 막판 사투를 벌일 때, 내가 추위에 벌벌 떨자 자기 목도리를 풀어서 내게 둘러주고 자꾸만 주저앉는 나를 괜찮다며 한없이 기다려줬다. 동생과 호흡을 맞춘 보조 가이드 프란시스도 처음부터 끝까지 묵묵하고 든든하게 우리 곁을 지켜줬다.

가이드처럼 바로 옆에서 함께하지는 않지만 그 이상으로 감사한 존재가 있다. 숨은 영웅 포터들이다. 이들은 등반객의 개인 짐을 포함, 일행이 며칠 동안 산에서 생활하는 데 필요한 음식, 물, 가스통 등을 지고 킬리만자로를 오르내린다. 이들은 발 빠른 걸음으로 이동해 등반객보다 한 시간 정도 먼저 산장에 도착해 씻을 물과 저녁 식사를 준비한다. 포터들이 한 번에 나르는 짐은 최대 20킬로그램 정도. 보통 한 사람이 이 무게를 꽉 채워 나른다. 몇 해 전만 해도 포터들은 훨씬 더 무거운 짐을 날라야 했지만, 2013년 탄자니아 포터 조합(회원 수 약 16,000명)이 결성되면서 1인당 최대 무게를 제한했다. 아민도 열여덟 살부터 18개월 정도 포터 생활을 하다가 킬리만자로 등반 가이드가 됐는데, 당시에는 조합이 없던 터라 가이드가 시키는 대로 최고 30킬로그램에 이르는 짐을 지고 등반한 경험이 있다고 했다.

"온몸이 너무 아팠지만 진통제나 파스 같은 약이 있는 것도 아니어서, 밥도 안 먹고 그냥 자고 다음 날 또 산을 오르곤 했지."

킬리만자로에서 활동하는 포터는 2016년 상반기 기준 약 6,000명이다. 여성 포터도 약 30명 정도 된다. 조합이 생긴 뒤로 그나마 여행 업체에 대항해 목소리를 낼 수 있게 됐지만 이들의 처우는 여전히 무척 열악하다. 무거운 짐을 지고 하루 6, 7시간을 등반해 손에 쥐는 일당은 15달러 안팎이다. 여행사별로 다소 차이가 있지만 현지화로 고작 15,000~20,000실링(약 7,500~10,000원)을 지급하는 경우도 있다.


넉넉지 못한 형편 때문에 제대로 된 등반 장비를 갖추지 못한 포터가 태반이다. 심지어 개인용 침낭을 갖추지 못해 추운 산속에서 벌벌 떨며 자는 포터도 있다고 한다. 내가 등반하는 동안에도 등산화 대신 낡은 운동화를 신은 포터들을 자주 마주쳤다. 등산복을 입은 포터는 거의 보지 못했다. 아민은 다행히 등산화를 신고 있긴 했지만, 나흘 내내 똑같은 면바지에 티셔츠를 입고 있었다. 열악한 환경에 노출돼 있다 보니 종종 사고도 발생한다. 아민은 등반로 옆에 쌓여 있던 돌무더기를 가리켰다.

"비가 많이 왔을 때 짐을 나르던 포터가 미끄러져 숨진 일이 있어. 그게 이 부근이야. 그 친구를 기리기 위해 우리가 만들어놓은 거야. 지나갈 때마다 그 친구를 추모하고, 우리도 다시 한 번 마음을 다잡는 거지."

고된 일이지만 청년 실업률이 높은(2014년 기준 13.7퍼센트) 탄자니아에서 포터는 여전히 많은 젊은이가 찾는 직업이다. 몸만 건강하다면 별다른 기술이 없어도 시작할 수 있고, 매년 전 세계에서 이만여 명의 등반객이 몰리는 만큼 수요가 높다. 대부분의 포터들은 경력을 쌓은 뒤 등반 가이드가 되기를 꿈꾼다. 힘들기는 마찬가지지만 포터보다 수입이 높고 적어도 20킬로그램에 이르는 짐을 질 필요가 없기 때문이다. 현재 등반 가이드 중에도 포터 출신이 많다. 다만 등반 가이드가 되려면 킬리만자로에서 실전 훈련을 받아야 하고, 영어로 이론 시험도 치러야 한다. 가이드를 꿈꾸는 포터들은 비성수기 때 영어 공부에 몰입한다. 아민도 프란시스도 이 같은 과정을 밟았다. 아민은 왜 등반 가이드라는 직업을 택했는지 묻는 내게 이렇게 말했다.

"당장 먹을 빵을 구할 수 있으니까? 특별한 이유가 있는 것은 아냐. 그래도 일을 하면서 좋은 사람들도 많이 만나고 아름다운 킬리만자로 풍경도 실컷 감상할 수 있어서 좋아. 언제까지 일할 수 있을지는 모르겠지만……. 나중에 더 나이가 들면 체력이 감당해내지 못하겠지. 그때는 뭘 하냐고? 글쎄. 사파리 가이드? 아마두 그럴 것 같아. 그때도 탄자니아에 와서 날 찾아줘야 해."

# 모든 것이 뒤섞인 섬, 잔지바르

━━━━━

탄자니아의 중심지이자 경제 수도인 다르에스살람(Dar es Salaam)으로 들어가기 전 인도양의 흑진주, 잔지바르(Zanzibar)에 다녀오기로 했다. 킬리만자로에서 가출할 뻔한 영혼과 지친 몸을 달랠 필요가 있었다. 잔지바르는 탄자니아 영토이긴 하지만 자치령으로 정치 체제를 비롯해 그곳에 사는 사람들의 생활 방식, 문화가 본토와 무척 다르다. 예컨대 탄자니아 전체로 보면 약 40퍼센트가 기독교인데 잔지바르는 인구 90퍼센트 이상이 무슬림이다. 역사적으로도 봐도 과거 잔지바르 왕국은 본토와 별개로 독자적인 영향력을 행사하며 섬을 통치했다. 여기에 식민 지배를 했던 포르투갈이 여러 방면에서 큰 영향을 끼쳤고, 오랜 기간 교역을 한 아랍 문명과 인도 문화까지 뒤섞여 잔지바르만의 독특한 매력을 풍긴다. 유럽 관광객들에게는 인도양의 아름다움을 만끽할 수 있는 대표적인 휴양지로 자리한 지 오래다.

아루샤 공항에서 잔지바르로 떠나는 비행기에 몸을 실었다. 경비행기는 들뜬 표정의 관광객으로 가득했다. 대부분 여름휴가를 온 유럽인이었다. 큰 캐리어를 화물로 부치고 작은 캐리어를 들고 탔는데, 좌석 위 짐칸이 너무 작아 들어가질 않았다. 작은 짐칸 안으로 쑤셔 넣기를 돕던 승무원이 결국 자신의 옆자리 빈 공간에 짐을 맡아줬다. 그만큼 작은 비행기였다.

이륙하고 얼마 뒤 창문 너머로 애증의 킬리만자로가 나타났다. 만년설이 듬성듬성 덮인 정상이 흰 구름 사이로 고개를 빼꼼히 내밀고 있었다. 키보 산장에서 정상까지 오르는 흙, 돌투성이 길이 시커멓다고만 생각했는데 위에서 내려다보니 하늘과 구분이 되지 않을 정도로 푸른빛을 띠었다. 하얀 구름과 푸른 산이 무척 아름다웠다. 마음 따라 산의 모습도 달리 보이는 모양이다. 비행시간은 30분 정도밖에 되지 않았다. 이윽고 푸른 하늘보다 더욱 파랗고 투명한 바다가 모습을 드러냈다. 태어나 처음 보는 인도양이었다. 식상한 표현이지만 정말 그림 같았다. 그림에서 보는 바다는 비현실적으로 파랗고, 그동안 보아왔던 바다의 빛깔은 그림 속에서 본 바다색과는 많이 달랐다. 하지만 인도양은 그야말로 푸른 물감을 풀어놓은 것만 같았다. 높은 하늘 위에서도 바닥이 들여다보일 정도였다. 아프리카 대륙에 발을 딛고 처음으로 만나는 바다이기도 했다. 가슴이 탁 트이는 기분이었다.

비행기에서 내리니 후텁지근한 공기가 몸을 감쌌다. 엊그제까지만 해도 살을 에는 추위에 얼굴이 눈물, 콧물로 범벅이 됐었다는 사실이 믿기지 않을 정도였다. 잔지바르의 대기는 습기도 잔뜩 머금고 있었다. 추위보다는 더위를 좋아하는 나의 마음이 씩 미소를 짓는 것 같았다.

'이거 힐링 제대로 하겠구먼!'

이번에는 다행히 짐도 제대로 도착했다. 잔지바르 공항에는 컨베이어 벨트가 없기 때문에 공항 직원이 수레에 짐을 잔뜩 싣고 와 바닥에 펼쳐놓으면 알아서 찾아가는 시스템이었다. 누가 봐도 휴가용 여행 가방으로 보이지

않는, 시커멓고 커다란 트렁크 두 개를 찾아 공항을 빠져나왔다. 게다가 동생까지 있으니 더욱 든든했다.

우리는 옛 잔지바르 왕국의 수도 스톤타운(Stone Town) 숙소에 짐을 놓고 나와 본격적인 탐험을 시작했다. 도시 이름처럼 아름다운 석조 건물이 곳곳을 장식하고 있었다. 미로처럼 펼쳐진 좁은 골목 사이사이 검은 부이부이(일부 이슬람권 여자들이 입는 검은 옷과 머리에 두르는 천) 차림의 여성, 흰색 칸두라(아랍식 가운)를 입은 남성의 모습이 명백한 대조를 이루면서도 조화롭게 느껴졌다. 거의 골목 하나를 지날 때마다 모스크가 나왔다. 스톤타운에만 50개가 넘는 모스크가 있다고 했다. 다양한 문화권이 뒤섞인 흔적도 쉽게 찾을 수 있었다. 상점이나 집 나무 대문에 새겨진 연꽃이나 쇠사슬 문양은 이슬람의 영향이다. 돌기가 잔뜩 솟은 문도 있었는데 코끼리를 막기 위한 장치로 인도 사람들이 가져온 풍습이라고 했다.

스톤타운에 다양한 문화가 유입된 것은 이곳이 과거 아프리카 노예무역의 중심지였기 때문이다. 서아프리카에서는 가나가 동아프리카에서는 잔지바르가 노예무역의 전진기지 역할을 했다. 1830년부터 노예무역을 폐지한 1873년까지 이곳에서 팔려 나간 노예만 수천만 명. 내륙 등 아프리카 전역에서 잡아 온 노예들은 이곳에서 아랍 상인들에게 넘겨졌다. 아랍 상인들은 비싼 값을 받고 중동과 인도, 서아시아 등지로 사들인 노예를 팔아 부를 축적했다.

스톤타운 중심에는 성공회 성당이 자리하고 있는데, 바로 이곳이 옛 노예시장터였다. 성당 내 단상은 노예들을 경매에 부치던 곳인데, 노예들이

탄자니아 Tanzania

흘린 피를 상징하는 의미에서 바닥을 붉게 만들었다. 지하에는 노예 수용소로 쓰이던 방 두 개를 그대로 남겨뒀다. 원래 총 열세 개의 방이 있었는데 성당을 지으면서 모두 폐쇄하고, 각각 여성, 남성용으로 쓰이던 두 칸만 보존해뒀다.

초등학교 교실 절반도 안 되는 이 작은 방에 60, 70명이 머물렀다고 한다. 사람 머리보다 작은 크기의 구멍이 유일하게 밖으로 난 창이었는데, 한낮에도 햇빛이 거의 들어오지 않았다. 이 구멍으로 바닷물이 밀려 들어와 노예들이 숨지는 경우도 허다했다고 한다. 바닥에는 노예의 목에 채워졌던 쇠사슬이 놓여 있었다. 사람의 선의를 믿고, 선의의 힘이 세상을 바꾼다고 생각하지만 때때로 인간의 잔인함에 소스라치곤 한다. 아프리카 각국을 여행하는 동안 그러한 순간이 몇 차례 있었다. 그토록 평화로운 잔지바르에서도 마찬가지다. 어두컴컴한 노예 감옥을 바라보며 인간의 악의로 비교적 최근까지도 큰 피해를 입은 땅, 하지만 그에 대한 반성과 연구는 제대로 이뤄지지 않고 있는 대륙이라는 생각을 떨칠 수가 없었다.


잔지바르의 노예무역은 1873년 영국 출신 탐험가 리빙스턴이 잔지바르를 통치하던 술탄을 설득한 끝에 폐지됐다. 그를 기리기 위해 성당 한편에는 리빙스턴의 심장이 묻힌 자리에 솟아 있는 나무로 만든 십자가가 걸려 있다. 리빙스턴은 잠비아에서 풍토병에 걸려 숨을 거뒀는데, 그를 따르던 현지인이 그의 심장을 큰 나무 아래 묻었고 시신은 미라로 만들어 영국으로 보냈다.

역사 이야기와 함께하는 스톤타운 탐험을 마치고 숙소로 돌아와 저녁을 먹었다. 호텔 꼭대기 시야가 탁 트인 레스토랑에서 바라보는 바다와 항

구는 제법 운치가 있었다. 해가 지기 시작한 하늘은 보라색, 붉은색, 노란색의 따뜻한 빛으로 물들었고, 크고 작은 배가 하루 일과를 마치고 항구에서 휴식을 취하고 있었다. 멍하니 바라보는 것만으로 차분해졌다. 하지만 한편으로는 낮에 본 노예 감옥이 떠올라 우울해졌다. 지리적 여건이 좋아 무역의 중심지로 떠오르고, 다양한 문화가 유입되고, 결국 노예무역까지 이뤄져 수많은 사람들이 목숨을 잃은 곳. 저 아름다운 항구를 통해서도 셀 수 없이 많은 노예선이 망망대해를 향해 나아갔을 것이다.

이때 어디선가 나를 찾는 스마트폰 벨 소리가 울리며 애수에 젖은 마음을 깨웠다. 받아보니 동생이었다. 저녁 식사를 하려고 호텔 꼭대기에 있는 식당으로 올라왔는데 깜빡하고 지갑을 가지고 오지 않은 것을 알고 치열한 가위바위보 접전 끝에 동생이 방으로 내려간 것이었다.

"누나, 나 갇혔어."

"뭔 소리야. 장난치지 말고 빨리 올라와. 배고파."

"아니야 진짜야. 엘리베이터에 갇혔어. 조금 올라가다가 멈추더니 작동을 안 해."

그제야 엘리베이터에 가서 확인해보니 정말로 작동이 되질 않았다. 순간 가슴이 철렁했다. 이거 정말 정신 놓을 새가 없다. 식당 직원에게 이야기를 했더니 황급히 로비로 전화를 걸었다. 직원은 담당자가 확인하러 간다고 했으니 걱정하지 말라고 했지만, 마음이 불편했다. 그렇게 십여 분 정도가 흐르고 엘리베이터에 다시 불이 들어오더니 1층으로 내려가기 시작했다. 잠시 뒤 동생이 지갑을 들고 나타났다.

"괜찮아?"

"응. 나도 깜짝 놀라서 1층에 무사히 도착해서 로비 직원을 다시 보니까 너무 반가운 거야. 그래서 내가 '아산떼(스와힐리어로 고맙습니다)'라고 했더니 막 웃더라고. 나보고 어디서 왔느냐고 그래서 한국에서 왔다고 하니까, 한국말로는 아산떼가 뭐냐고 물었어. 그래서 내가 '고맙습니다'라고 알려줬더니 잘 못 따라 하길래 '감사합니다'로 가르쳐주니까 잘하더라. 앞으로는 '감사합니다'로 알려줘야겠어."

동생은 엘리베이터에 갇혔던 시간은 금세 잊은 모양이었다. 외국인과 즐겁게 의사소통을 해서 기분이 좋아 보였다. 덕분에 나도 놀란 마음이 진정됐다. 잠시 뒤 테이블에 따끈한 피자가 도착했다. 새우, 조개, 오징어 등 해산물 토핑이 잔뜩 올라간 잔지바르 특제 피자였다. 비릿하고 짭짤한 바다 내음과 치즈의 고소함이 입 안 가득 퍼졌다. 그조차도 영광과 슬픔이 공존하는 역사, 다양한 문화가 한데 뒤섞인 잔지바르와 잘 어울린다는 생각이 들었다. 어쨌거나 피자는 무척 맛있었다. 다른 나라에서는 거의 먹지 못했던 해산물도 무척 반가웠다. 잔지바르에서 머무는 일주일이 금방 지나갈 것만 같아 벌써부터 아쉬운 마음이 들었다.

탄자니아 Tanzania

# 아무것도 안 하기

한때 온라인에서 유행하던 사진이 있다. 세상 편한 표정으로 쉬고 있는 고양이 사진 위에는 이런 문구가 적혀 있다.

'지금 이미 아무것도 안 하고 있지만 더 격렬하고, 적극적으로 아무것도 안 하고 싶다.'

이런저런 일로 신경 써야 할 것이 너무 많은 대한민국 직장인들의 마음을 대변한 덕분인지, 많은 사람의 공감을 사며 그야말로 대히트를 쳤다.

'더 격렬하고 적극적으로 아무것도 하지 않으면' 딱 좋은 곳이 바로 잔지바르의 해변이다. 잔지바르에는 능귀, 파제 등 이곳을 찾는 사람들에게 이름난 해변이 꽤 있다. 하지만 엄청난 볼거리나 해양 스포츠 때문에 유명한 게 아니다. 고운 모래를 자랑하는 백사장과 잔잔한 에메랄드빛 바다, 요란하지 않은 호텔과 레스토랑……. 브라질 코파카바나나 하와이 와이키키 같이 세계적으로 유명세를 떨치는 해변처럼 관광객들로 마구 북적이지도 않는다. 그야말로 아름답고 조용하고 평화로운 곳이다.

다만 관광지는 관광지인지라 해변 앞에 바로 숙소를 잡으려면 가격이 무척 비싸다. 오두막 같은 숙소가 아니라면 200, 300달러 이상을 줘야 했다. 잠금장치가 허술한 오두막에서 머물기는 싫고, 그렇다고 호화 여행자도 아닌 나는 능귀 해변에서 멀다고 할 수는 없지만 그렇다고 결코 가깝지도 않은, 어정쩡한 거리에 어정쩡한 값을 치르고, 그야말로 어정쩡한 숙소를 구했다. 1박에 100불이 넘었지만 체크인을 마치고 방에 들어가 보니 전기가 들어오지 않았고, 변기 물도 내려가지 않았다. 매니저는 중앙 설비에 뭔가 문제가 생겼다며 수리하는 중이라고 했다. 모든 게 정상으로 돌아오기까지는 꽤 오랜 시간이 걸렸다.

무엇보다 숙소에서 해변까지 10분 이상 걸어야 하는 점이 불편했다. 사실 시간이 문제는 아니었다. 숙소는 동네 주택가에 자리했는데 해변과 주택가 사이에는 담이 쳐져 있었고, 구석에 작은 철문을 통과해야지만 백사장으로 들어갈 수 있었다. 그 뒤에 와서야 그림 같은 바다와 백사장, 그 옆에 늘어선 고급 호텔과 레스토랑, 바, 상점을 볼 수 있었다. 동생도 실망한 표정을 감추지 않았다.

숙소에서 나와 '돈을 좀 더 내더라도 바다 근처 숙소를 예약할 것을……' 뒤늦은 후회를 하며 담 너머 '파라다이스'를 향해 걷는데 낯선 남자 한 명이 우리 뒤를 따라왔다. 종종 그런 일이 있었기 때문에 모른 척 가던 길을 가려는데 신경을 쓸 수밖에 없게 만들었다. 그 남성은 아시아 사람이 신기했던 모양인지, 중국 무술 흉내를 내며 졸졸 쫓아왔다. 입으로는 '취이', '아뵤' 이런 소리를 내면서 말이다. 어디서 성룡 영화라도 본 모양이었다. 기분이 썩 좋지는 않았지만 대꾸하고 싶지도 않았다. 그렇게 한 5분을 같이 걸은 것 같다. 나는 결국 한국말로 "에이, 어디서 동네 바보 형이 나타나가지고. 저리 가요"라고 외쳤다. 동생도 "그러고 보니 진짜 동네 바보 형 같

다"라며 웃었다. '바보 형'은 우리말을 알아들은 건지 머리를 긁적이며 왔던 길을 되돌아가기 시작했다.

드디어 도착한 능귀 해변은 이 모든 것을 대신 갚아주겠다는 듯 평온하고 아름다웠다. 아루샤에서 잔지바르로 비행기를 타고 올 때 내려다보았던 바로 그 바다였다. 국내든 외국이든 여행 경험이 제법 많은 편이라고 자부하는 나이지만, 잔지바르 해변만큼 그림 같은 바다는 보지 못했다. 발을 담그면 금방이라도 그 푸른 빛깔에 물이 들어버릴 것만 같았다. 백사장의 모래는 어쩌나 희고 곱던지. 마치 고운 밀가루를 또 한 번 빻은 뒤 뿌려놓은 것 같았다. 맨살에 닿는 촉감도 무척 부드러웠다.

동생과 나는 백사장에 앉아 있다가 목이 마르면 근처에 보이는 바에 들어가 칵테일 한 잔을 시켜놓고 또 가만히 앉아 있었다. 그저 멍하니 행복한 사람들을 구경했다. 손잡고 한가로이 해변을 거니는 연인, 카이트 서핑을 즐기는 젊은이들, 바닷가를 놀이터 삼아 노는 동네 어린이들, 아이들과 함께 자유로이 뛰어노는 개, 나무 그늘 아래서 늘어지게 낮잠을 자는 고양이……. 이곳에서는 모두가 평온하고 충만했다. 해변을 걸을 때면 간간이 스킨스쿠버나 스노클링을 해보라고 권하는 청년들도 있었지만 이들의 호객마저 그 평화로운 해변 풍경에 잘 어울렸다. 거절하면 다시 씩 웃으며 굿바이 인사를 건넸을 뿐 악착같이 달려들지 않았다.

이러한 일상은 능귀에서 이틀 밤을 보낸 뒤 찾아간 파제 해변에서도 마찬가지였다. 해변을 걷다가 지치면 앉아서 쉬고, 또 걸었다. 그러다 어느새 수평선이 석양에 붉게 물들기 시작하면 근처 식당에서 저녁거리를 사서 너무 어둑해지기 전 숙소로 돌아왔다. 파제에서도 해변에서 멀리 떨어진 곳에 숙소를 구했기 때문이다. 어느 날은 해가 뉘엿뉘엿 지기 시작하는 걸 보고 피자를 사 가지고 숙소로 가는데 고양이 한 마리가 우리 뒤를 따라왔다. 녀석은 조금 쫓아오다가 갈 줄 알았는데 숙소 마당까지 따라 들어왔다. 해물 피자 냄새를 맡은 모양이다. 피자를 야외 테이블에 펼쳐놓자 녀석의 속셈은 분명해졌다. 우리가 김이 모락모락 나는 피자를 쩝쩝대며 먹기 시작하자, 발 옆에 자리를 잡고 앉은 녀석의 울음소리가 커졌다. 동생이 피자를 조금 떼서 멀리 던져 주니 녀석은 쏜살같이 달려가서 배를 채웠다. 그렇게 서너 차례 마당을 뛰어다니며 만찬을 마친 뒤에야 쏟아지는 달빛 속으로 유유히 사라졌다.

잔지바르 해변에서 단조로운 일상을 충분히 만끽한 덕분에 남은 여정을 위한 에너지가 충전되었다. 그동안의 새로운 경험을 글과 사진, 영상으로 전달하겠다며 달려오느라 조금 지쳤던 모양이다. 잠시나마 아무것도 하지 않은 덕분에 '이 다음엔 어디 가지', '이 다음에 뭐하지' 같은 생각으로 과열된 뇌를 식히고, 마음을 비울 수 있었다. 새로운 도전과 경험을 다시 채워 넣을 수 있을 만큼.

🐘 탄자니아 Tanzania

# 투어 천국, 잔지바르

잔지바르는 해변에 가만히 앉아 있기만 해도 좋은 곳이지만, 액티비티를 즐기려는 사람들에게도 천국이다. 동아프리카 대표 관광지답게 섬의 특색을 잘 살린 각종 체험 프로그램이 마련돼 있다. 짧은 기간 서울 면적의 네 배에 달하는 잔지바르를 효율적으로 이해하고, 느끼기 위해서는 체험 프로그램을 적절히 이용하는 것도 좋은 방법이다. 잔지바르 중심지 스톤타운을 돌아보는 투어 이외에 프리즌 아일랜드 투어, 블루 사파리 투어, 스파이시 투어가 대표적인 체험 프로그램이다.

프리즌 아일랜드 투어는 스톤타운에서 앞바다에 있는 섬을 둘러보는 프로그램이다. 섬 이름대로 과거에 노예들을 가두던 감옥이 있는 곳이다. 이 섬에서는 슬픈 과거와 정반대로, 그림처럼 완벽하다고 말할 수 있을 만큼 아름다운 해변과 바다를 감상할 수 있다. 이곳에서는 바다를 향해 아무렇게나 사진을 찍어도 훌륭한 풍경 엽서가 된다. 섬 안에는 백 년도 넘게 산 자이언트 거북이들이 살고 있는 곳이 있는데, 소정의 입장료를 내면 만날 수 있다. 만져보거나 직접 먹이를 줄 수도 있다.

블루 사파리 투어를 택한다면 인도양의 매력에 흠뻑 젖을 수 있다. 아침 일찍 나무 돛단배를 타고 바다 한가운데로 나아가 스노클링과 수영을 즐기는 체험 프로그램이다. 물이 워낙 맑아 물속으로 들어가는 스킨스쿠버 다이빙을 하지 않더라도 다양한 바다 생물을 감상할 수 있다. 두세 군데 정도 포인트를 달리해가며 스노클링을 하다가, 삼사십 분이면 섬 한 바퀴를 돌아볼 수 있는 아주 작은 섬으로 들어가 해산물 바비큐로 식사를 한다. 맥주와 탄산음료를 무제한으로 즐길 수 있어서 더욱 매력적이다.

스파이시 투어는 잔지바르에서 나는 각종 향신료의 원료가 되는 식물을 직접 보고 만질 수 있는 체험 프로그램이다. 각 향신료 농장에는 바닐라, 후추, 카레 등 향신료 원료가 되는 식물 수십 종이 자라고 있다. 현지인들이 화장품으로 사용하는 립스틱 열매, 모기 퇴치제로 쓰이는 레몬그라스 같은 식물도 접할 수 있다. 이 식물들을 뜨거운 태양으로부터 보호하기 위해 울창한 나무숲을 조성한 덕분에 농장 안을 찬찬히 걷다 보면 삼림욕을 하는 기분마저 든다.

# 지구별을 지키는 소소한 방법

아프리카 여행을 마치고 한국에 돌아와 생긴 사소한 습관 중 하나는 가급적 일회용품을 사용하지 않는 것이다. 사무실에서 커피를 마실 때는 머그잔을, 이동 중에도 가급적 종이컵보다는 텀블러를 이용한다. 인도네시아로 휴가를 갔다가 사 가지고 온 유리 빨대도 아주 유용하게 쓰고 있다. 회사에서 근무할 때면 전 세계에서 실시간으로 올라오는 속보에서 눈을 뗄 수가 없는지라 종종 배달 음식을 주문해 점심, 저녁 식사를 때우는데 이때 사용할 숟가락과 젓가락을 가지고 다니기도 한다. 사실 나는 환경 문제에 썩 민감한 사람이 아니었다. 오히려 편리함, 효율을 추구하는 편이었다. 하지만 내가 살고 있는 지구가 어떻게 변하고 있는지를 두 눈으로 확인한 뒤부터 작은 실천이라도 해보자는 마음을 먹게 됐다.

오늘날 기후 변화의 주범은 이미 상당한 경제 발전을 이룬 선진국들이다. 공장을 돌리고 사무실 불을 밝히느라 화석 연료를 태우고, 멋진 자동차로 아스팔트 도로를 달리느라 탄소를 배출하는 나라들 말이다. 한국도 예외는 아니다. 하지만 그 피해를 가장 직접적으로 보는 나라는 아직 경제 발전을 이루지 못한, 환경 파괴로 발생하는 온난화, 폭우, 홍수 등에 손 쓸

여력조차 없어 그저 온몸으로 받아들일 수밖에 없는 아프리카, 서남아시아 지역의 나라들이다.

탄자니아 도도마(Dodoma)로 취재를 갔다가 영문도 모른 채 대가뭄이라는 재앙에 노출된 사람들을 만날 수 있었다. 일곱 살 아들과 열 살 딸을 둔 서른두 살 농민 치팔로는 쩍쩍 갈라진 땅에 괭이질을 하며 땀을 흘리고 있었다. 그는 "작년에도 재작년에도 곡식을 한 톨도 거두지 못해 인근 가축 농장에서 하루하루 품을 팔아 겨우 가족을 먹여 살렸다"며 울상을 지었다. 먼지만 풀풀 날리는 그의 밭에서 올해는 과연 작물을 수확할 수 있을지 의문이 들었다. 농민들만의 문제는 아니다. 잔지바르에서는 높아진 바다 수온 때문에 해초 수확량이 반토막 났고, 가사를 책임지는 소녀들은 전보다 더 멀리까지 걸어야 가족들이 마실 물을 구할 수 있게 됐다.

더욱 안타까운 점은 그들은 왜 갑자기 날씨가 이렇게 뜨거워졌는지, 비가 왜 오지 않는지 알지 못한다는 것이다. 오십 평생 농사를 지어온 도도마 술리 마을 이장 칠레무 마싱가는 예전에는 이 정도는 아니었는데 최근 몇 년 새 비가 아예 사라져버렸다. 왜 비가 안 오는지 모르겠다고 말했다. 적어도 도도마를 취재하는 동안 엘니뇨나 라니냐, 온난화가 무엇인지 아는 사람은 만나지 못했다.

일부 아프리카 국가는 스스로 환경 파괴를 자초하고 있기도 하다. 아디스아바바에서 생활할 때 하루 일과를 마치고 집으로 돌아와 코를 풀면 코가 새까맸다. 오래된 자동차에서 내뿜는 매연 때문이었다. 해외에서 연식이 이삼십 년 가까이 된 중고차를 수입해 사용하는 게 주된 원인이었다. 길을

가다 보면 자동차 배기구에서 검은 연기가 그야말로 성난 먹구름처럼 뭉게 뭉게 피어오르는 것을 매일같이 마주칠 수 있다.

유엔과 국제구호단체에서 가뭄이 자주 찾아오는 지역에 보와 같은 저수 시설을 만들어 최악의 상황을 피하려 안간힘을 쓰고 있지만, 근본적인 대책은 아니다. 나 역시 궁극의 해결책을 찾지는 못했다. 자동차를 안 탈 수도 없고, 일회용품을 모조리 없애버릴 수도 없는 노릇이다. 몸이 녹아내릴 것 같은 여름을 몇 차례 보내고 나니 에어컨 없이 살자고 말하지도 못하겠다.

다만 당장 할 수 있는 소소한 일을 하기로 했다. 동아프리카에 최악의 가뭄이 찾아와 수백만 명이 아사 위기에 처했다는 뉴스를 보고 이제는 예 전처럼 무심히 지나칠 수가 없기 때문이다. 그런 기사를 읽을 때마다 고작 물 몇 리터를 구하려 유엔이나 NGO가 만든 저수 시설까지 십 리를 걸어 온 소녀들의 천진한 모습이 떠오른다. 75억 명의 아주 작은 실천이 모이면 우리가 함께 사는 이 지구별을 조금 더 오래 지켜나갈 수 있지 않을까?

# 있을 때 잘하자

아프리카 각국을 다니는 동안 감사하게도 좋은 사람을 참 많이 만났다. 물론 나쁜 인연도 있었다. 소매치기단을 시작으로 급하다고 해서 돈을 빌려줬는데 결국 갚지 않은 친구도 있었다. 그래도 이 정도는 귀여운 수준이다. 어느 나라에 가든 사기꾼은 있기 마련이니까. 적어도 '에잇, 재수가 없었네'라는 말 한 번 내뱉고 까먹을 만큼 짧은 인연이었거나, 왜 그렇게 행동할 수밖에 없었는지 이해하게(혹은 짐작하게) 만드는 전후 사정이 있다.

시간이 지나 돌이켜봐도 여전히 뒷맛이 씁쓸한 사람이 있다. 바로 탄자니아에서 만난 운전자 미스터 사파리(그렇다. 이름이 사파리다)가 그런 경우다. 아프리카에서 내게 운전기사는 무척 중요한 존재였다. 나의 안전을 책임지면서 오랜 기간 함께 시간을 보내는 친구이기 때문이다. 따라서 숙소를 통해 검증된 택시기사를 소개받아 차를 몇 번 타보고, 말이 통하고(순전히 영어의 문제는 아니다) 마음이 맞으면 이동할 때마다 그 사람에게 연락을 하는 식이었다. 에티오피아의 바비, 르완다의 모데스트가 그런 존재였다. 물론 이 친구들도 나에게 현지인에 비해 훨씬 비싼 요금을 요구한다는 것을 알고 있었지만, 까무러칠 정도는 아니어서 외국인으로서 내는 세금이라고 생각했다.

에어비앤비를 통해 구한 탄자니아 다르에스살람 숙소에는 세 명의 택시 기사 번호가 적혀 있었다. 이 중 첫 번째 운전기사는 너무 불친절했다(처음 찾아가는 한식당 위치를 잘 설명하지 못하자 거의 화를 냈다). 그래서 두 번째로 연락처가 적혀 있던 운전기사 사파리를 만나게 됐는데, 처음부터 무척 친한 척을 했다. 마이 프렌드라고 부르며 언제든 연락하라고 했다. 바비나 모데스트처럼 썩 신뢰가 가지는 않았지만 첫 번째 기사보다는 나은 것 같아 이동할 때면 사파리에게 연락을 했다.

하지만 사파리가 나를 '프렌드'가 아닌 'ATM'으로 생각한다는 것을 알아차리기까지는 오랜 시간이 걸리지 않았다. 다르에스살람 내에서 차로 일이십 분 정도 거리를 이동할 때 그가 요구한 금액은 20,000실링, 우리 돈으로 만 원 정도였다. 조금이라도 먼 거리를 갈 때, 돈은 배로 뛰었다. 한국 택시 요금 저리 가라였다. 그렇다고 나를 최우선 손님으로 여긴 것도 아니다. 물론 전속기사로 고용할 생각도 없었지만, 일단 연락을 하면 '거물 손님'인 나를 놓치지 않기 위해 금방 오겠다고 해놓고는 삼사십 분씩 기다리게 하기 일쑤였다. 그럼에도 기사를 쉽게 바꾸기는 어려웠다. 일단 내가 머무는 숙소 위치를 정확히 알아야 하고, 신원이 검증돼야 하기 때문이다. 일 년 이상 장기간 머무는 경우 차를 구입하고 기사를 고용하는 게 나을 수도 있지만, 나의 경우에 해당되지 않았다.

결국 사파리는 좀처럼 화를 내지 않는 나의 뇌관을 건드렸다. 취재를 마치고, 집에 돌아오는 길에 마트에 들러 장을 보고 돌아오는데 50,000실링(약 25,000원)을 달라고 했다. 집에서 멀지 않은 취재 장소까지 데려다주고,

취재를 마치고 다시 취재 장소에서 집 근처 마트, 마트에서 집까지 이동했을 뿐이었다. 화가 났지만 가뜩이나 지쳐 말싸움으로 감정을 소모하고 싶지 않아서 알겠다고 했다. 하지만 사파리는 거기서 멈추지 않았다. 저녁때가 다 된 시간이었는데 점심 먹을 시간도 없이 일하느라 배가 고프다고 했다(사파리는 나를 취재 장소에 데려다주고는 다른 손님을 태우러 갔다가 나중에 연락을 받고 다시 나를 태우러 왔다).

"수진, 점심 값으로 5,000실링을 추가해야 할 것 같아."

결국 나의 인내심이 뚝 끊어졌다. 일단 차 안에서 요구하는 대로 돈을 다 주고, 차에서 내린 다음 문을 쾅 닫고 큰 소리로 말했다.

"미스터 사파리, 넌 영원히 안녕이야."

이후 나는 가까운 거리를 갈 때는 보스코라는 청년이 운전하는 바자지(오토바이 택시)를 이용했다. 보스코는 친한 척도, 업무상 필요한 것 이외에 불필요한 말도 하지 않았다. 집에서 10분 정도 걸리는 마트에 내려주거나, 혹은 마트에서 집에 데려다주고는 "3,000실링(약 1,500원)"이라고 말할 뿐이었다. 행여 자신이 다른 손님 때문에 늦을 것 같으면 양해를 구하고 동료 바자지 기사를 대신 보냈다.

먼 거리를 갈 때는 탄자니아에서 당시 막 서비스를 개시한 우버 택시를 시도했다. 처음에는 걱정이 되기도 했지만 일단 몇 번 이용을 해보니 신세계였다. 사파리가 최소 20,000실링을 달라고 하던 거리를 4,000~6,000실링(2,000~3,000원)이면 갈 수 있었다. 미스터 사파리는 내게 시세보다 다섯 배 이상 바가지를 씌운 것이다. 약 50분 동안 21킬로미터를 이동했을 때에도 17,000실링(약 8,500원)이면 해결됐다. 공유 경제 만세! 기술 발전 만세!

우버 택시가 편리하기는 했지만, 그래도 사파리가 최소한의 예의만 갖췄더라면 나는 그에게 계속 연락을 했을 것이다. 매번 새로운 기사를 대면해야 하고, 우버 기사들이 사용하는 GPS 지도의 정확성이 떨어져 나의 위치를 불완전한 영어, 스와힐리어로 설명하느라 여러 번 진을 빼야 했기 때문이다. 무엇보다 나는 필요에 의해 만났더라도 인간 대 인간으로 쌓을 수 있는 신뢰와 우정을 무척 소중히 여기는 사람이다. 그런 내가 사파리를 생각하면 아직도 썩 기분이 좋지 않다. 아마도 내 인생에 그를 다시 만나 이 나쁜 감정을 풀고, 좋은 추억을 쌓을 일은 없을 것이다. 그래도 사파리가 내게 준 교훈이 하나 있다. 지구를 여행하며 만나는 한 사람 한 사람에게 가급적 유쾌하고 따뜻한 기억을 심어줄 수 있도록, 선의를 베풀어야겠다는 마음이 더 커졌다. 짧은 순간의 인연일지라도 각자의 마음속에는 서로에 대한 기억이 평생 남을 수도 있으니 말이다. 그러니 우리, 가족이든 친구든 직장 동료든 스치는 인연이든, 있을 때 잘합시다!

Pole Pole
Africa

Zimbabwe

Republic of
South Africa

# 폭포의 나라 짐바브웨,
# 아프리카의 자존심 남아프리카공화국

## PART 4

'여기가 아프리카의 끝이로구나.'

대륙 끝까지 와서도 그 답은 알 수 없었다.

아니 답 같은 건 처음부터 존재하지 않았던 것 같다.

Zimbabwe

Harare

짐바브웨

수도 | 하라레
언어 | 영어, 치쇼나어, 엔데벨어
면적 | 390,757제곱미터(세계 61위)
인구 | 약 16,913,000명(세계 69위, 2018년 통계청 기준)
화폐 | 화폐 가치 불안정(달러 통용 중, 2018년 4월 기준)
시차 | 한국보다 7시간 느림

# 잠베지의 세렌디피티

짐바브웨에 온 목적은 단 하나, 세계에서 가장 큰 폭포 중 하나인 빅토리아 폭포(Victoria Falls)를 보기 위해서다. 빅토리아 폭포는 흔히 줄여서 '빅폴'이라고 부른다. 영국의 탐험가 데이비드 리빙스턴이 이 폭포를 발견하고는 빅토리아 여왕의 이름을 따 빅토리아 폭포라고 이름을 붙였다는데, 그 웅장함에 비하면 영어 이름이 영 시시하다. 원주민들이 붙인 이름 '모시-오야-툰야'가 훨씬 그럴싸하다. '천둥 치는 연기'라는 뜻이다. 장엄한 폭포가 눈앞에서 쏟아져 내리고 그 엄청난 소리가 들려오는 것 같지 않은가?

아프리카 대륙이 워낙 넓은지라 남아프리카공화국에서 짐바브웨까지 당일치기로 날아가 빅폴을 감상하기에는 시간이 빠듯해 1박 2일로 일정을 꾸렸다. 점심쯤 짐바브웨에 도착했는데 숙소에 짐을 풀고 가만히 쉬면서 소비해버리기에는 너무 아까운 시간이었다. 시간을 때울 겸 여행 책에서 봤던 잠베지 선셋 크루즈 투어를 하기로 했다. 잠베지 강은 그 길이가 약 2,740킬로미터에 이르는 어마어마한 규모의 강이다. 한반도 남북 길이가 약 1,000킬로미터라고 하면 잠베지 강 길이가 대충 가늠이 된다. 한반도 세 개를 세로로 이어 붙인 강이라니 역시 아프리카는 만만한 대륙이 아니다. 이 긴 강의 중류에서 '모시-오야-툰야'가 세차게 낙하하고 있다.

잠베지 강이 크기는 하지만 그렇다고 잠베지 선셋 크루즈가 강의 규모만큼 어마어마한 프로그램으로 구성된 투어는 아니다. 오후 늦게 배를 타고 잠베지 강 위를 떠다니다가 석양을 감상하고 마치는 프로그램이다. 아, 배를 타고 있는 동안 맥주, 와인을 포함한 음료를 무제한으로 마실 수 있다는 게 '어마어마한' 매력 포인트이긴 하다.

약속한 시간 숙소 앞으로 대형 버스가 도착했다. 버스는 인근 여러 숙소를 돌며 이 프로그램을 예약한 손님들을 태웠다. 나는 딱 하룻밤을 보낼 예정이었으니 저렴한 2성급 호텔을 예약했는데, 손님들을 태우기 위해 들르는 숙소들의 면면이 무척 화려하고 비싸 보였다. 찾아보니 하룻밤에 100만 원이 넘는 곳도 있었다. 아프리카 최고 유명 관광지 중 한 곳에 왔다는 사실이 새삼 실감났다.

짐바브웨는 1980년부터 37년간 장기 집권한 로버트 무가베 전 대통령의 실정으로 경제가 파탄 지경에 이르렀다(무가베 전 대통령은 군부 쿠데타와 퇴진 시위, 의회의 탄핵 절차 착수 등 사퇴 압박에 시달리다가 2017년 11월 전격 사임했다). 지폐를 마구 발행하는 바람에 천문학적인 인플레가 발생, 미국 달러화에 대한 환율이 2009년 한때 3경 5,000조 짐바브웨 달러를 기록했다. 2016년 말 새 통화증권 두 종류를 발행했지만, 상황은 나아지지 않았다. 시중에는 아직도 100조 달러짜리 지폐가 돌아다닌다. 하지만 화폐 가치가 전혀 없기 때문에 빅폴 입구에서 몇 달러만 주면 기념품으로 구입할 수 있다. 그나마 빅폴이라는 대자연이 이곳 사람들을 먹여 살리고 있는 것이다.

선착장 입구에 도착하니 원주민 혹은 원주민 복장을 한 사람들이 전통 노래와 춤으로 사람들을 환영하고 있다. '짐바브모야~, 짐바브모야~'가 반복되는 흥겨운 노래였다. 이들 앞에는 판매용 CD가 놓여 있었는데, 서둘러 배를 타느라 살까 말까 고민조차 못했다.

배는 2층짜리였고, 스무 명 정도가 탑승했다. 1층에 바와 객실이 마련돼 있었고 2층에는 테이블이 딸린 좌석이 있었다. 2층에 자리를 잡고는 바에서 짐바브웨 대표라는 잠베지 맥주를 가져다 마셨다. 그동안 대부분의 아프리카 국가에서 접했던 맥주가 모두 맛있었는데, 의외로 맛이 없었다. 그래도 아이스박스에서 갓 꺼내 무척 시원했고, 할 일을 모두 마친 뒤 편한 마음으로 술을 마시니 즐거웠다. 애주가 동생은 계단을 몇 번이고 오르락내리락하며 맥주며 와인이며 마음껏 음주를 즐겼다.

배는 유유자적 강을 누볐다. 신선놀음이 따로 없었다. 강변에 수풀 사이를 헤집고 물을 마시러 나온 코끼리 가족이 보였다. 세렝게티에서 수많은 코끼리를 봤지만 강가에서 기다란 코를 뻗어 물을 들이키는 코끼리 떼는 처음이었다. 무성한 수풀을 배경으로 모여 있는 열 마리 남짓한 코끼리 가족의 모습이 한 폭의 그림 같았다. 제목은 '잠베지 코끼리 가족' 정도가 되겠다. 때마침 석양이 지기 시작했다. 따뜻한 빛을 머금은 태양이 수풀 사이로 조금씩 모습을 감췄다. 가뜩이나 그림 같은 풍경이 더 비현실적으로 느껴졌다.

나는 유독 석양을 좋아한다. 석양과 해가 지는 그맘때쯤의 시간이 좋다. 활기차게 하루를 시작하는 이른 아침에는 갓 얼굴을 내민 햇빛도 '쨍' 하게 느껴진다. 이때부터 오후 늦게까지 주어진 일을 부지런히 해놓고 가족, 친구와 함께할 혹은 혼자서 차분히 하루를 정리할 저녁을 기다리는 이 시간이 무척 따뜻하게 느껴진다. 태양이 너무 눈 부시지도, 하늘이 아직 캄캄하지도 않다. 하늘과 햇빛이 한데 어우러져 부드러운 파스텔 톤으로 번지는 시간. 해 주변의 옅은 주황빛부터 멀어질수록 옅은 보랏빛, 푸른빛이 감도는 하늘은 사람의 마음을 포근하게 한다. 사실 한국에도 이만큼 멋진 석양이 분명 있었을 텐데, 언젠가 그 모습에 감동해 이 시간을 좋아하게 됐을 텐데, 뭐가 그리 바쁘다고 이 좋아하는 석양도 제대로 감상하지 못하고 살아왔는지 모르겠다.

이윽고 해가 수풀 사이로 완전히 넘어가자 최고의 실루엣 작품이 탄생했다. 부드러운 색감의 하늘을 배경으로 삐죽삐죽 솟은 나무도, 날아가는 새들도 모두 그림자로만 보인다. 큰 기대 없이 온 잠베지 선셋 크루즈에서 정말 아름다운 선물을 받았다. 역시나 자연은 상상을 뛰어넘는 최고의 작가다. 혹시라도 아프리카에 빅토리아 폭포를 보러 가는 분이 있다면 잠베지 선셋 크루즈를 꼭 권하고 싶다. 일생에 한 번쯤 잠베지 강의 석양을 마주하는 것도 참 근사한 일일 테니.

# 파이브, 포, 쓰리, 투, 원!

아침 일찍 일어나 빅토리아 폭포로 발걸음을 옮겼다. 숙소에서 빅토리아 폭포 국립공원 초입까지 걸어가기에는 다소 거리가 있는 편이어서 택시를 이용했다. 공원 입구에 도착해서 기사가 요구하는 5달러를 내려고 보니 10달러뿐이었다. 하지만 그는 거스름돈이 없다고 했다. 난감했다. 고민을 하다 퍼뜩 아이디어가 떠올라 그에게 제안을 했다.

"지금 10달러를 드릴 테니까 이따 우리가 나올 때 만나서 다시 숙소로 태워주면 어떨까요?"

그는 고개를 끄덕였다. 그의 이름은 마시. 젊은 청년이었다. 사실 반신반의했지만 별도리가 없어 전화번호를 받아 적었다. 현지에서 사용할 수 있는 스마트폰이 없었기 때문의 전화번호를 받는 게 큰 도움은 되지 않았지만, 최소한의 보험이라는 생각이었다.

입장료를 치르고 공원에 들어서니 아주 멀리서부터 '푸아아아아' 하는 소리가 들려왔다. 과연 '모시-오야-툰야'다웠다. 아직 폭포는 보이지도 않는데 그 웅장한 소리에 압도되는 느낌이었다. 소리가 나는 곳을 향해 발걸음을 옮겼다. 빅토리아 폭포 국립공원은 폭포 크기만큼이나 무척 넓다. 폭포

를 잘 감상할 수 있는 포인트를 여러 곳에 조성해놓고, 긴 폭포를 따라 각 포인트로 이어지는 산책로를 잘 꾸며뒀다. 덕분에 아침 산책을 하는 기분으로 가볍게 걷다가 번호가 적힌 포인트 쪽으로 방향을 틀어 조금 더 들어가면 웅장한 폭포의 모습이 나왔다.

각 포인트에서 마주하는 폭포마다 그 힘이 어찌나 센지 폭포가 떨어지는 지점에서 곧장 물과 수증기가 피어올라 마치 구름처럼 보였다. 한국에 있는 폭포를 모조리 모아도 빅토리아 폭포와는 비교할 수 없을 것 같았다. 폭포 곳곳이 햇살을 받아 무지개가 마구 피어올랐다. 짧은 시간 그렇게 많은 무지개를 본 것은 이때가 처음이었다. 자연환경이 잘 보존돼 있다 보니 야생동물도 사는 모양이었다. 한창 폭포를 감상하고 있는데 어린 사슴이 나타나 함께 폭포를 감상했다.

건너편 폭포는 잠비아 쪽이었다. 빅토리아 폭포가 짐바브웨와 잠비아에다 걸쳐 있기 때문에 어느 나라에서도 감상할 수 있다. 비행시간이 촉박해 잠비아까지는 가지 못했는데, 서로 다른 매력이 있다고 한다. 《힘빼기의 기술》 저자 김하나 작가는 이틀에 걸쳐 아르헨티나에서 하루, 브라질에서 하루씩 이구아수 폭포를 감상하고는 각 국가에서 바라보는 폭포 저마다 '일장일장'이 있다고 표현했는데, 딱 그런 느낌이지 싶었다.


특히 잠비아 쪽 폭포에서는 '악마의 수영장(Devil's Pool)'이라는 이름의 천연 수영장을 체험할 수가 있다. 폭포 꼭대기에 수영장이 있고, 수영장이 끝나는 지점에서 바로 폭포가 낙하한다. 자칫하면 폭포에 휩쓸려 아래로 떨어질 수도 있을 것처럼 보여 아슬아슬하다. 하지만 그만큼 짜릿함을 맛볼 수 있는 수영장이기에 악마라는 이름이 붙은 것이다. 이곳을 찾은 사람들은 수영장이 끝나는 지점에서 사진이나 영상을 찍는데, 인터넷에 떠도는 사진만 봐도 아찔하다. 그런데 바로 지금 건너편 악마의 수영장에서 사진을 찍는 사람들 한 무리가 보인다. 아래로 떨어질까 봐 내 마음이 다 조마조마한데, 사람들은 내 쪽으로 힘차게 손을 흔들어 보인다. 음, 그런데 재미있어 보인다. 아마 내게도 잠비아까지 갈 시간 여유가 있었다면 악마의 수영장을 그냥 지나치지 못했을 것 같다.

대신 빅토리아 폭포에서 꼭 도전하리라 마음먹은 번지점프를 할 시간이 돌아왔다. 빅토리아 폭포 번지 점프는 짐바브웨와 잠비아를 잇는 다리 한가운데서 할 수가 있다. 높이는 111미터. 다리 끝 사무실에서 미리 예약해 둔 번지점프 바우처를 보여주고 서명을 했다. 안전사고가 발생하더라도 전적으로 나의 책임으로 회사에 문제를 제기하지 않겠다, 뭐 그런 내용이었다. 어째 좀 무시무시하게 느껴졌지만 여기까지 온 이상 물러설 수는 없었다. 직원이 키와 몸무게를 재고는 팔에 그 숫자를 적었다.

나시 다리 힌기 운데로 돌아왔다 이곳이 바로 점프 장소다. 이날 우리가 첫 손님이다. 안전장치를 착용하고, 잠시 대기.
"기분이 어때요?"
직원이 묻는다. 나는 웃으며 이렇게 대답했다.
"저 정말 기분 좋아요. 이제 하늘을 날 거예요."
나중에 촬영한 영상을 보니 웃고 있긴 하지만 '썩소(썩은 미소)'다. 괜찮은 척하지만 전혀 괜찮지 않은 표정이랄까? 어쨌거나 내가 먼저 뛰어내리기로 했다. 발목에도 줄을 연결하기 위한 장치를 달아서인지, 무서워서인지 앞으로 걸음을 옮기는 데 발이 좀처럼 나아가질 않는다. 점프대 끝까지 발을 옮기고 밑을 한번 내려다보는데 이거 정말 아찔하다. 이때는 우기가 아니어서 폭포 수량이 풍부한 편은 아니었다. 그런데 이게 더 무섭다. 행여나 떨어진다면 물이 많은 게 나을 텐데, 높고 가파른 절벽과 그 거친 표면이 더 적나라하게 눈에 들어왔다.

직원 두 명이 최종 점검을 도왔다. 자, 이제 뛰어내릴 시간.

"준비됐죠?"

직원들은 큰 소리로 숫자를 세기 시작했다. 파이브, 포, 쓰리, 투, 원, 번지! 두 팔을 활짝 펼치고 허공으로 몸을 던졌다. 와아, 이런 기분 정말 처음이다. 순간 하늘을 나는 것 같았다. 하지만 그 기분이 오래 지속되지는 않았다. 연결한 줄이 완전히 펴졌다가 탄성에 의해 다시 튀어 오르기 전까지 3, 4초 길어야 5, 6초의 낙하 시간이 소요된다는데, 그 짧은 시간이 무척 길게 느껴졌다. 생애 처음, 아마도 다시 못 할 이 경험을 기록으로 남기기 위해 다른 한 손에 영상 촬영용 카메라를 들고 있었는데, 아무런 소리도 내지르지 못했다. 그런 생각조차 하지 못했기 때문이다. 뒤늦게 카메라를 의식하고는 아무렇지 않은 척 '유후~' 신나는 척 소리를 내긴 했지만, 낙하하는 동안 함성 한 번 내지르지 않고 조용히 떨어지는 모습이 당시 나의 심정을 더 잘 표현해준다.

줄이 완전히 펴질 때까지 낙하한 다음 탄성으로 다시 튀어오를 때쯤 주변 풍경이 보이기 시작했다. 몸이 튕겨 오르느라 거꾸로 보였다, 바로 보였다 했다. 이때쯤 되니 즐길 만한 여유가 생겼다. 생애 처음 느껴보는 재미였

322

다. 잠시 뒤 건물 창문 청소를 할 때 착용하는 것처럼 생긴 안전장치를 타고 다리 아래로 내려온 직원이 나의 줄을 잡아끌어 올렸다. 번지가 끝난 것이다. 그의 도움으로 뛰어내린 다리 아래 사람이 다닐 수 있도록 만들어진 좁은 통로에 올라섰다. 그런데 번지보다 이곳이 더 무서웠다. 안전장치를 달아주긴 했는데 혼자 걸어서 계단이 있는 다리 끝으로 이동해야 했다. 빅토리아 폭포는 다시 내려다봐도 아찔했다. 어쨌거나 무사히 지상으로 올라왔다. 조금 전까지 두려움은 어디로 갔는지 들뜨고 벅찬 마음에 환하게 웃으며 좀 전에 점프했던 장소로 되돌아왔다. 구경꾼이 꽤 많이 모여 있었다. 사람들은 환호와 함께 박수를 쳐줬다. 손바닥을 쫙 펴 그들과 하이파이브를 했다. 이어서 동생이 번지점프에 성공했다. 우리 모두 생애 첫 자유낙하 경험을 멋지게 마무리했다.

우리는 서둘러 공원 밖으로 빠져나왔다. 번지점프가 생각보다 오래 걸려 시간이 촉박했기 때문이다. 공원 입구에는 100조짜리 짐바브웨 지폐, 나무를 깎아 만든 동물 조각상 등 기념품을 파는 상인들이 몰려 있었다. 호객을 하러 달려드는 사람들을 헤치며 걸음을 바삐 옮기는데 유독 한 상인이 자꾸만 쫓아왔다.

'에잇, 바빠 죽겠는데 정말 귀찮게 하네.'

그런데 그 상인은 내게 아무런 물건도 내밀지 않았다. 그러더니 "저예요 저, 마시"라고 말했다. 그제야 돌아보고 그의 얼굴을 알아차렸다. 아침에 우리를 태워다준 택시기사였다. 번지점프 하느라 시간이 꽤 오래 걸렸음에도 불구하고, 거스름돈 대신 다시 호텔까지 태워주겠다던 약속을 지키려고 출구 쪽에서 기다리고 있던 것이었다. 그렇게 고마울 수가 없었다. 역시나 세상에는 좋은 마음을 가진 사람이 더 많다. 나쁜 사람들 때문에 실망하고 마음이 다칠 때도 있지만 마시 같은 사람들 덕분에 작은 선의가 세상을 더 나아지게 만든다는 믿음을 저버리지 않을 수 있다. 체크아웃 시간을 조금 넘기긴 했지만 어쨌거나 호텔에 무사히 도착, 짐을 챙겨 공항으로 출발할 수 있었다.

**Republic of
South Africa**

Pretoria

남아프리카공화국

수도 ㅣ 프리토리아
언어 ㅣ 영어, 아프리칸스어, 줄루어
면적 ㅣ 1,219,090제곱미터(세계 25위)
인구 ㅣ 약 57,398,000명(세계 25위, 2018년 통계청 기준)
화폐 ㅣ 남아프리카 랜드(ZAR),
      1랜드(Rand) = 약 90원(2018년 4월 기준)
시차 ㅣ 한국보다 7시간 느림

# 여기가 아프리카라고요?

남아프리카공화국(이하 남아공) 요하네스버그(Johannesburg) 국제공항에 도착하자마자 이곳은 다른 세상이라는 생각이 들었다. 6개월 가까이 동아프리카 각국을 쏘다니면서도 여전히 편견이 사라지지 않은 모양이다. 그렇다. 이곳도, 아니 이곳은 아프리카다. 크고 널찍한 공항 건물 안에 전 세계 각국에서 모여든 사람들이 여행 가방을 끌고 어디론가 바쁘게 움직이고 있었다. 평생을 시골에 살다가 갓 상경한 사람처럼 크나큰 건물 안에서 북적이는 사람들을 멍하니 바라볼 수밖에 없었다.

비단 시설 때문만은 아니었다. 다른 아프리카 국가에서도 소위 '음중구(Mzungu, 스와힐리어로 외국인을 지칭하며 보통 피부가 밝은 사람을 이렇게 부른다. 무중구가 현지 발음에 더 가깝다)'를 많이 봤지만, 이곳에는 백인이 무척 많았다. 하긴, 남아공 인구의 약 8.9퍼센트, 495만 명이 백인이니 당연한 일이다. 이들은 17세기 케이프 지역을 점령한 유럽인들─주로 네덜란드, 독일 개신교도, 스칸디나비아인, 프랑스 위그노 교도들─의 후손인 아프리카너(Afrikaner)와 이후 1700년대 말 유입된 영국인들의 후손이다.

나를 데리러 온 사람도 백인 할아버지였다. 에어비앤비를 통해 예약한

하숙집 주인을 통해 픽업을 부탁해둔 터였다. 남아공서 태어나 자란 클리브 할아버지가 운전하는 자동차 창밖으로 키 재기라도 하듯 높이 솟은 요하네스버그의 고층 빌딩이 보였다. 도로에는 벤츠나 BMW 등 세계 유명 자동차 업체에서 생산한 차들이 달리고 있었다. 남아공은 자동차 산업에 많은 투자를 하고 있으며, 이에 세계 최고 자동차 회사들이 남아공에 아프리카와 유럽을 겨냥한 생산기지를 두고 있다는 것을 훗날 취재 과정에서 알게 됐다.

클리브 할아버지는 내가 에티오피아에서부터 남수단, 우간다, 케냐, 르완다, 탄자니아 등을 거쳐 남아공에 왔다고 하자 놀라워했다. 아프리카를 포함 다른 나라에 가본 적이 거의 없다고 했다.

"지난해 휴가 때 호주 시드니에 놀러갔는데 무척 실망스러웠어. 남아공, 특히 케이프타운(Cape Town)하고 다를 게 없더라고."

시드니에서 반년간 살아본 경험이 있는 나는 그게 무슨 말인지 알 것도 같았다. 온화한 기후에 산과 바다를 모두 볼 수 있는 땅. 품질 좋은 포도주를 생산하는 신대륙. 유럽계 백인들이 원주민을 몰아내고 정착했다는 공통점도 있다.

2주 정도 머물 프리토리아(Pretoria)의 숙소는 잘 정비된 주택가에 있었다. 각 집의 애완견들이 짖어대는 소리를 제외하면 무척 한적하고 조용했다. 2층짜리 주택에 작은 정원과 수영장이 딸려 있었다. 집주인은 스칸디나비아계 백인인 비얀 아저씨였다. 쉐프인 비얀 아저씨는 레스토랑 일을 그만두고 가끔씩 출장 요리 서비스로 돈을 벌었다. 2층에 있는 방 세 개 중 자신이 사용하는 가장 큰 방을 제외하고 나머지 방 두 개를 임대해 추가 수익을 올리는 모양이었다. 그는 서비스업의 특성을 잘 아는지라 꽤 전문적으로 숙소를 운영했는데 덕분에 투숙객들의 평이 무척 좋았다. 남아공에 도착한 순간부터 직감했지만, 비얀 아저씨 집을 보고도 '이제 고생은 거의 끝났구나' 하는 확신이 다시 한 번 들었다. 비얀 아저씨의 애완견인 불테리어 두 마리, 제시와 리사가 앞마당, 뒷마당, 집 안 곳곳을 뛰어다니는 모습은 평온한 일상 그 자체였다.

스마트폰 유심칩을 사러 간 인근 쇼핑몰에서도 다시 한 번 만세를 외쳤다. 큰 슈퍼마켓은 물론 유명 브랜드 화장품, 옷가게가 잘 갖춰진 대형 쇼핑몰이었다. 그동안 쇼핑다운 쇼핑을 한 지가 오래여서 누군가 옆에서 '뽐뿌'질만 적당히 해준다면 변기 뚜껑이라도 살 기세였다. 그간 다른 아프리카 국가에서 만난 한국인, 외국인들이 남아공에 가면 뭐든 구할 수 있다고 한 말을 그제야 이해했다.

게다가 그 쇼핑몰에는 스테이크, 바비큐, 스시, 파스타, 햄버거 등을 파는 다양한 식당이 밀집해 있었는데 가격도 비싸지 않았다. 특히 며칠 뒤 이곳 트라이베카라는 식당에서 점심으로 먹은 82랜드(약 7,400원)짜리 블루치즈 소스 치킨윙은 '인생 닭 날개 튀김'으로 등극했다. 푸드코트에서는 단돈 60랜드(약 5,400원)만 내면 즉석에서 구운 두툼한 티본스테이크와 갓 튀긴 감자칩을 수북이 쌓아줬다. 남아공이 세계적인 와인 산지인 만큼 와인 가격도 저렴한 편이었다. 한 병에 100~200랜드(약 9,000~18,000원), 한 잔에 20랜드(약 1,800원) 정도면 맛좋은 와인을 충분히 즐길 수 있었다(물론 비싼 와인은 한없이 비싸다). 그간 미식(美食)에 굶주린 나는 남아공에 머무는 동안 그 욕구를 충분히 채울 수 있었는데, 그 전에 빠진 몸무게가 필요 이상으로 되돌아오는 부작용을 겪어야 했다.

# 빛과 그림자

눈을 휘둥그렇게 만든 남아공이었지만 어느 사회나 그렇듯 어두운 면도 있다. 아프리카에서 나이지리아와 경제 규모를 놓고 1, 2등을 다투는 이면에는 불균형이라는, 풀지 못한 숙제가 놓여 있었다. 남아공은 세계에서 빈부 격차가 가장 큰 나라 중 하나다. 상위 10퍼센트가 전체 소득의 약 60퍼센트를, 하위 10퍼센트가 0.5퍼센트를 차지한다. 요하네스버그를 가득 메운 고층 빌딩 그림자 뒤에 숨은 소웨토에서 그 민낯을 들여다볼 수 있다.

소웨토는 1950년대 백인 정권의 아파르트헤이트(인종 차별 정책) 당시 흑인 거주 구역으로 지정된 곳이다. 소웨토(Soweto)라는 이름도 요하네스버그의 남서쪽에 있다는 단순한 이유로 남서거주지(SOuth·WEstern·TOwnships)의 앞 두 글자씩을 따서 '대충' 만들어졌다. 아파르트헤이트가 폐지되고 1994년 만델라 대통령의 첫 흑인 정권이 들어섰지만 소웨토는 오늘날까지도 흑인 거주 지역으로 남아 있다. 이 지역 인구의 98퍼센트 이상이 흑인이다. 소웨토에는 만델라 정권하에서 공동주택이 들어서고 공원도 개발됐지만, 여전히 정부의 손길이 미치지 못한 빈민촌이 상당 부분 남아 있다.

아파르트헤이트 저항 운동가 엘리아스 못소알레디의 이름을 딴 못소알레디 마을도 그런 지역 중 하나다. 약 2만 명이 거주한다는 이 마을은 좀 전까지 봤던 쭉 뻗은 아스팔트 도로는 사라지고, 비포장도로를 가운데 놓고 양옆으로 늘어서 있었다. 낡은 양철 지붕으로 지붕과 벽을 대충 덧댄 집 집마다 잔뜩 녹이 슬었다. 철사를 감아 만든 담장 사이로는 옆집이 훤히 들여다보였다. 각 집에는 전기가 들어오지 않아 한낮에도 어두웠다. 수도도 없어 마을 공동 수도꼭지를 이용해야 했다. 용변을 볼 때도 마을 공동 화장실을 사용해야 한다고 했다.

이곳 주민 중에는 '요하네스버그 드림'을 가슴에 품고 고향을 떠나왔지만, 아직 꿈 근처에도 가지 못한 사람이 많다. 마을 공용 수도에서 길어 온 물로 설거지를 하고 있던 바발라루아는 3년 전 언니, 동생과 함께 이곳에 정착했다. 집의 문이란 문은 모두 활짝 열려 있었다. 전기가 들어오지 않아 문을 열어놓지 않으면 대낮에도 어두컴컴하기 때문이다. 집 앞에 쪼그리고 앉아 그릇을 닦는 바발라루아의 한숨이 깊었다.

"일자리를 찾아왔는데 좀처럼 쉽지가 않네요. 길거리서 과일을 팔아 겨우 생계를 유지하고 있어요."

안타까운 점은 빈부 격차 문제의 상당 부분이 인종 갈등과 중첩된다는 것이다. 오랜 기간 백인 위주 정책을 시행해온 터라 인종 간 부의 분배가 상당히 왜곡돼 있다. 소득 수준을 5단계로 나눠 비교한 결과 흑인가구의 약 26퍼센트가 최하위 그룹에 속했고, 약 10퍼센트만이 최상위권에 포함됐다. 반면 백인가구는 약 2퍼센트만 최하위 그룹으로 분류되고 거의 76퍼센트가 최상위 그룹에 모여 있는 것으로 나타났다. 실업률 면에서도 크게 차이

가 나는데 남아공 통계청에 따르면 2013년 기준 백인의 실업률은 약 7퍼센트이지만, 흑인과 혼혈은 52퍼센트에 이른다.

1994년 만델라 대통령 때부터 줄곧 여당 자리를 지켜오고 있는 아프리카민족회의(ANC)는 불합리한 상황을 정책으로 타개하려는 노력보다 여전히 같은 인종이라는 점에 호소해 표를 끌어모으려는 듯 보인다. 우리나라 정치가 정책보다 지역 갈등 구도에 기대려는 경향이 있는 것과 비슷하게, ANC는 인구 대다수인 흑인들에게 조상들의 서러운 역사와 마디바(만델라 대통령에 대한 애칭)의 노고를 떠올리라고 목소리를 높인다.

하지만 남아공에서 인종 정치는 점차 '약발'이 떨어지고 있다. 지난해 지방 선거에서 ANC의 전국 득표율은 53.9퍼센트로 만델라 전 대통령이 집권한 1994년 이후 처음 60퍼센트 아래로 내려갔다. 게다가 남아공의 정치·경제 중심지인 요하네스버그, 넬슨 만델라 만, 프리토리아가 있는 츠와니에서 과반을 확보하지 못한 데 이어 연정 파트너를 구하는 데도 실패해 시장직을 모두 야당인 민주동맹(DA)에 내줬다. 소위 '트리플 크라운(triple crown)'이라 불리는 세 지역에서 모두 DA 출신 시장이 나오긴 처음이었다.

내가 머무는 동안 때마침 지방 선거가 한창 진행되고 있었는데, 집주인 비얀 아저씨는 거실에서 텔레비전으로 선거 방송을 보다 DA가 트리플 크라운을 달성했다는 속보가 나오자마자 "우와" 하고 집이 떠나가라 소리를 질렀다. 축구 국가대표팀의 월드컵 결승 진출이라도 확정된 줄 알았다. 그만큼 당시 선거 분위기가 달아올랐고, DA 지지자들의 열의는 더욱 뜨거웠다. 비얀 아저씨는 남아공 정치에 너무 실망한 나머지 5년 전 DA에 가입, 지역 사회에서 열심히 활동하고 있었다.

백인 중에는 비얀 아저씨처럼 ANC보다 DA를 지지자하는 사람이 훨씬 많다. 그래도 흑인 대다수는 이십여 년도 넘게 ANC에 충성표를 던졌는데 최근에는 경기 침체, 높은 실업률 등으로 팍팍한 삶이 좀처럼 나아지지 않자 조금씩 등을 돌리고 있다. 여기에 제이컵 주마 전 대통령의 부패 스캔들까지 불거져 ANC의 지지율은 하락세다. 주마 전 대통령은 비선 실세로 불리는 인도계 유력 재벌 굽타 일가와 정경 유착을 했다는 의혹에 휩싸여 수차례 의회의 불신임 투표를 겪었다. 주마 전 대통령은 결국 ANC 지도부까지 등을 돌리자 2018년 2월 또 한 번의 불신임 투표를 앞두고 사임했다.

남아공이든 한국이든, 세계 어느 국가에서든지 지도자가 해야 할 일은 국민들의 삶을 돌보는 일이다. 이 일을 제대로 하려고 마음만 먹는다면 끝이 없다. 임기 내에 아무리 충실해도 시간이 부족하다. 그런데 막상 뽑아 놨더니 본업은 팽개치고 주변 사람만 챙긴다면? 그에 대한 답은 우리나라 국민들이 가장 잘 알고 있을 것 같다. 비단 주마 전 대통령뿐만이 아니다. 일부 아프리카 국가에서 지도자들이 몇 년, 몇 십 년씩 자리를 차지한 채 호의호식하는 동안 국민들은 당장 끼니를 때울 음식이 없어 구걸을 하거나, 나쁜 짓을 하는 모습을 볼 때마다 안타깝고 화가 난다.

'군주민수(君舟民水).' 백성은 물, 임금은 배이니 강물의 힘으로 배를 뜨게 하지만 강물이 화가 나면 배를 뒤집을 수도 있다는 뜻으로, 2016년 우리나라 교수들이 올해의 사자성어로 뽑은 말이다. 아프리카의 강물은 평소에는 잠잠하지만 우기 때 폭우가 내리면 무서울 정도로 거칠어진다. 아프리카 각국의 지도자들도 그 무서움을 알아야 한다.

# 완벽한 하루

"수진, 이제 다음 주면 여기를 떠나네? 프리토리아는 좀 둘러본 거야? 다음에는 어디로 가려고?"

프리토리아를 떠나기 전 마지막 주말 아침. 평소보다 느지막이 일어나 토스트를 뜯으며 커피를 홀짝이고 있는데 역시나 아직 잠옷 차림인 비얀 아저씨가 물었다.

"글쎄요……. 일단 다음 주에는 케이프타운으로 갈 거예요. 그러고 보니 아직 프리토리아를 제대로 둘러보지는 못한 것 같네요."

식탁 아래에서는 집돼지만 한 제시와 리사가 꼬리를 흔들며 돌아다니고 있었다. 프리토리아에 오고 내내 이처럼 평온한 아침이 이어졌다. 개를 키워본 경험이 없어서 처음에는 덩치가 큰 개 두 마리가 한 번에 달려들자 무척 부담스러웠는데 며칠 새 정이 많이 들었다. 녀석들은 내가 특별히 잘 대해주는 것도 아닌데 방문을 열어두면 헉헉거리며 달려오고, 집 안에서는 내 꽁무니를 쫓아다닌다. 귀찮을 때는 녀석들의 장난감인 테니스공을 주워서 최대한 멀리 던졌다. 공을 물어 돌아오는 동안 시간을 벌어 밖으로 피신하거나 방으로 들어가곤 했다.

말이 나온 김에 프리토리아 명소 몇 군데를 둘러보기로 했다. 언제 다시 올지 모르는 곳이니 말이다. 나갈 채비를 하고 뒤뜰로 테니스공을 던져 제시와 리사의 시선을 돌린 다음 대문을 나섰다. 우버 택시를 타고 가장 먼저 방문한 곳은 볼트레커 기념관(Voortrekker Monument)이었다. 택시를 타고 언덕을 한참 올랐다. 기념관이 언덕 꼭대기에 우뚝 서 있기 때문이다. 기념관으로 들어가려면 택시에서 내려서 언덕과 계단 여러 개를 더 올라가야 했다. 기념관을 도시 가장 높은 곳에 세우고야 말겠다는 의도를 알아차리지 않을 수가 없었다.

기념관 자체도 40미터로 무척 높았다. 이 기념관은 1948년 네덜란드 이주민인 보어인 개척자들을 기리기 위해 제작됐다. 볼트레커(voortrekker) 자체가 네덜란드어로 개척자를 뜻하며, 특히 남아공에 정착한 네덜란드인을 지칭하는 말로 사용된다. 네덜란드 이주민들은 유럽 출신 중 남아공에 가장 먼저 정착한 사람들인데 1838년 영국의 지배에 놓인 케이프타운에서 벗어나 정착지를 찾아 헤매다 오늘날 프리토리아 일대에 정착했다. 이들은 원래 이곳에 살던 줄루족과 치열한 전투 끝에 승리를 거두고 정착에 성공했다. 이 기념관은 보어인의 승리를 기념하고자 만들어진 것이다. 기념관 내벽에는 당시 전투 모습, 정착 과정이 부조로 표현돼 있다. 매년 12월 16일 남아공 전역의 아프리카너들이 몰려와 보어인이 줄루족과 전투를 치렀던 블러드 강에서 전쟁 기념제를 연다. 볼트레커 기념관 한가운데 있는 영웅들의 홀은 그날 정오 햇빛이 비치도록 설계돼 있다.

기념관을 둘러보면서 왠지 섭섭한 마음이 들었다. 기념관 벽 부조 속 보어인들이 총, 칼로 줄루족을 무찌르고 환호하는 모습이 불편했다. 사실 남아공에 오고 나서 줄곧 이런 기분이 들었다. 에티오피아를 시작으로 여러

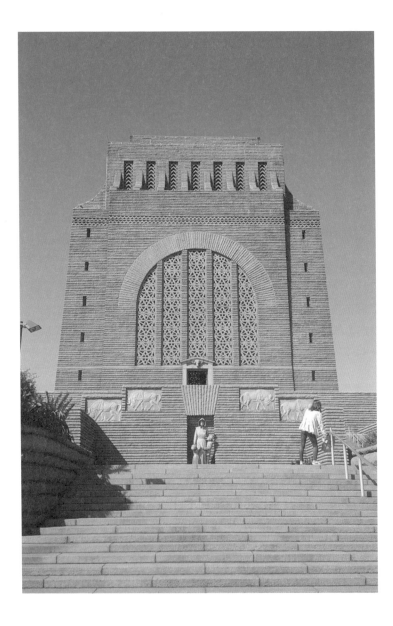

나라를 거치며 남아공까지 내려오면서 나도 모르게 아프리카의 매력에 빠져들었는데, 남아공은 왠지 백인 정착자들의 나라 같다는 생각이 들었기 때문이다. 물론 이미 그들이 정착한 지도 200년 가까이 흘렀고 이제는 남아공 사회에서 중요한 역할을 하는 어엿한 구성원이지만, 인종 갈등이 아직 남아 있고 여전히 백인들이 사회 경제적으로 우위를 차지하고 있다는 인상을 지울 수 없었다. 하물며 원주민인 줄루족을 물리치고 이 땅에 정착한 보어인 기념비를 도심 고지대에 우뚝 세워놓다니. 게다가 매년 전쟁 기념일을 기리고 있다니. 좀처럼 이해하기가 힘들었다.

이다음 방문한 유니언 빌딩에서도 식민 지배의 흔적을 찾을 수 있었다. 대통령 집무실과 정부 청사가 있는 유니언 빌딩은 남아공을 식민 지배한 영국 출신 건축가 허버트 베이커 경이 설계한 것으로 영국 기념관 양식을 띠고 있다. 하지만 역사의 물줄기는 방향을 달리하며 계속 흘러나가는 법. 아이러니하게도 아파르트헤이트가 철폐되고 1994년 남아공 최초로 민주주의 선거를 통해 당선된 넬슨 만델라 대통령이 이곳에서 취임식을 했다. 유니언 빌딩 앞에는 9미터 높이의 만델라 동상이 우뚝 서 있는데, 두 팔을 활짝 펴고 있는 모습이 마치 온 도시를 품고 있는 것 같다. 흑인 인권 운동을 하다 종신형을 선고받아 27년을 복역하고도 평화와 용서를 외쳤던 만델라 대통령. 나의 삐딱한 마음을 알아차리고는 귀엽다는 듯 넉넉한 미소를 지어 보이는 것만 같다.

"나는 백인이 지배하는 사회에 맞서 싸웠고 또한 흑인이 지배하는 사회에도 반대해 싸웠다. 나는 모든 사람이 함께 조화를 이루고 동등한 기회를 누리는

민주적이고 자유로운 사회에 대한 이상을 간직하고 있다. 그런 사회야말로 내가 살아가는 목적이고 이루고 싶은 것이다."

– 넬슨 만델라 대통령, 1964년 4월 20일, 내란 혐의 리보니아 재판 최후 진술에서

셀프 투어를 마치고 돌아오자 집에서 맛있는 냄새가 폴폴 풍겨왔다. 정원에 있는 화덕에서는 연기가 피어올랐다. 앞치마를 두른 비얀 아저씨가 화덕 앞에 서서 무언가를 열심히 굽고 있다. 제시와 리사는 늘 그렇듯 뭐가 그리 신이 나는지 그 옆에서 뛰어다니며 장난을 치고 있다.

"구경 잘했어? 오늘 저녁은 브라이야! 요후~"

특별한 저녁 약속이 없으면 100랜드(약 9,000원)를 내고 비얀 아저씨가 차려주는 저녁 식사를 먹곤 했다. 숙박비에는 아침 식사 값만 포함돼 있었기 때문이다. 직접 요리를 할까 생각도 했지만 쉐프인 비얀 아저씨는 다른 사람이 자기 주방을 사용하는 것을 달갑게 여기지 않는 눈치였다. 더구나 비얀 아저씨의 음식은 재료가 무엇이든 간에 무척 맛이 있었고, 식사 때마다 와인도 곁들여냈다. 이날도 저녁을 함께 먹기로 했는데, 주말이기도 하고 내가 곧 떠날 예정이니 특별식을 준비한 것이었다.

브라이(Braai)는 남아공식 바비큐라고 생각하면 된다. 야외 화덕에 불을 피워 양고기, 쇠고기, 소시지, 양파 따위를 구워 먹는 건데 남아공 사람들은 일주일에 한두 번은 브라이를 즐긴다. 웬만한 주택 정원에는 연기가 빠져나갈 수 있도록 만들어진 브라이 화덕이 설치돼 있다. 주말 저녁 무렵이면 주택마다 브라이를 하느라 연기가 피어오르는 모습을 볼 수 있다. 이웃을 초대해 함께 즐기는 경우도 많다.

오랜만에 일찍 퇴근한 비얀 아저씨와 그의 친구도 야외 테이블에 앉아 맥주를 홀짝이고 있었다. 나도 자리를 잡고 맥주를 마셨다. 빈트후크라는 나미비아 맥주인데 정말 맛있다(나미비아는 18세기 독일 식민 지배를 받았으며, 당시 독일이 설립한 양조 회사에서 '빈트후크'를 생산한다). 잠시 뒤 잘 구워진 브라이가 테이블에 올랐다. 다 함께 잔을 부딪치고는 시원한 맥주를 들이켰다. 이어서 촉촉한 육즙에 풍미 가득한 고기를 집어 먹었다. 아, 이곳은 천국이다. 고기와 맥주라면 사족을 못 쓰는 동생도 엄지를 척하고 추켜세웠다. 쩝쩝 먹으며, 꿀꺽꿀꺽 마시며 오늘 본 것들에 대해 이야기했다. "오, 리얼리?" "오, 오카이(비얀 아저씨 특유의 OK 발음)" "와우, 어메이징"이라며 수준 높은 방청객이 되어준 두 아저씨는 이번에는 내 차례라는 듯 어떤 하루를 보냈는지 이야기를 시작했다. 어느새 해가 져 주변이 어둑어둑해졌는데, 제시와 리사는 아직도 장난칠 게 남았는지 엉겨 붙어 뒹굴거리고 있었다. 그렇게 또 하루가 지나갔다.

# 축제의 나날들

비행기 위에서 내려다본 케이프타운은 무척 단정했다. 높이 솟은 테이블마운틴 자락 아래로 넓게 펼쳐진 평지 위 각양각색의 집이 반듯하게 들어서 있었다. 그 옆에는 푸른 바다가 아득했다. 케이프타운은 시작이자 끝이다. 남아공을 찾는 사람들은 보통 케이프타운에서 여행을 시작한다. 유럽인들이 정착하기 시작해 최초의 식민지 전초기지가 된 곳도 바로 케이프타운이다. 연중 평균 기온이 20도 안팎으로 온화하고, 하늘에 닿을 듯한 산, 바다, 비옥한 땅. 모든 것을 갖춘 이 땅에 탐이 난 것도 이해가 됐다. 동시에 이곳은 아프리카 대륙의 끝이다. 아프리카 대륙 최남단인 남아공에서도 대서양과 인도양을 직접 마주하는 '땅끝 마을'이 바로 케이프타운이다.

설레는 마음으로 공항을 나서니 에어비앤비 주인 나빌라와 그녀의 아버지 아베가 마중을 나왔다. 사실 에어비앤비 주인이 픽업까지 해주는 경우는 드문데 두 사람은 이제 막 숙소 임대 사업을 시작한 참이어서 무척 설레는 모양이었다. 게다가 우리가 첫 손님이었다. 아베는 인도 출신 이민자고, 나빌라는 케이프타운에서 태어나 자란 '케이프토니안(Capetonian)'이었다. 나빌라는 체구가 작고, 아름다운 이십 대 여성이었는데 의대를 갓 졸업한 뒤 종합병원에서 근무 중이었다. 아베는 그 사실을 무척 자랑스러워했다(세상 어디를 가나 부모 마음은 다 비슷하다). 아베 자신도 젊은 시절 남아공에 정착해 갖은 고생 끝에 자수성가한 사업가였다. 대형 식품 회사에 조리용 기름을 납품하는 일을 하고 있다고 했다.

"오늘 마침 바쁜 일이 없는데, 괜찮다면 제가 케이프타운 구경을 시켜드릴까요?"

아베는 우리를 숙소에 내려주고는 이렇게 물었다(아니, 이렇게 고마울 수가!). 두 시간 뒤쯤 그를 숙소에서 다시 만나기로 했다. 인근 슈퍼마켓에서 사 온 음식으로 점심 식사를 간단히 해결하고 잠시 쉬었다가 아베의 승합차에 다시 몸을 실었다.

가장 먼저 당도한 곳은 테이블마운틴(Table Mountain)이다. '신들의 식탁'이라고 불리는 테이블마운틴은 정말 신기하게도 꼭대기를 칼로 벤 듯 넓고 평평했다. 케이프토니안들은 테이블마운틴 정상에 하얀 구름이 드리우면 식탁보가 깔렸다고 말한다. 테이블마운틴은 해발 1,087미터로 케이블카를 타고 오르는 게 일반적이다. 물론 등산로도 마련돼 있다. 심지어 암벽등반을 하는 사람도 있다. 케이블카는 바람이 심하거나 비가 많이 오면 운행하지 않는다. 어쩐지 이날 케이블카 표를 사려는 줄이 무척 길었는데, 그동안 강풍이 불어 사흘간 운영을 하지 않다가 이날 재개장한 것이라고 했다. 줄을 서서 한 시간 남짓 기다린 끝에 케이블카에 탑승할 수 있었다.

정상에 올라 보니 기다린 시간을 보상받고도 남았다. 하늘 바로 아래 축구장 열 배도 넘는 크기의 평원에 가슴이 탁 트이는 기분이었다. 넓은 평원에서 아래를 내려다보면 케이프타운이 한눈에 들어왔다. 끝이 없을 것만 같은 바다는 햇빛에 반짝였고, 산에서 바로 이어지는 구불구불한 해안선

사이사이 자리한 집과 건물이 성냥갑처럼 작아 보였다. 한자리에 서서 한참 동안 풍경을 바라보다가 평원 가장자리를 따라 천천히 걸었다. 사람들은 삶의 시름을 산 아래 모두 두고 올라왔다는 듯 다들 행복한 표정이었다. 천국이 있다면 바로 이런 곳이리라. 얼굴을 맞대고 셀카를 찍는 연인들, 암벽등반으로 정상에 다다른 젊은이들, 돗자리를 펴고 피크닉을 즐기는 가족도 있었다. 하긴 신들의 식탁에서 사람이 소풍을 즐기지 말라는 법은 없으니 말이다. 이곳까지 어떻게 올라왔는지 한 뼘만 한 바위너구리가 사람들의 발 사이를 오가며 이따금 시선을 끌었다.

테이블마운틴에서 내려와 저녁을 먹으러 가기 전 그 유명한 채프먼스 피크 드라이브(Chapman's Peak Drive)를 달렸다. 한편에는 쏟아져 내릴 것같이 높은 산이 솟아 있고, 다른 한편에는 바다가 펼쳐져 장관을 이루는 도로다. 구불구불 이어진 길을 나아가다 보면 마치 내가 자동차 광고의 주인공이라도 된 것만 같다. 실제로 자동차 광고의 단골 배경이라는데, 어쩐지 처음 왔는데도 낯설지가 않았다. 바다와 절벽 사이를 가로지르며 달리는 최신식 자동차라니, 내가 감독이라도 탐이 날 법한 장소였다. 최근에는 결혼을 앞둔 커플들의 웨딩 촬영 장소로도 인기가 많다고 했다.

꼭 명소를 방문하지 않은 날에도 케이프타운의 하루하루는 마치 축제 같았다. 한국으로 돌아갈 날이 머지않은 만큼 1분 1초가 더 귀하게 느껴졌다. 햇살이 좋은 어느 날에는 다양한 음식점과 분위기 좋은 카페, 바가 즐비한 롱스트리트를 한없이 거닐었다. 중간에 힘들면 눈에 보이는 아무 카페나 들어가서 커피를 홀짝이며 잠시 쉬다가 또 걸었다.

배를 타고 만델라 대통령이 케이프타운 감옥으로 이감되기 전 18년 동안 투옥된 로벤 섬(Robben Island)에도 다녀왔다. 만델라 대통령과 함께 감옥에서 생활했다는 할아버지와 함께 섬 곳곳을 다니며 설명을 듣고, 만델라가 머물렀던 바로 그 감옥을 두 눈으로 확인했다. 고시원보다 작은 공간에서 인고의 세월을 견뎌내고 마침내 인류의 위대한 지도자가 된 만델라 대통령을 생각하니 마음이 숙연해졌다.

케이프타운의 명물, 아프리카 펭귄과의 만남도 빼놓을 수 없다. 펭귄은 서식지인 볼더스 비치(Boulders Beach)에 당도하기 전부터 모습을 드러냈다. 차를 타고 볼더스 비치를 찾아 헤매는데 갑자기 도로에 펭귄 대여섯 마리가 등장했다. 어디를 가는 중인지 짧은 다리를 바삐 움직이며 길을 건너고 있었다. 당장 차에서 내려 가까이 다가가자 인도로 올라서 내 쪽으로 오던 펭귄들이 멈칫 하더니 다시 뒤로 돌아 뺄뺄거리며 도망을 갔다. 펭귄 대장이 "야 이쪽이 아닌가 봐. 후퇴! 전원 후퇴!"라고 외치는 것만 같았다. 그 와중에 한두 마리가 바닥에 넘어지고 부딪히고 난리도 아니었다. 그 모습이 우스꽝스러우면서도, 얼마나 놀랐을까 싶어 미안한 마음도 들었다.

케이프타운에서 동쪽으로 40킬로미터 정도 떨어진 스텔렌보스(Stellenbosch)로 다녀온 와인 투어로 '축제'는 절정에 다다랐다. 1인당 우리 돈으로 2,000~3,000원 정도를 내면 그 와이너리의 대표 와인 서너 잔을 시음해볼 수 있다. 우버 택시를 타고 와이너리 두 곳에 찾아갔는데, 두 번째 찾아간 베이어스클루프(Beyerskloof) 와이너리에서 아주 재미있는 직원을 만났다. 무척 쾌활한 남자 직원이었는데 와인과 자신의 일을 정말 사랑하는 듯 보였다. 시음용 와인 넉 잔을 맛있게 해치우자, 매니저에게 말하지

말라는 의미에서 눈을 찡긋하더니 다른 와인을 꺼내 '이것도 마셔보라'며 빈 잔을 채워줬다. 한국에서 '주도(酒道) 박사 학위'를 땄는지, 잔을 비우기 무섭게 채워줬다. 물론 매니저 몰래!

"와인은 곧 인생이에요. 자 어서 마셔요. 즐겨요."

그는 와인을 따라주면서 "꼴롱꼴롱꼴롱" 잔에 떨어질 때 나는 소리를 입으로 따라해 사람들을 웃겼다. 우리도 쉴 새 없이 웃었는데 나중에는 웃어서 기분이 좋은 건지, 취해서 흥이 나는 건지 헷갈렸다. 덕분에 한 잔이 두 잔 되고, 두 잔이 세 잔 되고, 세 잔이……. 그 이후로는 잘 기억이 나지 않는다.

결국 그 와이너리에서 와인을 두 병이나 구매했다. 와인이 맛있기도 했지만 취기가 적당히 오른 데다 직원의 유쾌함까지 더해져 기분이 하늘을 찔렀다. 한 병은 선물용이었고, 다른 한 병은 숙소에서 아프리카 특파원 임기 무사 종료를 축하하며 마실 요량이었다. 하지만 그날 밤 와인 파티는 열리지 않았다. 오후 늦게 숙소에 도착하자마자 침대에 쓰러져 잠든 뒤 다음 날 아침까지 단 한 번도 깨지 않았다.

# 대륙의 끝에서 희망을 외치다

━━━━━

특파원 임기 종료일이자 남아공에 머무는 마지막 날이 찾아왔다. 따라서 아프리카 대륙의 끝으로 알려진 희망봉(Cape of Good Hope)을 방문하기 딱 좋은 날이기도 했다. 사실 정확히 말하면 희망봉은 아프리카 최남단이 아니다. 지리학적으로 보면 희망봉에서 동남쪽으로 160킬로미터가량 떨어진 아굴라스 곶(Agulhas Cape)이 최남단이다. 하지만 희망봉이 남아공의 남서쪽 끝이자, 인도양과 대서양이 교차하는 지점인 것 만큼은 사실이다.

희망봉은 1948년 인도로 가는 길을 찾으려던 포르투갈 항해사 바르톨로메우 디아스가 폭풍우에 쫓기다 발견했다. 이 항해사는 처음에 '폭풍의 곶'이라는 이름을 붙였지만, 인도로 가는 항로 찾기를 끝내 포기하지 않은 포르투갈 왕 주앙 2세가 훗날 '희망의 곶'으로 이름을 바꿨다. 봉이 아닌 곶인 이유는 영어 이름에서도 알 수 있듯이 지형 자체가 봉우리가 아닌 바다를 향해 뻗은 육지, 곶(cape)이기 때문이다. 어쨌거나 주앙 2세의 희망은 약 9년 뒤 현실이 됐다. 또 다른 포르투갈 항해사 바스코 다 가마가 인도로 가는 항로를 발견했다. 역시 희망은 자신을 버리지 않는 자를 찾아간다.

케이프타운 도심에서 우버 택시를 타고 한참 동안 남쪽으로 내려갔다. 한 시간은 족히 걸렸다. 차에서 내리자마자 애초에 폭풍의 곶이라는 이름이 붙은 이유를 실감할 수 있었다. 아프리카 땅 끝의 바람은 무척 거셌다. 희망곶이라고 적힌 표지판 앞에서 사진을 찍으려는데 머리와 스카프가 계속 바람에 날려 멀쩡한 사진을 건지기가 힘들었다.

그곳에는 동네 뒷산보다 낮아 보이는 봉우리가 있었다. 강풍이 불긴 하지만 여기까지 온 이상 당연히 올라가야 하는 곳이다. 바람에 날린 머리카락이 시야를 가리고 이따금씩 몸이 휘청거렸다. 두 발과 두 손을 모두 사용해 기어가듯 강풍을 뚫고 봉우리 꼭대기에 도착했다.

"아."

다른 말은 필요하지 않았다. 눈앞에는 오직 바다가 만든 수평선이 펼쳐졌다. 푸르고 또 푸르렀다. 비쭉 솟은 바위를 의자 삼아 비스듬히 기대 멍하니 바다를 감상했다. 바다 쪽으로 더 가까이 다가가고 싶었지만 디딜 것은 오직 허공뿐이었다.

'아, 여기가 아프리카의 끝이로구나.'

나는 왜 이곳까지 왔을까 대륙 끝까지 와서도 그 답은 알 수 없었다. 아니 답 같은 건 처음부터 존재하지 않았던 것 같다. 그저 내가 30년 동안 만들어둔 내 마음속 G. P. S.가 "아는 길로만 가면 재미없잖아. 한번 가봐"라고 말해준 덕분이다. 이는 미국 유명 방송인 오프라 윈프리가 2013년 5월 하버드대 졸업식 연설에서 한 말이기도 하다.

"인생의 비결은 당신이 어디로 갈지를 말해주는 내적, 도덕적, 정서적 G. P. S.를 개발해나가는 것입니다(The key to life is to develop an internal, moral, emotional G. P. S. that can tell you which way to go)."

인생에서 여러 경험과 다양한 사람과의 관계를 통해 생각과 느낌이 차곡차곡 쌓이고, 이러한 것들이 다시 삶의 안내자가 되는 것이다. 따라서 나의 G. P. S.는 계속 변한다. 더 튼튼해지고 나아진다. 시간이 지날수록 나에게 맞는 길을 잘 안내한다. 남들에게는 무모하거나 시시할지언정 오직 나만을 위한 그 길을.

아프리카 동북부 에티오피아에서 대륙의 끝으로 내려오는 동안 쌓인 좋고 나쁜 추억들이 머릿속을 스쳐 지나갔다. 두려움 반, 설렘 반으로 한국을 떠나던 날, 밤새 배탈이 나 화장실을 들락거리며 끙끙 앓던 밤, 친구들과 에티오피아 전통 술에 취했던 '불금', 남수단 난민 캠프에서 사진을 찍어달라며 나를 쫓아다니던 코흘리개 꼬마들, 자신들이 차린 음식을 맛있게 집어 먹는 모습을 깔깔대며 지켜보던 우간다 촌부들, 아이를 낳고 병원에 누워 있던 케냐의 어린 산모들, 세렝게티를 마음껏 뛰놀던 얼룩말 무리, 눈이 마주쳤던 코끼리, 듬직한 동료이자 친구가 되어준 운전기사들……. 이 새로운 경험, 사람들 덕분에 나의 G. P. S.는 또 한 번 업그레이드된 것 같다. 이번에는 또 어디로 운전대를 돌리라고 이야기를 해주려나?

# 다시, 설렘 그리고 긴장

한국으로 돌아가기 위해 찾은 요하네스버그 공항은 여전히 사람들로 북적였다. 남아공으로, 아프리카 어딘가로, 혹은 아프리카 밖으로 가려는 사람들. 수속을 마치고 보니 탑승 시각까지 생각보다 여유가 많지 않았다. 화들짝 놀라 출국장으로 걸음을 옮기는데 흰 와이셔츠에 정장을 말쑥하게 갖춰 입은 남성이 다가왔다.

"어디로 가는 비행기 타세요? 제가 좀 봐드릴게요."

공항 직원인가 싶어 순순히 표를 보여줬다.

"아이고, 시간이 얼마 안 남았네요. 걱정 마세요. 게이트에 연락을 해놓을게요. 저를 따라오세요."

조금 미심쩍었지만 어차피 출국장을 찾고 있던 참이었고 많은 인파와 무장 경찰까지 있는 공항 안에서 무슨 일을 당하겠느냐 싶어서 일단 짐을 끌고 그를 따라갔다. 그 사람은 부지런히 발걸음을 옮기며 구식 폴더형 휴대전화로 어디론가 전화를 걸었다. 그러고는 두 사람이 지금 그쪽 게이트로 가고 있다는 식으로 이야기했다. 늦은 것은 아니었지만 괜히 마음이 급해진 터라 무척 고마웠다.

다행히 출국장 입구에 제대로 도착했다. 고맙다고 말하고 안으로 들어가려는데, 그가 손을 내밀며 안내 비용 30달러를 내라고 했다. 순간 '어라?' 싶었지만, 이미 나는 반년 동안 '반(半)아프리칸'이 된 사람이었다. 오히려 내 입가에 슬며시 감도는 미소에 스스로 놀랐다.

"이봐요, 나 여기 사람이에요."

"네?"

그는 당황한 표정이었다. 나는 다시 웃으며 말했다.

"나 여기 살아요. 에티오피아부터 르완다, 탄자니아에도 살았고요. 혹시 가봤어요? 이런 식으로 돈 달라고 하는 공항은 없던데, 혹시 남아공은 원래 이런지 저기 경찰한테 물어볼까요?"

그는 그제야 황급히 등을 돌려 인파 속으로 자취를 감췄다. 마지막까지 이런 에피소드를 선물 받다니, 한편으로는 씁쓸하면서도 웃음이 터져 나왔다. 당황하는 대신 사기꾼을 멋쩍게 만든 내 모습도 무척 만족스러웠다.

어쨌거나 무사히 비행기에 몸을 실었다. 한국을 떠나올 때만큼이나 마음이 설렜다.

아프리카에서의 새로운 도전으로 조금은 더 자란 내 앞에 또 어떤 여정이 펼쳐질지 궁금해졌다.

# 새로운 도전이 또 다른 도전으로

다들 바쁘게 미래를 향해 달려가는 시기, 남들과 조금 다른 길을 폴레폴레 걸은 덕분에 즐거운 일이 더 많이 생겼다. 그리고 그 길은 새로운 도전으로 계속 이어지고 있다.

생애 첫 집필이라는 새 도전 과제를 정하기까지 그리 오래 걸리지 않았다. 동·남아프리카 8개국에서 겪은 희로애락을 내 머릿속에만 남겨뒀다 잊히는 게 안타까웠다.

특히, 출국 전 준비 과정에서 정보가 부족해 애를 먹었던 기억이 책을 쓰도록 부추겼다. 미흡하나마 나의 경험과 생각이 누군가에게 작은 도움이 되기를 바라며 글을 시작했다. 그 과정 역시 폴레폴레 자체였는데, 많은 분들이 격려해주신 덕분에 마지막 페이지에 도착할 수 있었다.

초보 작가에게서 가능성을 발견해준 샘터사 편집부 덕분에 원고를 시작할 수 있었다. 전문가의 시선으로 초고를 검토해주신 외교부 아프리카중동국 직원들, 박용민 전 아프리카 중동국장(현 일본 센다이 총영사), 허성용 아프리카인사이트 대표, 김일수 전 아프리카미래전략센터 대표께도 큰 빛을 졌다.

　국가기간통신사인 연합뉴스가 아프리카 대륙을 누빌 기회를 주지 않았더라면 이 책은 탄생할 수 없었을 것이다. 특파원 임기 내내 용기를 북돋워 주시고 집필 과정을 지켜봐 주신 국제뉴스부 전·현직 에디터와 부장, 동료들, 특히, 아프리카·중동 전문가로서 조언을 아끼지 않은 전 카이로 특파원 한상용 선배에게 이 자리를 빌려 인사를 올린다.

　첫 독자이자 비평가, 응원단을 자처한 이혜영, 권숙희, 김아람, 현혜란, 남상현, 박석규 등도 든든한 지원군이었다.

　무엇보다 서툴고 불완전한 여정에 함께해주신 독자 분들께 다시 한 번 고개 숙여 감사의 말씀을 드린다. 폴레폴레, 새 도전을 멈추지 마시길!

2018년 4월

김 수 진

Pole Pole
Africa

# 플레플레
# 아프리카

**1판 1쇄 발행** 2018년 4월 19일
**1판 2쇄 발행** 2019년 7월 10일

**지은이** 김수진
**펴낸이** 김성구

**단행본부** 류현수 고혁 홍희정 현미나
**디자인** 이영민
**제 작** 신태섭
**마케팅** 최윤호 나길훈 김영욱
**관 리** 노신영

**펴낸곳** (주)샘터사
**등 록** 2001년 10월 15일 제1-2923호
**주 소** 서울시 종로구 창경궁로35길 26 2층
**전 화** 02-763-8965(편집부) 02-763-8966(마케팅부)
**팩 스** 02-3672-1873  **이메일** book@isamtoh.com  **홈페이지** www.isamtoh.com

© 김수진, 2018, Printed in Korea.

ISBN 978-89-464-2084-7 03810

이 도서의 국립중앙도서관 출판예정도서목록(CIP)은 서지정보유통지원시스템 홈페이지(http://seoji.nl.go.kr)와
국가자료공동목록시스템(http://www.nl.go.kr/kolisnet)에서 이용하실 수 있습니다.(CIP제어번호 : CIP2018011683)